河洛閩南語縱橫談

吳在野 ——— 著

東大圖書公司

前一章（代序）

條條大路通「長安」　長安竟然充斥「胡漢」語

——有惑於新漢語的駁雜更有勉於老漢語的重生

從語言的「表達」功能來看，天下所有的語言在本質上應該都是平等的；若換從歷史、文化的角度來看，再用比較細密的規律、條理、法則來考量，凡侈言「平等」者，大多不自覺地有「反智主義」的傾向，他們只著重於語言的「生物」功能，而忽略了語言的「文明」層級，在語言的進化過程中，「文字」正是一項重要的指標，我們可以將天下所有的語言分為下列三大類——

一、無文字的語言。

二、有文字的語言。

三、仿冒、拼湊、轉化、借用後也算有文字的語言。

循以上的分類尺度，普天下真正有自己文字的語言，恐怕寥寥可數，而那些缺乏原創性、獨特性文字的民族，其所以高喊「任何語言都是平等的，文字只不過是記載語言的工具和符號而已」，我們是由想可知的。聊舉一例，試問，古日耳曼語如何能跟古希臘語等量齊觀、等質並論？當古希臘人建造無數巍巍壯麗、精緻絕倫的神廟時，也許古日耳曼人還在森林中穴居、草原上狩獵。

同樣的例子，古匈奴語、古鮮卑語也無從在「人文水平」上跟古漢語相提並論，此處所謂的「古漢語」係指「五胡亂華」之前的華夏漢語，它跟我們今天所指的「中國話」，其間不知歷盡了多少滄桑，因而二者的貌合、神似、重疊、脫節、傳承、蛻變早已很難一一釐清了。

只要略諳閩南語又稍具漢學基礎的知識分子，無不相信今閩南語跟古漢語之間，縱使非一脈（直接）相傳，至少也淵源十分深厚，如果約略通曉一些南方的漢語方言，再熟悉普通話（北京官話）的話，經過一番對比，鐵證堆積如山，事實盡在眼前（口上），今閩南語沾染北方胡漢語是全中國最少的，無論是語音、用字、構詞、語法等等，甚至小如詞序、量詞這些方面，換言之，也就是保留古老漢語成分最多的。

正因此之故，本人才對於今閩南語具有濃厚的研究興趣，鑽研閩南話（口語白讀）背後所繫的漢字，可以在語文上發思古之幽情，可以在考證上迎接艱難繁雜的挑戰，有時一字一詞經年累月地反覆思索、再三追究，一旦撥雲霧而見真相，其豁然之樂，非筆墨可名狀，但也有在審慎長考之餘，毅然放棄辛苦所得之偽成果（訛誤答案）。

不過，本人所深切關心者，並非時下一般閩南朋友所著重的鄉土母語之存亡、延續、發展等方面，而是今閩南話中非常嚴重的「失寫」跟「訛寫」之現象，此一現象尤在「失讀」跟「訛讀」之上，因為對自己母語的「訛讀」，連語言專家中文博士亦在所難免，而對自己母語的「失寫」，似乎跟「文盲」又有何異？何況閩南語還是保存古漢語最多的一支方言，古漢語又何曾「有音無字」過？

一支母語方言能否保存下來，以及能否在該普及的族群之內普及，多少是命運在支配著，同時也由大環境在操控，而母語方言的大量「失字」，其實，字並未失，只怪不「識」，念都會念，不知是何「字」而已。坦白說，以閩南話為母語的讀書人、識字者都要負起責任，一種方言的大量「失寫」，它不但導致該方言的退化，從有字可寫的「語文」退回到只剩聲音的「語言」，而且還傷及該方言背後的族群之尊嚴，果真無字可寫，何不乾脆使用有字可寫的北京話？

奇怪的是，隨著本土意識的抬頭、鄉土情結的加深，近年來雅至閩南語文的基礎研究，俗至閩南口語的小說散文，如雨後春筍般儼然一門「顯學」，結果是閩南語透過漢字書寫之後，居然出現一大堆荒謬的詞語，報章、雜誌、傳單、文宣、廣告甚至專書、專論之中無不可見：

「魯肉、魚焿、扁食、歹人、捉狂、乇某、打拼、啥物、代誌、囝仔、破病、厝邊、刣豬、賭爛、見誚、知影、墓仔埔……」

為了配合本書十七章，以上略舉十七條較常見的，限於篇幅，本文只略點一下，不作深入考證（詳見另文）：

一、「魯肉」明明是「滷肉」，居然用「魯」字，閩南口語何來「魯」字？連書面語「魯莽」也是「鹵莽」之誤。再說「鄒魯」是孔孟故鄉，就算「魯肉」可吃，也無鹹味，至於寫成「魯蛋」，更是令人噴飯。

二、「魚焿、肉焿、魷魚焿」明明都是「羹」字，卻寫成「焿」字，漢字何來「焿」字？

三、「扁食」一詞令人莫名其妙，應作「便食」，取其「便」於「吞食」，不必咀嚼，至於「餛飩」是後起（北宋）之俗稱，可見「便食」的命名簡要，用書面語的發音。

四、「歹人」的「歹」字非常古老，但被誤作「好歹」的「歹」，閩南話念「ㄆㄞˋ」的絕非此字。

五、「捉狂」的「ㄌㄧㄚˇ」絕非「捉、搦、掠」等入聲字，「捉」字是「握持」的小動作。

六、「𤆬某」明明是「娶婦」二字，「婦」字文讀是「ㄅㄨˇ」或「ㄏㄨˇ」，白讀是「bㄛˋ」，因白讀失字才用音近的「某」字。其次，漢字根本沒有此一「𤆬」字，閩南人謹守古禮，「文定」都要「聘金」，那有「昏禮」可以亂「𤆬」？

七、「打拼」二字之中，「ㄆㄚˋ」絕非「打」字，閩南口語常用字不可能有此後生晚出的「打」字，應該是作為部首的「攴」字，而「ㄅㄧㄚˇ」寫作「拼」字亦頗有爭議。

八、「啥物」的「啥」是不折不扣的後起俗字，閩南口語再俗也俗不到「啥」字。

九、「代誌」或作「臺誌」，「誌」是「志」的後起俗字，「代、臺」二字均不知所云，純屬因聲借用，應另有正字。

十、「囝」是典型的方言俗字，專用於閩地，但非閩人所用，係不通閩方言的外地人所命名，始見於中唐大詩人顧況之〈哀囝詩〉，《集韻》首先收錄此字，其實「ㄍㄧㄚˋ」係由「孩也」二字合讀而成，當然無字可寫，更絕非杜撰的「囝」字。

十一、「破病」明明是「發病」二字，竟被寫成不倫不類的「破病」，「發病」遠比今通行的「生病」來得古老而典雅，「發」字是入聲字，文讀念作「・ㄏㄨㄚ」，是少數文讀取代白讀的字，使得白讀的「・ㄆㄨㄚ」（入聲韻已弱化）除了「發病」之外，他處罕用，「發」作聲符的「潑」字在口語仍念「・ㄆㄨㄚ」。

十二、「厝邊」的「ㄘㄨˇ」幾乎咬定是「厝」字，其實音、義兩均不合，應該另有本字。

十三、「刣豬」的「ㄊㄞˇ」明明是「宰」字，卻硬要找一極冷僻的「刣」字，按「刣」字始見於女真（金）時代的字書《篇海》之中，而且念作「鍾」而不念「ㄊㄞˇ」。

十四、「賭爛」（ㄉㄨˇ ㄌㄚˇn）兩字全錯，「賭」係後起俗字，閩南口語用「搏」（ㄅㄨˇㄚ）而不用「賭」，「ㄉㄨˇ」應係「拄」、「觸」二者其中之一；「ㄌㄚˇn」明明是「卵」字用於人身（雄性）之口語音，有別於另一「雞卵」的「ㄋㄥˇ」。

十五、「見誚」也寫作「見笑」，「見」是文言用法的保存沒有問題，而「ㄒㄧㄠˇ」絕非「誚、笑」二字，乃是意思很接近的「羞」字之口語音，「見羞」相當於「被笑」，是自謙慚愧之禮貌語，反之，「毋驚見羞」或「未見羞」則是罵人「不要臉」（無恥）。

十六、「知影」二字其實是文雅的「知也」，此「知」字念「ㄗㄞ」，一方面是口語音，一方面更是古音，而文讀念「ㄉㄧ」是中古音；至於「也」字係詞尾，本音是「ㄚ」，書面語則念「ㄧ~ㄚˋ」，所以「知也」是古音加上書面音的詞尾，跟「影」字毫不相干。湊巧的是「也、影」同音，遂便張冠李戴，唯有「有影、無影」纔用「影」字，二者不容混淆。

十七、「墓仔埔」（bㄨㄥˊ ㄚ ㄅㄛ）的「仔」字是「也」字之誤在此姑且不論，「墓」字文讀音是「·bㄛ」，仍略帶入聲韻，而白讀口語音跟「亡」字一樣念「bㄨㄥˇ」，應該是「亡也埔」三字，意謂「亡者安葬之墳地」。而「埔」字也有問題（詳見另文）。

上述例子只是「訛寫」的冰山之一角，其他「失寫」的閩南話更不在話下，正由於不知原本有字而失寫，於是各家擅自杜撰俗字的惡例一開，眾多獨具風格的閩南俗字紛紛登場，光以鄭穗影先生的《臺灣語言的思想基礎》一書為例，其中有沿用別人的，亦有鄭氏自創的，其五花八門令人目炫心惑，諸如下列一串——

「合、冇、悪、慺、佮、箟、伻、唎、亯、吟……」

或許人人有隨意標記「語言」的權利，人人也有創造發明「文字」的自由，何況方言學家更有為鄉土母語改形造字的「義務」，我們不便也不得干涉，問題是閉門造車，出門必須合軌，「軌」卻不是閉門可以獨造的。

此外，精通臺灣禮俗的洪惟仁先生在《臺灣禮俗語典》一書中，大顯其聲韻學之專長，以為閩南話念「ㄌㄤˊ」（ˇlang）的非「人」（ˇzin）（ˇlan）字而像「儂」字；其次又以為「河洛」的「洛」係入聲字「'loh」，而閩南人念的「'lo」係上聲字，遂據此些微之出入將整個族群之名稱（無論己稱或人稱），從不雅的「貉獠」再修飾為中性卻荒謬絕倫的「鶴佬」，更進一步論斷：

「由此觀之，閩南這個系統，中原血統的成分是很少的，主要還是百越族的血統。」（原書頁二九）

從區區聲調的差異居然可以推演到文字、文化、歷史、種族甚至人類學等大問題上，恐怕連王國維、顧頡剛等考古、疑古大師也要甘拜下風。

再說，臺灣漢人禮俗分明是渡海而來的閩南、贛南、粵東禮俗，再往上推又無非華夏中原南下的古老舊俗，洪氏大著將臺灣禮俗考證解說得如此詳盡，而死守此一繁縟古禮的族群卻是斷髮文身、黥面火耕、不封不樹的百越遺民（未包括客家人），未免矛盾得離譜以及數典忘祖了吧！

既然洪先生執著於「聲韻掛帥」，以此來認定閩南話背後的漢字歸屬，本文亦不節外生枝，謹提數點就教。

一、「四聲」之說始於南朝沈約，但沈約是文學家而非小學家，「四聲」是為詩歌韻文而區分的，猶如「小學」是為經學而服務的，皆非探究語音之學，而且沈約卒年距「五胡亂華」已近二百年，以「四聲」來束縛東晉以前的古漢語是大有問題的。

二、近代古音研究始於顧亭林，百餘年後語文泰斗段玉裁有「古無去聲」之說，專攻漢語演變的語言歷史權威王力亦深表認同且為之詳加論證，另有近人黃侃氏更主張「上古祇有平、入二聲」，平聲緩而入聲促，古代韻寬，古詩可以作證；後代韻緊，唐、宋詩可以反映，所以斤斤於「四聲」來追蹤漢字，既狹隘又易失之武斷。

三、大凡語言的聲、韻、調不可能永久不變，年代一久，多少會有「走音、落韻、改調」之現象，再加上內部次方言的分歧，以及外來強勢官話的干擾和鄰近其他方言的影響，要閩南話歷二千年而不變，除非都像洪先生那麼發音正確、咬字清晰（絕無諷刺之意）。

四、《唐韻》、《廣韻》、《集韻》等字書用於定型較晚的方言也許極具效應，加於閩南口語的漢字追蹤只能供作參考，豈可據以論斷？因為這些中古韻書有它特定的時代背景，有它局限的地域空間，閩南口語年代既已遙遠，又僅散布於東南一隅，因此用學術家、學院派的聲韻學架構去研究閩南口語，並進一步推測其背後之正確漢字，在方向及方法上都相當危險（當然文讀除外），其所得之答案更令人懷疑。

五、所謂「四聲、反切、等呼、聲紐、韻攝」等聲韻學上的專用術語，其背後之理論所代表的是某一人、某一家、某一學派，甚至某一時期的學術潮流，並非語言學上放諸古今、四海皆準的金科玉律，與其盡信，不如也偶而存疑。何況，任何語言只要進入文明的「文字化」階段，它必須具有聲音、形狀、意義等三要素，我們豈可光憑聲音就下斷言？

對於洪先生在閩南禮俗及方音的精深研究，本人甚為欽佩，然而亦有不可不分辨者，凡語音、聲韻之學無非從語言之中歸納整理而來，豈有依照其規條法則而發音講話之理，今純就聲韻以探究閩南口語，勢必只見樹木而不見森林，其受囿也匪淺。

本人年輕時曾醉心於詞章之學，中年始潛心於義理之學，近年來尤好歷史、訓詁、考據之學，蓋非由此途則難得其真相矣！因此對於有關人文又涉及時空的諸多問題，每喜先縱橫宏觀之，再深入內部從肌理、紋路、脈絡細察探究之。有鑑於今通行全中國以及海外華人區之普通話，無論字、詞、音、義各方面皆去古漢語甚遠，若說係歷史變遷時代演進的自然結果，何以今閩南語尚能保存漢語古音、古義、古字、古詞（以虛字為主）如此之多，而罕受歷史變遷、時代演進之影響？顯然可見，以中古以後北京話為基礎的今「普通話」之所以跟古漢語愈走愈遠，或許和一千年來遼、金、元、明、清等五個朝代定都於「北京」有密切關係，在遼（契丹）、金（女真）、元（蒙古）、明、清（滿洲）之中有四個王朝之統治階層是胡人而非漢人，這是不爭也不容隱諱的事實，本文之所以將今北京話普通話別稱之為「胡漢語」應無不妥，終究是有別於其他漢語方言，尤其是愈往南的。總之，「胡」也好，「漢」也好，我們強調的是不同，並不帶價值論斷，也無關意識型態，更扯不上什麼「大漢沙文主義」。

依照以上的敘述，今閩南語跟今北京話可以說是今所有漢語之中的兩個極端，其他閩方言也有此一趨勢，只不過沒有閩南系方言那麼強烈，再進一步來說，真正能夠代表殘存古漢語跟一千多年來優勢胡漢語「頑抗」的是閩南口語，而非閩南的書面文讀語，後者在本質上早已是一種跟生活脫節的扭曲造作之語言（詳見另文）。

正由於閩南口語跟今北京普通話在發音上十分懸殊，也跟其他漢語方言大不相同，甚至和地緣、血緣兩俱親近的閩東（福州）、閩北（建甌）方言都頗有出入，試想，一支口語方言「演變」（其實應該說是「死守」）到如此獨特而不合群的地步，難怪閩南話口語之中一些很平常很生活化的話，一方面被族群之內的方言專家「招供」為有音無字，或者殷商遺言、百越古音；另一方面更被那些不知胡漢語「厲害」，而潛意識裡又以「北」為尊、以「京」為雅的語音學家，誣認為來自南方原住民「壯、傣」等非漢族語系之語詞，諸如此類謬誤都與閩南口語本身長期的「失寫」有關。

反觀閩南文讀就完全不同了，它本來就是一支先有文字的語言，當然——有音必有字，能念必能寫。所有漢語當中，沒有比閩南方言在文、白讀上分歧更大的，所謂「文讀」，不妨倒過來解釋為——「讀文」，顧名思義即可知是閩南人為了方便閱讀古書以及參加科舉而刻意設計出來的，它念的是一種典雅大方而跟得上時代潮流的音韻，其中有些跟口語音相同或相近；有很多又跟口語音之間有規律的對應關係可尋，但也有一些跟口語音迥然不同的，而這些跟文讀音發音差異很大的口語，卻正是「失寫」或經常被「訛寫」的，其實它原本都是有字的，而且一般說來，其字、音、義三者都比文讀更早。

基於前述，我們不得不坦率地指出（控），導致閩南口語嚴重「失寫、訛寫」的正是閩南語自己內部的文讀，為了功名、為了虛榮、為了時髦、為了附會風雅，扭曲的文讀混淆了長久不變的口語。

要研究閩南文讀，一本《廣韻》即相當管用，再加上客家話也極具參考價值，但是要深入研究閩南口語，一些後期的書籍似乎無所著力，最好是西晉以前的古籍，尤其是《說文》、《漢書》、《史記》，此外，更要多方對照下列各種漢語方言——

一、浙東南吳語次方言（以「永嘉話」為代表）。

二、浙西南吳語次方言（以「永康話」為代表）。

三、閩東方言（以「福州話」為代表）。

四、閩北方言（以「建甌話」為代表）。

五、粵方言（以「廣州話」為代表）。

六、贛南、閩西、粵東等三支客家話。

如果我們將上述各漢語方言連同閩南口語之中，所有截至目前為止尚認為係「有音無字」的統統整理出來，一一排列察看比較，或許會驚奇地發現到這些方言裡有不少所指相同的，竟然在發音上也十分相近或酷似，聊舉一例，相當於書面語「涎」字（唾液）的，普通話說「口水」，而上述方言都發「ㄌ」音（很可能是「濡」字的漢語古音）。

其次，非常弔詭的是，閩南話跟北京話幾乎是漢語之中地北天南的兩極端，照理來說，今閩南語的頭號敵人（對手）當然是充斥胡漢音、胡漢語的北京話，結果是我們要研究閩南語（無論文、白讀）的最大助手（朋友），仍然要依賴今北京話，尤其在語音的對應規律上。北京話儘管五方雜匯、混亂不堪，它能夠提供閩南語作參考以鑑定念某音的該是何字，此一功用不容否認，而且準確性也相當高，問題是要如何妥善利用二者在語音對應上的複雜規律（例外更不少），由此看來，閩南話的根源本質仍屬北方、中原系統，它跟今北京話的遙遠前身曾有密切的關係過，後來的歧異全在於沾染胡音、胡腔、胡語的多少。

再其次，說一句漏氣的話，自古以來，福建一地尤其是閩南，從未出現過學術上「大師級」的人物，像集理學大成的朱熹雖然生於閩、長於閩，其母語未必是閩方言（祖籍在皖南，係吳方言區），至於講道教學所用的語言，究竟是閩北、閩南或閩西客家話仍有待查考。

這些都無關緊要，遺憾的倒是，自樸學興起以來，所有清代考據大師（尤其是精於漢語古音者），從各種跡象顯示，沒有一人通曉閩南口語（能略諳閩南文讀已難能可貴），也沒有人知道其中大有研究古音的寶藏。閩南口語在內不受本地讀書士人的重視，在外又未蒙古音權威的青睞，坐失此一千載難逢的考證熱潮，其「失寫、訛寫」之不得挽救，其「家世譜系」之不得驗明，其充滿古音、保存古字、沿用古義之「漢學價值」仍未見曙光。

更令人扼腕的還有，錢大昕首創「古無輕唇音」以及「舌頭類隔之說不可信」（又名「古無舌頭舌上之分」，亦即「古無舌上音」）之說，兩百年來學術界對於此突破性的古音研究，無不公認其創見之價值（只有近人符定一、湯炳正二氏曾撰文反駁，但未受學術界重視）。放眼全中國漢語唯有閩方言可以為錢大師的偉大發現作活生生的見證，而錢大師在不諳閩方言的情形下有此重要發現，更令人欽佩其考據功力之深厚。而且可以肯定錢大師在作學術研究的推斷同時，根本不知道（或不敢相信）中國境內尚有完全「不發輕唇音」的三支閩方言，倘若錢氏能通曉閩南口語，也許有更多閩南話的奧祕能迎刃而解。

所謂「輕唇音」又叫「唇齒音」，以「ㄈ」（f）為主，「v」也包括在內，閩方言由於沒有這種念法，光以閩南話為例，凡輕唇音在文讀幾乎都發喉音的「ㄏ」聲，在白讀則一律發重唇音的「ㄅ、ㄆ、b」，後者完全符合錢大昕所說的——

「凡輕唇之音，古讀皆為重唇。」（《十駕齋養新錄‧卷五‧古無輕唇音》）

錢氏從先秦古籍、經、傳、《史記》、《漢書》之中詳引百餘字並精確考證，本文不必再贅述，只舉三個閩南口語常用詞來說明——

一、「bㄨㄚˇ粉」之所以是「敷粉」二字，因為「敷」字在後代念輕唇的「ㄈㄨ」。

二、「·ㄅㄚ粽」之所以是「縛粽」二字，因為「縛」字在後代改念輕唇的「ㄈㄨˇ」，而且還失落了入聲韻。

三、「ㄆㄨㄚˋ病」之所以是「發病」二字，因為「發」字到後代也改念輕唇的「ㄈㄚ」，而一般口語的「潑水、潑辣」反而保留重唇古音念「ㄆㄛ」，閩南文讀將「發」字念成「·ㄏㄨㄚ」，在閩南話中竟然後來居上壓倒較古的白讀音「ㄆㄨㄚˋ」，於是「大發、發財、發生、發作」等等俚俗語的「發」字卻念起「·ㄏㄨㄚ」來，從此又可見所謂閩南語的「文白讀」，其間有一大筆糊塗賬有待釐清。

平心而言，如果沒有錢大師的古音大發現，今閩南語的研究上，恐怕沒有人敢認定「bㄨㄚˇ」、「·ㄅㄚ」、「ㄆㄨㄚˋ」三個動詞會是「敷、縛、發」三字，到頭來不是淪落到失字、失寫的地步，就是被訛寫成「擦（搽）粉」、「綁粽」以及「破病」，甚至被誣指為「有音無字」。既然全中國漢語只有閩方言不發「輕唇音」，這在學術討論尤其漢語語音學上難道沒有深查追究的必要嗎？

本人才疏學淺，不敢像陳冠學先生那樣將「輕唇」、「捲舌」斥之為「失態音」，但是古代漢語裡頭的確沒有這兩種發音法倒是鐵證如山。放眼天下得勢的主要語言，也許「捲舌音」（「顫音」畢竟不同）並不多見，「輕唇音」卻所在多有，莫非古漢語、今閩語在跟全天下絕大多張的嘴巴「作對」？此處不敢妄論，只舉一例以供參考，至親如「父」者，天下沒有語言沒有，文化資淺的泛日耳曼語系都發「f」起頭之音，而歷史悠久的古希臘、波斯、梵語則發「p」起頭之音，二者相形，是否又是一套外夷版的「古少輕唇音」？

還有「父」字在今中文書面語念「ㄈㄨˋ」，其他漢語方言的口語反而念古老的「ㄅ」聲，從「ㄅㄚ、ㄅㄚˊ、ㄅㄚˇ、ㄅㄚˋ」以及入聲的「˙ㄅㄚ」都有，外加不同韻的「ㄅㄝˇ」和不同聲的「ㄉㄧㄝˇ」，試想，以古漢人的父權文化、父權至上，「父」字念破裂塞音的「ㄅ」纔能顯示為父的權威和地位，那裡有可能會念溫和、輕柔、軟弱的「ㄈ」聲？此又題外話。

本人之所以投入閩南口語之研究，尤其在「認字」方面，說來話也不長，因為本人一直崇拜純正的漢語、漢字，以及精深廣博的漢學，對於挾優勢政治力而「在位」的今北京官話，無論在發音上、用字上、語法上都跟古漢語相去甚遠，反倒百分之百「在野」的今閩南口語與古漢語較近，基於此一困惑，加上古文《尚書‧大禹謨》中有一千古警言卻鮮為後人提及——

「君子在野，小人在位。」

古文《尚書》雖係後人偽託，我們不必「以書廢言」，本人並不敢以所謂的「叛逆」自傲，但是平生所痛恨的卻是「權勢」，因而對閩南口語有特別濃厚的研究興趣。其次，本人治學多年，惜無可觀之成就，然自信在方向及方法上尚無差錯，皆得自懷疑大師兼考據學啟蒙人——漢儒王充（仲任）之千古明訓：

「《論衡》篇以百數，亦一言也，曰『疾虛妄』。」（《論衡・卷二十・佚文第六十一》）

今本島之「虛妄」也者，豈僅民間巫教信仰之「怪、力、亂、神」，政客、奸商之虛妄自不待言，其他如佛學、禪學、理學及整個學術界無不充斥虛妄，正因本人堅持「疾虛妄」之求真精神，才深染歷史考據之痼疾，並有睹於閩南口語竟被視為俚俗荒鄙，而閩南口語之失寫、訛寫日益嚴重，本人乃奮筆疾書，草撰此十七章以集結成書。

本書看似倉促完成，其實下筆之前的深思長考幾乎數年之久；而本書之所敘也看似雜亂無章，其中各篇皆可獨立成章，彼此互不相涉，藉一些相關的「例字」來探討閩南口語中失寫的字，並糾正訛寫的字，同時順便零星地拈出幾個北京話也訛寫的常用字，所以，本書各篇章連貫會合起來，正是從多方面來說明閩南口語的特色。

至於在研究方法上，本書不走傳統聲韻學的路線，亦即不以聲音作為認字的最主要條件，因為聲韻學說和理論未必能跟口語的實況吻合，倘若將一學說理論用於實際口語上而有偏多的「例外」，勢必改弦易轍，因此本書在由音認字上，寧可採取跟北京話有規律對應關係的實例去作考查，再參酌其他鄰近漢語方言來作比較對照之佐證。

本書從考證入手，在由義認字上，不取唐宋以下之文獻，中古韻書只聊供參考，而以先秦、兩漢古籍和《說文》為依歸，使閩南口語之追蹤，於字源可考、於字義可通。

本書為求平易淺近起見，不採正式學術論文之體例，而改以雜文散論之形態，然書中所引之資料皆有所據；由於閩南口語之標音遠非北京話之單純可比，儘量用人人通曉之注音符號，不得已才加添羅馬音標，因此，本書之標音頗多含混、粗糙欠正確之處，尤其在「音調」上，閩南語明明有八（其實是七）個調，而本文貪求標記簡化，未能忠實反映，謹向讀者致歉，並祈方家見諒。

其他在探討閩南語上非常重要之課題，諸如「閩南語」的正名問題，文、白異讀和連讀、破讀上的情形，以及跟北京話的深入比較等等，以至於本書各章已敘及而言猶未盡、語或未明、疑仍未解之處，通通擬於本書之續集（正在進行）中再作討論並補充說明。

綜合前述，總而言之，在本人經常使用之語言中，閩南語係居於第三順位，終究在熟練度上非普通話及本人母語可比；本人之所以對閩南方言情有獨鍾而大放厥詞，只因「悠悠思河洛」，才敢斗膽「侃侃話閩南」，撰寫本書之動機完全出自於對古漢語僅存碩果之一番——誠心、敬意以及癡情，因此，本書在論證上有欠周延或誤謬之處，懇請本島鄉親父老、兄弟朋友、高明賢達嚴加指正，以便今後有較成熟之研究報告。

吳在野　戊寅　仲冬　記於

新竹　風雨龍吟樓　開旃亭

河洛閩南語縱橫談 目次

第一章

既然高朋已滿座　豈可有茶卻無「壺」

——追究一支迷失已久的閩南「茶壺」

在我們日常生活裡，像「茶壺」這一類極為普通的東西，各地的漢語方言儘管發音略有出入，但是用來代表它的漢字卻毫無差異，幾乎全都離不開「茶壺」這兩個字；唯獨閩南語迄今為止，仍然找不到所謂「ㄉㄝˇ　ㄍㄜˋ」它究竟是「茶什麼」？換言之，也就是此一發「ㄍㄜˋ」音的還不知道該用那一個正確的漢字來標記。

關於茶壺的「壺」字，我們不妨先看看其他幾支漢語方言的發音（下面儘量用「國語」的注音符號，入聲字用輕聲「˙」的符號）——

一、普通話念作「ㄏㄨˊ」

二、福州話卻念「ㄏㄨˋ」

三、四川話念成「ㄈㄨˇ」

四、江西話念作「ㄈㄨˊ」

五、客家話念作「ㄈㄨ」

六、廣州話也念「ㄈㄨ」

七、浙南溫州話卻念「ㄨˊ」

八、浙西東陽話也念「ㄨˊ」

以上各地的念法在聲母上不出「ㄏ」、「ㄈ」以及「零聲母」（ㄨ）三者之外，其他的一些漢語方言相信也在前二者之間（除了浙江次方言外），至於韻母，前述各語倒是完全一致。再看閩南語卻偏偏發「ㄍㄜˋ」的音，無論聲母、韻母都跟其他漢語截然不同，或許這種緣故，使得我們研究閩南語的專家學者們一直不敢認定「ㄍㄜˋ」就是常見的「壺」字，寧可費盡心思去找另一冷僻的字來替代：

一、林金鈔氏在《閩南語探源》中用「茶鑑」。

二、洪惟仁氏在《臺灣禮俗語典》中用「茶鈷」。

三、鄭天福氏在《臺語根源》中也沿用「茶鈷」，後來又在晚出的《臺語探源》中改用「茶盬」。

四、王華南氏在《實用臺語詞彙》中也用「茶盬」。

五、方南強氏在《大家來說臺灣母語》中用「茶鼓」。

六、張振興氏在《臺灣閩南方言記略》中也用「茶鼓」。

也許是在閩南話中，「ㄍㄛˋ」跟「古」字的發音相同（至於聲調同否，由於牽涉變調問題，殊難定論，詳附註）❶，前面幾位語文先進無不咬著「古」字的發音去找字，找來找去結果找出幾個很難令人接受的冷僻怪字來——「盬、盬、鈷」。

像「盬、盬」二者是一字異體，《說文》有「盬」字，僅只解作「器也」，既不知是何形狀，也不知作何用途？而且該字極為罕見，除了字書予以收錄、聊備一位，從未見於任何古籍，更未曾跟他字結合成詞過。

至於「鈷」字（今指化學元素是譯音覓字與本文無關），始見於顧野王的《玉篇》，是六朝後期的中古字，若從「鈷鉧潭」的所在地來加以推測，「鈷」字很可能是南方俚俗的土造方言字，跟食器風馬牛不相干，因此，閩南話「茶ㄍㄛˋ」的「ㄍㄛˋ」不可能是上述那些古怪字。

否定了不可信的擬字之後，到底「ㄍㄛˋ」是那一個漢字呢？其實，說來很簡單，它還是眾所慣用、平常熟見的「壺」字。按「壺」係一古老的象形字，它所描繪的是一支上有蓋、旁有耳、口小而腹大的器皿，可作食器、飲器、容器以及禮器（以矢投壺、娛樂嘉賓）之用。此字歷史悠久，遠在殷商甲骨文中已見，且有多種寫法，金文、銘文之上也一再出現，先秦古籍裡頭更比比皆是，

---

❶ 閩南語的變調非常複雜，比如「飲茶」、「茶壺」兩「茶」字分別念成「ㄉㄝˊ」和「ㄉㄝˇ」。又如「古早、古意」的「古」念「ㄍㄛˊ」；而「姓古」跟「足古」（很固執）的「古」則念「ㄍㄛˋ」。

下面隨手摘錄數則：

一、「八月斷壺。」《詩經・豳風・七月》❷

二、「又必多為屋幕、鼎鼓、几梴、壺濫❸、戈劍、羽毛、齒革，寢而埋之。」《墨子・節葬》

三、「司鐸射懷錦、奉壺飲冰，以蒲伏焉。」《左傳・昭公十三年》

四、「國子執壺漿。」《公羊傳・昭公二十五年》

五、「簞食壺漿，以迎王師。」《孟子・梁惠王下》

六、「歸以告壺子。」《莊子・應帝王》

七、「元蠭若壺。」《楚辭・招魂》❹

八、「壺酒不清，生肉不布。」《韓非子・外儲說右上》

從上引資料可見，「壺」者從古迄今一直是常見之字，又是常用之物，而閩南語既然被當代語文學家公認為保存古代漢語、漢音、漢字較多的一支方言，其名「ㄌㄝˇ ㄍㄜˋ」者絕無可能捨此一

❷「瓠」叚借為「壺」。

❸古代裝冰之大盆。

❹指「乾瓢」。

習見之「壺」字，而另有其他罕見的後起之字。

有關「壺」的字跟義已無可疑，剩下的問題不得不交給「音」來處理，單從韻母來看，所謂「普通話」（泛北京話、北方官話、國語）的「ㄨ」韻跟閩南語的「ㄛ」韻之間，很明顯地存在著相當規律的對應關係，在字數上也頗為繁多（當然，零星的一些例外總是難免的），下面順便列舉幾個常見字作例子，依序是閩南音在前，而今普通音在後——

一、胡→（ㄛˊ）（ㄏㄨˊ）

二、吳→（ŋㄛˊ）（ㄨˊ）

三、涂→（ㄊㄛˊ）（ㄊㄨˊ）

四、盧→（ㄌㄛˊ）（ㄌㄨˊ）

五、古→（ㄍㄛˋ）（ㄍㄨˇ）

六、蘇→（ㄙㄛ）（ㄙㄨ）

或許有人會質疑前引那些都是姓氏類的字，應該歸入所謂「文讀」系統，因為它跟日常生活無關，算是書面語，而閩南話中的書面語本來就是針對中古官話，刻意擬音、改造、發展出來的；那麼，我們再挑選一批純粹屬於「白讀」，或者根本無「文白異讀」可分的口語來看——

一、五→（ŋㄛˇ）（ㄨˇ）

二、布→（ㄅㄛˇ）（ㄅㄨˋ）

三、毒↓（˙ㄉㄜ）（ㄉㄨˊ）

四、肚↓（ㄉㄜˋ）（ㄉㄨˋ）

五、土↓（ㄊㄜˊ）（ㄊㄨˇ）

六、路↓（ㄌㄜˇ）（ㄌㄨˋ）

七、姑↓（ㄍㄜ）（ㄍㄨ）

八、苦↓（ㄎㄜˋ）（ㄎㄨˇ）

九、虎↓（ㄏㄜˋ）（ㄏㄨˇ）

其次，在聲母方面，閩南語的「ㄍ」跟普通話的「ㄏ」之間，也同樣可以發現部分字有對應關係，雖然在陣容上不如「ㄜ」、「ㄨ」來得龐大，不過下面的例子也已經相當可觀，而且我們是專挑比較沒有爭議性的口語字——

一、合↓（˙ㄍㄚ）（ㄏㄜˊ）

二、滑↓（˙ㄍㄨ）（ㄏㄨㄚˊ）

三、厚↓（ㄍㄠˇ）（ㄏㄡˋ）

四、猴↓（ㄍㄠˊ）（ㄏㄡˊ）

五、汗↓（ㄍㄨㄚˇn）（ㄏㄢˋ）

六、寒↓（ㄍㄨㄚˊn）（ㄏㄢˊ）

七、含→（ㄍㄚˊm）（ㄏㄢˊ）

八、糊→（ㄍㄜˊ）（ㄏㄨˊ）

以上八個例子當中，最令我們感到興趣，又跟本文論證有密切關係的正是壓軸的「糊」字，不要小看這個模糊的「糊」字，它可以清楚地作為「ㄉㄝˇ ㄍㄜˋ」是「茶壺」二字的有力佐證，緊接著我們就來徹查一下，「糊」字的發音在輔音（聲母）方面，各支漢語的「ㄏ」、「ㄈ」、「ㄍ」那一支比較古老（零聲母不計）：

一、「糊」字以「胡」為聲符，「胡」念「ㄏㄨˊ」的方言裡「糊」也念「ㄏㄨˊ」；「胡」念「ㄈㄨˇ」的方言裡「糊」也念「ㄈㄨˇ」。

二、「胡」字又以「古」而得音，今天全中國的漢語無論是地北天南，或者是東魯西秦，「古」字的聲母一律都發「ㄍ」的音，可見此一「古」不但文字古老，連發音也古老。由此更可以推知「古、胡、湖、糊……」一系列的漢字，其最早的發音還是以「ㄍ」為基準，其他的都是歧聲、變音、訛讀。

三、至於像部分的浙江話「胡、湖、糊」等都念成「ㄨˇ」，而閩南語「胡、湖」則念「ㄜˊ」，那是古代漢語在發展過程中常有的「失落聲母」之現象（普通話更多），也不會因此而動搖這一系列字中以「古」音為根本的地位；何況，閩南語的「糊」字發音並未失落聲母，仍讀源頭早先的「古」音（也是古音）。

以上的論證看似無懈可擊，亦即「糊」字的發音是由「ㄍ」演變分歧為「ㄏ」或「ㄈ」，其實，此一斷言是謬誤的，因為閩南語中根本沒有「糊」字，而且「糊」字自問世以來就不念「ㄍ」聲母的音，那麼，閩南話中下列一字三用（詞性不同）的又是什麼字呢？

一、「麵線ㄍㄜˊ」（形容詞）

二、「ㄍㄜˇ紙板」（動詞）

三、「ㄍㄜˊ無夠黏」（名詞）

許慎在《說文》裡收錄一字並說明音義曰：

「黏，黏黏也，从黍，古聲。」

又曰：

「粘，黏或从米，作粘。」（七篇上）

此一今罕見的「黏」（粘）正是閩南語常用的「ㄍㄜˊ」之本字，黃敬安先生在《閩南話考證》一書中以《說文解字》舉例，共分析一百三十字，卻遺漏此字。

我們都知道，人類是先有語言而後才創造文字的，當語言發生了變化（尤其是語音），文字也自然隨之改易或增添，否則，後代漢字的數量不會滋生到如此驚人的地步。再看《說文》有「黏」

字卻無「糊」字，這已經顯示：

一、「黏」字絕非冷僻字，但被同義的新字取代，因而絕跡於今天的口語及書面上（成為「典藏庫存字」）。

二、「黏」是古代漢字，「糊」是中古新生漢字。

「五胡亂華」是漢語在音讀上的大地震，也是漢族在文化上的大斷層，更是漢字在數量上的大擴張，由於文化混合、社會變遷，一些老舊漢字遭淘汰，當「胡漢中國」不再將「黏」字發「ㄍ」音時（似乎是先改發「ㄏ」音），漢文勢必要重鑄新字來配合新音，於是「糊」字便應運而生，跟「糊」字同音同義的新穎漢字，《集韻》之中就收錄一大串：

「黏，黏也，洪孤切；或作粘、𩱠、䴯、糊、𪏮、粐、𪐝。」

按「粘」、「糊」若果真同音，後來不必增添一大堆以「胡、乎」為聲符的新字了。其次，所謂「洪孤切」，若依普通話係發「ㄏ」音，依客家話則發「ㄈ」音，照吳、閩方言是根本無法發音的（兩個母音相切），有趣的是，「洪」字本身由「共」得聲，而「共」字也以「ㄍ」為本音，由此可見漢語原本發「ㄍ」音的字，有不少後來改發「ㄏ」音，像「黏」字是音改字亦改，而「壺」字是音改而字照舊。《廣韻》在「上平、十一、模」字群中收錄了很多同音同韻（都念「戶吳切」）的字，諸如——

「胡、頡、咽、壺、瓳、餬、瑚、湖、鶘、猢、醐、黏、粘、麲、糊、䗂、葫、瑚、箶……」

請注意這些字，除「壺」以外全都以「古」作為最原始的發音骨架，而「壺」字是古老的象形字（未標音），從它的同音字（會隨時代而改變的）中可知它最早是發「ㄍ」音，放耳全中國，只有閩南話在「口語白讀」裡尚保留此「壺」字難得的古音，遺憾的是今人講閩南語、學者談閩南語，竟然不知「ㄉㄝˇ ㄍㄜˋ」其實就是「茶壺」。

為了追究一支古老的茶壺，本文花了不少篇幅，所幸不僅覓回失落已久的「茶壺」，還連帶發現了另一絕版的常用漢字——「黏」，它不但未死，更活生生地存在於閩南語中，未被後起強勢的「糊」字糊過（唬過），佳哉！

第二章

從「苦荼」到「香茗」談「茶路歷程」

——有關「荼」的古音以及正字之探討

按現代語的「飲料」一詞，用字是漢字，用法卻是倭法（日式），顧名思義「飲料」當然是指「可飲之料」，既曰「可飲」，此「料」非他料，又必須是富於水分的汁液。像「水」也是可飲之料，但未有人視之為飲料，因為它沒有「加味」，至於各種「酒」類，其味雖烈，由於用量少又未普及，也不宜歸為飲料。放眼天下，能夠被稱為國際性飲料的似乎不外下列三者：

一、華夏中國人所發現的「茶」。

二、阿拉伯人所發現的「咖啡」。

三、美國人所發明調製的「可樂」。

正由於茶樹的原生地在中國，所以全世界所有對「茶」的稱呼命名都是輾轉依中國發音而來，問題是「茶」在中國本土的發音並不統一，有古今音、南北腔、甚至有正訛讀等等，於是全世界各地對茶的發音也有兩大系統，根據《方言與中國文化》❶一書的收錄，已多達十八種——

一、滿洲語讀作「tsai」
二、蒙古語讀作「tʃεε」
三、哈薩克語讀作「xay」
四、吉爾吉斯語讀作「tsay」
五、古維吾爾語讀作「tʃaj」
六、古藏語讀作「dʑa」
七、今藏語讀作「tɕha」
八、朝鮮文「文讀」念「da」
九、朝鮮文「白讀」念「tsha」
十、波斯文讀作「chāy」
十一、土耳其文讀作「ɕay」
十二、阿拉伯文讀作「shāi」
十三、羅馬尼亞文讀作「cēai」

❶ 係周振鶴、游汝杰著，臺灣版由臺北南天書局發行。

十四、俄文讀作「chai」

十五、法文寫成「thé」

十六、荷文寫成「thee」

十七、德文寫成「tee」

十八、英文寫成「tea」

以上琳琅滿耳目的讀音和寫法，總不出茶國本土的兩大系統，或為南、北音的不同，或由海路、陸路分途輸出，而海路出口又因港埠而有閩音、粵音之差異。但是最明顯的界線卻在古、今音的鴻溝，甚至涉及古代漢字跟中古新生字的異聲變體。接著，我們先來看看「茶」字在各地漢語的發音情況，下面挑出六種東南方言及北音如下：

一、普通話念作「ㄔㄚˊ」

二、客家話念作「ㄘㄚ」

三、閩東福州話念作「ㄉㄚ」

四、閩北建甌話念作「ㄉㄚ」

五、閩南話念成「ㄉㄝˊ」

六、某些吳語次方言則念「ㄗˋɔ」

前述六種各地的漢語發音，其實可以再歸併為兩類：

一、發「舌頭音」（ㄉ）者。

二、非「舌頭音」者。

坦白說，儘管「茶」早已成為普及全世界的國際性飲料，遺憾的是，它仍然無法掩飾在原產地中國有一段家醜不可外揚的尷尬歷史，也不足為「外」人道，因為——

一、「茶」是一個莫名其妙又無從考查其來歷的奇怪漢字。

二、「茶」是一個根本不知道該如何發音才算正確的漢字。

三、若說「茶」是漢字，依漢字「六書」的基本造字法則來看，它根本無立足之地，說它不倫不類也絲毫不為過（跟另一荒謬的「呆」字相同，甚至比那最新穎時髦的「鈽」字還不如，「鈽」字的輩分雖然極「幼齒」，尚可說明為「金屬元素之一，讀如布」，有板有眼）。

四、若勉強將「茶」看成一個形聲字，該字卻又「有形無聲」，欠缺最基本的聲符（說來很弔詭，「茶」字比由它而滋生出來的「搽」字還不可理喻，後者仍可說明為「用手敷抹塗拭，讀如茶之陰平聲」）。

要解決此一尷尬問題，首先，我們必須認知正統漢字根本無此「茶」字，為了遷就「存在即合理，使之合法化」，我們只好勉強承認「荼、茶本係一字」，其實，朱駿聲在《說文通訓定聲》一書中即曰：

「荼，今字誤作茶。」

可惜朱氏是《說文》學家，只提及字誤而未察覺音亦有誤，按「荼」字常見於一些古老的先秦典籍之中，此不一一贅列，光看對該字的註解即可知：

一、「荼，苦菜。」（《爾雅・釋草》）

二、「荼，苦菜也。」（《詩經》毛傳）

三、「荼毒，苦也。」（《尚書》孔傳）

四、「荼，苦荼也。」（《說文》）

五、「荼，苦也。」（《國語》韋注）

很明顯地，「荼」字的原始本義是一種野生植物之名（名詞），由於味道苦澀，也可用作「形容詞」，再引申為「荼毒、摧殘、迫害」（動詞）。其次，要強調的是，古人所謂的「菜」，並非今人所吃的「菜」，而是泛指一切「自然野生非人刻意栽種，但偶而亦可採食之植物」，因此，本質上「苦」、「荼」、「菜」都是野生可食之物，只不過「菜」並無苦、荼那種令人難以下嚥的味道而已，也因此成為「蔬」類代表，甚至涵蓋「肴」類。

經過以上的說明，我們可以確信古之「荼」和今之「茶」原本是一物，下面再補強幾點：

一、二者皆係野生（人工大量栽培是唐以後的事）。
二、二者皆發白花（《周禮》有「荼白」可證）。
三、二者味道皆苦（因野生、栽種而有程度之差）。
四、二者生長皆旺（從「如火如荼」一語可證）。
五、二者在文字形體上極為相似。

剩下唯一可疑者，無非二者在發音上的懸殊，除了福建三支方言（福州、建甌、閩南，不包括閩西客家話）之外，全中國各地漢語「茶」字的發音都分別跟他們「差」字的發音酷似，而「差」字也好、「差」音也好，又都意味著「拙、劣、壞、錯、誤、欠、缺……」等意思，照理來說，若「茶」味果真甘芳可口，不應發此蹙眉嗟嘆之音，循此線索，我們不妨大膽而明智地假設，古代「荼」是野菜，很少當作食物（除非窮苦人家或饑饉逃荒），六朝隋唐佛教盛行，為了方便坐禪提神，野生的「苦荼」遂時來運轉、脫胎換骨而成為大量栽培的「香茗」（當然在品種的挑選及改良下過無數心血智力），當時已罕有人知此「新茶」即「舊荼」了，也因味苦之故，才發「差」音，於是飽學之士（也許顧野王、曹憲之輩）只好遷就俗音訛音將「荼」字改成「茶」字而登常用漢字之林。從事物變遷看文字消長，「荼」、「茶」二字又有一段過節：

一、未有「茶」字也未曾種茶之前，「荼」是一個常見常用的漢字（不僅僅出現於書面）。
二、有此「茶」字又常飲用茶之後，「荼」字便消聲匿跡，委靡不振，只殘存於古籍書面以及雅言成語之中。（如「荼毒生靈」一語，口語豈有？）

我們可以斷言，「茶」者其物其名其字皆由「荼」而來，竟然發音差錯了一千多年，唯獨保守的閩方言仍頑強地保留古代聲母舌頭音「ㄉ、ㄊ」系列（二者只差送氣與否），在三支閩方言中，建甌話（學者稱作「閩北話」）和福州話（學者歸入「閩東話」）都發「茶」音為「ㄉㄚ」，而閩南話（包括泉、漳、廈、潮四支）則念成「ㄉㄝˊ」，從聲母看，三支閩方言皆不離「茶」字的本音，為什麼韻母會有差異呢？究竟何者比較古老呢？

要解決此一問題，必須先追溯到「福建」的地名由來，按「福建」二字顧名思義即可知係由「福州」、「建州」合併而成（猶如「安慶」、「徽州」合成「安徽」一樣）。福州長期以來一直是閩地的行政中心大城市，福州話對官話而言是一支「閩方言」，但對其他閩方言來說，它又是「閩官話」，因此鄰近的建甌話在發展過程中自然比較接近福州話，此二支方言皆與閩南話稍遠。同樣的情況，福州方言受到優勢北方官話的影響也要比閩南話多些（雖說福州話還是全中國漢語方言中離官話最遠的一種省會方言），而「茶」字正好可以作為一個例子（韻母向官話靠攏）。換言之，「ㄉㄚ」的韻母比較接近官話，所以，「ㄉㄝˊ」的發音要比「ㄉㄚ」來得古老些，何以見得，接著就對照一下「ㄚ」韻母跟「ㄝ」韻母的對應關係（官話以今普通話為代表），下面依序是普通話，其次是閩南白讀，最後是閩南文讀，並附註詞例供參考——

一、八（ㄅㄚ）（ㄅㄨㄝˋ八兩）（˙ㄅㄚ八里）

二、扒（ㄆㄚˊ）（ㄅㄝˇ扒癢）（缺）

三、爸（ㄅㄚˋ）（ㄅㄝ老爸）（ㄅㄚ阿爸）

四、把（ㄅㄚˇ）（ㄅㄝˋ一把）（ㄅㄚˊ把握）

五、杷（ㄆㄚˊ）（ㄆㄝˊ枇杷）（缺）

六、爬（ㄆㄚˊ）（ㄅㄝˋ爬山）（缺）

七、馬（ㄇㄚˇ）（bㄝˋ騎馬）（ㄇㄚˋ姓馬）

八、罵（ㄇㄚˋ）（ㄇㄝˇ罵人）（ㄇㄚˇ打罵）

九、襪（ㄨㄚˋ）（ㄇㄝˊ穿襪）（缺）

十、加（ㄐㄧㄚ）（ㄍㄝ加減）（ㄍㄚ增加）

十一、家（ㄐㄧㄚ）（ㄍㄝ大家）（ㄍㄚ家庭）

十二、嫁（ㄐㄧㄚˋ）（ㄍㄝˋ嫁翁）（缺）

十三、假（ㄐㄧㄚˇ）（ㄍㄝˋ假也）（ㄍㄚˋ放假）

十四、價（ㄐㄧㄚˋ）（ㄍㄝˋ價錢）（缺）

十五、蝦（ㄒㄧㄚ）（ㄏㄝˊ蝦也）（缺）

十六、下（ㄒㄧㄚˋ）（ㄝˇ下面）（ㄏㄚ上下）

十七、瓜（ㄍㄨㄚ）（ㄍㄨㄝ金瓜）（缺）

十八、花（ㄏㄨㄚ）（ㄏㄨㄝ開花）（ㄏㄨㄚ花費）

十九、話（ㄏㄨㄚˋ）（ㄨㄝ講話）（缺）

二十、畫（ㄏㄨㄚˋ）（ㄨㄝˊ畫圖）（缺）

二十一、啞（ㄧㄚˇ）（ㄝˋ啞口）（缺）

由於篇幅之故，以上所舉各例其中有入聲字的、變調音的以及閩南次方言（如漳泉異讀）都不再標示。從基本面來看，閩南語的聲母古老、穩定不隨任何一朝代的優勢官話而改變，而韻母方面則非常複雜，雖保留古韻但未必都能吻合古漢語的「雅言」系統，此不妄下斷言。像前述例子更能顯示閩南語「白讀」的古老，「文讀」反而比較年輕，有刻意模倣官話再另行造作之嫌，至少「茶」念作「ㄉㄝˊ」一定要比「ㄉㄚ」來得古老。

「茶」在全世界的稱呼之中，要數閩南語的「ㄉㄝˊ」為最古老，可笑的是，今天絕大部分漢語念「茶」反而不如某些外國話要接近它的原始本音，所幸有不少西洋茶發「t」的音可以佐證此物原先是由泉州出口的。

嚴格來說，閩南語的「ㄉㄝˊ」不是指「茶」字，而是「荼」字的另一種發音，當苦荼成為香茗可以大量栽種、經常飲用，才將「荼」字以「舊字新用」（破音字）的方式念成「ㄉㄝˊ」來命名，可見「荼」字在用了「茶」之前也絕不念「ㄉㄝˊ」。

「荼」字在古代是一個人見人憎的字，它又極具生命力、如火如荼地到處蔓延，不料到後代竟然飛黃騰達成為「ㄉㄝˊ」，而與「酒」分庭抗禮並為飲中雙寵，更難得的是，今口語已經絕響的「荼」字，依然在閩南話的口語中存活健在，它念作「ㄊㄛˊ」，而普通話只見於書面上念「ㄊㄨˊ」，有關「ㄛ」跟「ㄨ」的對應關係詳見另文。「荼」字的本義是「野生味苦之食用植物」，在本質上，「菜、苦、荼、毒」四字是同一系列的，一個比一個強烈可畏，尤其「苦、荼、毒」三字音義皆近（「毒」字本義是「害人之草」），當「荼」字幾近死亡之時，今閩南語凡形容「落魄、潦倒、狼狽、出醜、灰頭土臉……」等情況，仍有用「荼」者（取古人作形容詞用來用），而且是以誇飾的方式一字連用三次：

「荼！荼！荼！」（ㄊㄛˊ　ㄊㄛˇ　ㄊㄛˊ）

第三章

只有「改煙改酒」何來「戒煙戒酒」

——從佛教東來談「戒」字的盛行濫用

今各地漢語常說的「食煙、喫煙、吃煙、吸煙、抽煙……」等等，其實所指的是同一樁事件、同一種嗜好；幾乎舉世公認、眾人皆知，此一惡習有百害而無一益，不過，本文所關切的問題，僅限於語言字詞的斟酌而已。至於「菸」或「煙」二字在使用上的混淆已久，似乎不在本文的討論範圍之內（詳見另章），因為本文要探究的重點是「動詞」而非「名詞」。

對於「菸煙」的態度，若依漢字的本義來處理的話，它可以有下列四種不同的「負面」說法：

一、忌煙——因某一特殊原因而不吸食。

二、禁煙——在某一特定場合而不吸食。

三、改煙——出之於悔恨之心而不吸食。

四、戒煙——對於煙充滿警覺防備之心。

以上四者可以再簡化為：

一、忌煙——不宜吸食（此時）。

二、禁煙——不准吸食（此地）。

三、改煙——不再吸食（此後）。

四、戒煙——小心吸食（此物）。

今所謂「戒煙」一語，顧名思義可知係指「曾經吸食而決心不再吸食」，若從未吸食則無「戒煙」可言。但從漢字本義來看，「戒煙」一詞是不能成立的，因為它只消極地表示對煙的態度，並未明確地表示對煙的行為措施（是吸或者不吸，是不吸還是少吸）。更重要的是，漢語「戒」之一字根本沒有「禁絕、斷除」的意思，真不知「煙」是該如何去「戒」？同樣地，今所常見的「戒煙、戒酒、戒賭、戒嫖、戒葷、戒殺生、戒毒品……」等等構詞用法，統統有待商榷。

按「戒」字相當古老，在甲骨文時代已有此字，係一雙併的「會意」字，由「廾」和「戈」兩個獨體之文結合而成，本義是指人「雙手持戈，以備不虞」，而「不虞」是指「意外」（比如寇賊來犯），接著我們先看古代通儒的扼要註解——

一、「戒，警也。」（許慎《說文》）

二、「戒，警也。」（《儀禮》鄭玄注）

三、「戒，備也。」（《左傳》杜預注）

四、「戒，備也。」（《荀子》楊倞注）

再看先秦古籍中幾則「戒」字之用法——

一、「十日齋戒。」（《管子・中匡》）

二、「戒心形於內。」（《管子・君臣下》）

三、「齋戒沐浴。」（《墨子・尚同中》）

四、「齋戒沐浴。」（《孟子・離婁下》）

五、「予有戒心。」（《孟子・公孫丑下》）

六、「必敬必戒。」（《孟子・滕文公下》）

七、「勝敵而愈戒。」（《荀子・儒效》）

以上的「戒」字總不外「謹、慎、警、惕、敬、畏、防、備」之義，唯一容易被後人混淆而誤解的用法，係出於孔子之口——

「君子有三戒，少之時，血氣未定，戒之在色；及其壯也，血氣方剛，戒之在鬥；及其老

也，血氣既衰，戒之在得。」（《論語・季氏》）

這個「戒」字從何晏到朱熹都未加以注解，顯然是簡單平易的字，《論語》該段文字之後，緊接著是孔子的「君子有三畏」，「畏」是「敬畏」，而「戒」是「戒慎」，兩相呼應，一氣順成。由此更可見此「戒」字毫無「禁止，斷絕」之義，孔子只是告誡君子不可沈迷女色、逞強好鬥、貪得無厭（程度上有所節制而已）。

或許是由於孔子首創「三戒」之說，後來佛法東傳、佛典漢譯，遂沿用而有「五戒・十戒」等名目，同時，夾帶「戒」字的新詞更大為盛行，諸如：

「戒行、戒法、戒律、戒定、戒器、戒牒、戒杖、戒珠、戒尺、戒刀、戒場、戒壇、戒口、戒言、戒海、戒師……」以及「受戒、守戒、齋戒、破戒……」。

其中「齋戒」一語可謂舊詞賦以新義，儘管「戒」字在染上濃厚的印度色彩之後更為普及，古人下筆戒慎而不濫用「戒」字的例子很多，下面舉出幾個有力的證據頗可供參考：

一、陶淵明生於晉、宋之間，當時佛教的盛行可謂「山山有寺、寺寺有僧、庶人信佛、文人談佛」，而陶淵明的詩集中有一首〈止酒〉詩，偏偏用「止」而不用「戒」字，可見他對「戒」字的新穎用法仍然頗具戒心。

二、中國歷史上信仰最虔誠的佛門天子，後代公認是南朝的梁武帝蕭衍，他曾經撰寫多篇弘揚慈悲護生精神的文章，比如〈唱斷肉經竟制〉、〈與周捨論斷肉敕〉以及〈斷酒肉文〉等等，其中都捨棄「戒」字而用「斷」字，可見「戒」字在當時還不可濫「戒」（叚借）。

三、盛唐大詩人王維年輕即皈依佛門，喪妻不再娶，卅年吃長素，其〈謁璿上人〉一詩有痛下決心的兩句——「誓從斷葷血　不復嬰世網」，他永絕腥羶臭臊之物，也用「斷」而不用「戒」字。

四、中唐大詩人香山居士白居易，不但篤信佛教，在他詩裡更充滿悲天憫人的社會關懷，因而晚唐詩壇推尊他為詩人中的「廣大教化主」，白居易在〈答蘇庶子〉一詩中有兩句是——「病來從斷酒　老去可禁愁」，也同樣不用「戒」字，而以「斷」、「禁」二字來相對仗。

從以上中古漢語所用的「止酒、斷肉、斷酒、斷葷血」來看，可知「戒」字一直沒有「斷、絕、禁、止」的意思，有之，也是後代逐漸傳會而來的。再說，「戒」字之濫用固然起於佛教，但是濫用到「戒酒、戒賭、戒煙……」的地步，恐怕是晚近的事，晚清張之洞在他著的《輶軒語》中有一句曰：

「戒吸食洋煙。」（〈語行篇〉）

當然，此一「戒」字絕無「警惕戒慎」的古義，而是指「禁絕斷除」，也許當今通用的「戒煙、吸煙」都由此而來，同時「煙」字是以「鴉片」為主。按「輶軒」一語的本義是「輕車」，引申為

「天子之使者駕輕車採訪各地方言」，揚雄的《方言》一書是原名「輶軒使者絕代語譯別國方言」的省稱，可知「輶軒語」正是「方言、俗語、地方話」的雅稱。因此，「吸煙、戒煙」很可能是北方土話先開始用的（張之洞是河北省南皮人），由河北土話進入北方官話之中，再挾政治優勢而成為全中國的通行語。

所謂「戒煙、戒酒、戒賭」以及什麼「煙毒勒戒所」的「戒」字用法，無不粗糙而拙劣，那麼對於此類惡習究竟該用那一個漢字動詞比較妥貼呢？用「禁、斷、絕、止」也都略有偏差，所以，除了「改」字，別無選擇。

正好「改」字跟「戒」一樣古老，也是雙併的甲骨文字，先秦古籍常見此字，下錄五則以見一斑：

一、「改過不吝。」（《尚書・仲虺之誥》）
二、「有過則改。」（《易經・益卦》）
三、「過則勿憚改。」（《論語・學而》）
四、「改過易行。」（《晏子春秋・外篇第七》）
五、「改過自新。」（《漢書・刑法志》）

以上這些古老的格言明訓，試問，若捨該「改」字，不知尚可改用何字？兩千多年來，儒家的品行修養之道，無不先由「改過」而後「進德」，像孔子特別嘉許顏回的「不貳過」，所謂「不貳過」當然不是指未曾犯過，而是有過必改，改過不再重犯的意思。因此，我們分解「改過」之道是這樣的，犯「過」之人必先「知」過而有「悔」意，然後才確能「改」；如果不先「知」有過，再生「悔」意，又如何能「改」呢？當今到處充斥的「煙、酒、賭、毒、淫」等五大縱欲敗德的惡習劣行，無不可以作如是觀——「先悔後改」。

經過以上的解釋，我們真想不通此一具有道德實踐的動詞「改」字，為什麼會跟另一個渾不相干的「戒」字混為一談？「戒」字戒來戒去仍然離不開「提高警覺、加強防備」，其對象是敵寇盜匪或毒蛇猛獸。

其實，「改」字被誤作為「戒」，未可完全歸咎於佛教大量使用「戒」字的緣故；「改、戒」二字音近也是一大原因，大致來說，「改」字的發音自古以來少有改變，各地對「改」字的念法也差異有限；至於「戒」字儘管在今北京音已改念「ㄐㄧㄝˋ」，不要說絕大多數漢語仍發「ㄍ」的聲母，連北方也有不少鄉下發「ㄍ」而不發「ㄐ」。

關於「改、戒」二字，古音姑且不論，中古音已十分接近，下舉《廣韻》為證：

「改，更也，又姓，秦有大夫改產，古亥切。」（上聲十五）

「戒，慎也、具也、備也、警也，易註雲洗心曰齋，防患曰戒，古拜切。」（去聲十六）

可見「古亥切」和「古拜切」之間只差聲調。最後我們再來粗略地檢視一下各地方言對此二字的發音差別及用字情況——

一、普通話（以北方話為主）的「改、戒」念法不同，都用「戒煙、戒酒……」。

二、其他跟普通話較接近的上江官話、下江官話，「改、戒」既不同音，「戒」字又「ㄐ」、「ㄍ」兩讀並行，不過仍用「戒煙、戒酒……」。

三、吳語及其次方言的「改、戒」發音不同，也用「戒煙、戒酒……」。

四、客家話的「改、戒」也不同音（差在介音之有無），仍用「戒煙、戒酒……」。

五、粵語的「改、戒」二字念法不同（聲母、韻尾皆同，介音不同），也用「戒煙、戒酒……」。

六、湘語、贛語（贛南客家話除外）裡頭，「改、戒」二字念法相同而聲調有別，也用「戒煙、戒酒……」。

七、福州話的「改、戒」發音有別，但是不用「戒」而另有「改薰、改酒……」的說法。

八、閩南語（包括潮州話）中「改、戒」二字發音相同，原調不同，也用「改薰、改酒……」。

從「改、戒」二字，我們可以看出普通話的深厚影響力，幾乎使各地漢語望風披靡，尤其在較晚近的新詞彙上，唯獨閩方言在用語（字）上尚能堅持以及戒慎，至少本文所述就是一個明顯的例子。

此外，我們不妨再來看看當前「戒」字的各種用法，以及其泛濫的地步——

一、戒煙、戒酒、戒茶、戒咖啡、戒檳榔……

二、戒葷、戒肉、戒鹹、戒甜、戒辣、戒吃藥……

三、戒毒、戒鴉片、戒嗎啡、戒安非他命……

四、戒賭、戒麻將、戒梭哈、戒牌九、戒插花……

五、戒大家樂、戒六合彩、戒股票、戒打賭、戒打針……

六、戒擔保、戒作保、戒標會、戒入會、戒作媒……

七、戒嫖、戒淫、戒馬殺雞、戒三溫暖……

八、戒參選、戒助選、戒掛名、戒政治圈……

九、戒咀咒、戒發誓……

末了，我們不禁要誠懇地呼籲，戒慎使用「戒」字，改掉濫用「戒」字的惡習——「戒戒」。

第四章

「菸煙」兩者皆泛濫　其實用字也混亂

——一支獨秀談「薰」字的芬芳和古典

「夫當今生民老百姓健康之患，果安在哉？首在沉湎於煙、酒等不良嗜好而不能自拔矣！」

（仿蘇東坡〈教戰守策〉一文開場白）

此一段看似詼諧的文字，其背後卻是嚴肅的；說一句正經的，當今人類最普及習見的不良嗜好一定非「吸煙」莫屬。先看「煙」字分明以「火」為鄰，只要是煙，無不從火來，照理說，任何人對於著「火」帶「煙」之物，避之猶恐不及，豈有甘願吸食之理？本來，凡有血氣的生命沒有不畏避煙火的，我們可曾聽見過天下有不怕煙火的毒蛇猛獸嗎？就連沒有血氣的花草樹木也一樣，煙火一近，不是枯萎，就是焦死；而天下之大，無奇不有，居然有很多人會去吸食煙火，簡直匪夷所思！

當然，該物之所以能蠱惑世間無數癮君子，完全是由一種特殊的植物，經過乾燥再燃燒而後散發出一種特殊的氣味，結果，有人聞之欲嘔，有人卻趨之若鶩。或許古代中國並無此物，直到晚近才從外地引進，我們漢語漢字要妥貼地予以命名可真煞費周章，今所謂的「烟、煙、菸、香煙、香菸、紙煙、紙菸、捲煙、捲菸……」等等名稱，所指都是一物；但為了跟另一種「水煙」（水煙袋、鼻煙壺）有所區分，因此也有叫「旱煙」的，至於北方話的「抽大煙」或上海話的「喫烏煙」，那又純粹是指吸食「鴉片」了。

按「烟」是「煙」的俗字，可以不論，湊巧的是「煙」跟「菸」二字在今天普通話的發音完全一致（據北宋的《集韻》所載，二字也發同音，再往前的《廣韻》甚至《說文》，則念法不同），再加上二者所指極為相近，於是被混用、訛用的情形十分嚴重，下面先略作一番討論——

一、「菸酒」二字合用，是指兩種大宗的「民生」常用消費品，它著重於「物類」，所以「菸酒公賣局」一名並無不妥。

二、「煙酒」二字合用，是指兩種大眾習見的不良嗜好，它著重於「嗜好」一事，是「吸煙喝酒」的簡稱（例如「不沾煙酒」是指不吸煙也不喝酒），言之亦無不通，但是若說「煙酒待客」、「煙酒配售」似乎有些牽強了。

三、「香煙」二字合用古代已有，文人用來形容山嵐水氣，意謂「芬芳的雲煙」，此「香」作形容詞用。後來佛教傳入中國，則指「焚香的煙氣」，此「香」改作名詞用；近代所用的「香煙」係指「芬芳的煙氣」，亦勉強可通。

四、「香菸」二字合用是現代新詞，此「菸」字有待商榷（詳後述），而且菸葉若未經點燃，恐怕未必有香味可言（聞），連老煙槍也不見得愛聞生菸草的氣味。

五、「紙煙」二字合用，可真令人莫名其妙，按「紙」只能用來裹「菸草」，豈可用來包「煙火」？若說「紙菸」還可知是指「紙裹菸草而成細長條狀之物」，有別於另一種將絲狀菸草塞入煙斗之中的吸法。

六、「捲煙」二字合用也是莫名其妙，因為「煙」是燃燒後的氣體，不知如何將它捲住（著）而不會漏氣？而且「捲煙」一名很可能是日文「煙捲」的漢譯（用的仍是漢字，但是詞序不同），改用「捲菸」似乎比較合理些，不過也容易被誤解為「正在包捲菸草」，「捲」變成了動詞。

以上略述六個詞語，已可見用漢語漢字來名狀新鮮事物必須非常審慎，否則，一些不倫不類的新詞也不會如此泛濫，接著我們再來看看兩個通俗的詞彙——「吸菸」和「煙草」。

以「菸」為名又擁有「正」字標記的「××公賣局」是一家專發不良嗜好財的大公司，可是它不像一般賣柑者誇柑甘、賣瓜者說瓜甜，能不昧良心地在商品上誠實印上這些警告——

「吸菸害人害己！」

「吸菸過量，有礙健康！」

「孕婦吸菸易導致胎兒……」

曾幾何時大家熟見的「吸煙」竟然更改為「吸菸」二字，再三思索，我們不禁要問：

一、「菸」是屬於草類之物。它只能吞食、嚼食，並非汁液或氣體，豈可「吸」食？這是針對動詞「吸」字的用法提出質疑。

二、「菸」若未經火引燃而冒「煙」，真不知道該如何一個「吸」法？如果乾燥的菸草絲也能吸的話，那買它一包菸恐怕可以吸上十天？半年？一年？縱使潮了也照樣可吸（反正消耗不掉）？如此一來（××局）豈不早就關門大吉了，這是針對名詞「菸」字的用法提出質疑。

其次，有關「煙草」一詞，古人詩中早已出現，指的是山野草原上的雲霧水氣，那是潮溼的，跟本文所談乾燥而有焦油的東西無關。今所謂「煙草」是指可作香煙的一種草類，問題是「菸」字姑且不論本義為何，目前借用已久而成一專用名詞，為何尚有人會捨「菸草」而用「煙草」？下面列舉一大串帶「菸」字的詞彙，除了「菸害、煙害」都有「害」字但詞義不同，其餘皆非「煙」可取代：

「菸農、菸田、菸苗、菸草、菸葉、菸絲、菸質、菸稅、菸廠、菸產、菸蟲、菸害、菸病、菸鹼酸……」

反過來看，另一系列帶「煙」之詞彙也照樣不容「菸」字侵入而被替換，諸如——

「煙害、煙毒、煙癮、煙蒂、煙頭、煙灰……」

「吸煙、抽煙、吃煙、叼煙、忌煙、禁煙、嗜煙、要煙、熄煙、點煙、敬煙❶、改煙❷……」

「菸、煙」二字在近代才結「共榮」之緣。就依現代的用法來看，此二字仍有一道不可逾越之鴻溝，為了釐清二者以免混誤濫用，本文再作扼要歸納——

一、「菸」是野生之草，「煙」是人為之患。

二、「菸」是無用之物，「煙」是有害之事。

三、「菸」是未燃之煙，「煙」是已燃之菸。

四、「菸」是煙的來源，「煙」是菸的行為。

五、「菸」是煙的材料，「煙」是菸的成品。

六、「菸」是煙的禍草，「煙」是菸的毒氣。

經過以上的分析，我們應該可以發現「菸」和「煙」之間具有濃厚的共生共存氣氛，再進一步，我們要對此不良之物的「得名」淵源略加討論。

在明朝末年，此一新鮮不良嗜好，是西班牙人從墨西哥（一說是「西印度群島」的古巴）輾

---

❶「敬煙」不宜皮相地解釋為「奉上香煙」，而是「恭請吸煙」的意思。

❷「改煙」是「悔改不再吸煙」的意思，通常都訛作「戒煙」（詳見前文）。

轉經由呂宋島而登陸中國，第一站便是福建沿海的閩南（始作俑者也是漳州華僑），閩南人不但最早移入栽種，閩南話更搶先予以命名——「薰」（念作ㄏㄨㄣ）。

也許閩南話的發音比較奇特（這是對外地人而言），也許閩南人當初所選用的漢字比較古典（這也是對講「胡漢語」的漢人而言），因而此「薰」字未能流通盛行，連大江以南都吃不開、聞不到，只局限於閩北、閩東、閩南一帶，絕大部分的其他漢語民族未予認同（尤其是雄居漢語龍頭地位的北京官話），結果，大眾所選擇的還是那個通俗易解的——「煙」字（北起東北、西北一直到湘語、粵語、吳語以及客家話通通用此字，唯發音在南方是有些微出入）。

也不錯，「煙」字有火、有氣、有味、又有香辛薰人的濃煙味，果然十分生動傳神，可是，「煙」氣終究是空空的氣而已，它的背後總要有一具體之「物」才行，而且還必須是植物之中的草葉類，作為燃燒的主體（材料），遍覓漢字之中，夠此資格的唯有一「菸」字，它既與「煙」字同音（在明末），又夙有「香草」之名，於是「煙、菸」二字乃結不解之孽緣，一起汙染全中國。

「菸」字的確有「芳草」之名，許慎在《說文》曰：

「菸，鬱也，从草，於聲。」

「鬱，芳草也。」

其實，「鬱」字雖然是芳草之美名，不過用途卻大不相同，它的本義是專指一種種來「釀酒祭神」用的芳草，只可飲（喝）而不可吸（聞），更絕非用來焚燒而取其氣味的，跟今天所指的「香煙」或「菸草」，根本是風、馬、牛不相干，況且，「菸」字也同時擁有「臭草」之惡名，先秦古籍中僅見於宋玉的〈九辯〉中：

「葉菸邑而無色兮，枝煩挐而交橫。」

「菸，臭草也。」（洪興祖《楚辭補注》）

「菸，臭草也。」（《玉篇》）

可見「菸」作香草是叚借為「鬱」字（古代同音），被視為臭草才是「菸」的本義，此外，「菸」字另有一同義而異形的伙伴：

「蔫，菸也，从草，焉聲。」（《說文》）

據此則「菸、蔫」二者是同義字（在東漢時代），但未必是同音字（因為「於」、「焉」二字在東漢未必同音）。

附帶要提的是，「菸、蔫」二字都另有「腐敗酸臭」之義，大凡食物過時而變質變味不可再食用，今普通話多用「餿」字或直捷說「壞」、「爛」，閩南語則叫「臭酸」，而吳語北起蘇州，南迄溫州都一律發「ㄧㄝ」的音，正是「菸、蔫」二字其中之一（也寫作「⿰歹委」或「⿰歹焉」）。證之字書：

「菸，蔫菸，敗也。」（《集韻》）

「蔫，不鮮也。」（《說文》段注）

「蔫，物不鮮也。」（《廣韻》）

「蔫，物不鮮也。」（《韻會》）

綜合以上的敘述，我們可知「菸」字在古代係一冷僻字，口語既不用，書面也罕見，到了中古時代又混入他義；不料，在近代竟時來運轉，由於跟「煙」字同音又義近，順便被借來新登場的「菸草」之「菸」字，因此飛黃騰達而成為熟見常用字，今通俗多用「煙」字，至於農業學術界之生產線以及官方名詞則用「菸」字。

此外，要特別提醒的是，當全中國各地漢語都隨風飄盪地用「煙」字時，我們不要忘記「煙、菸」的最初進口地（閩南），卻精挑細選一個古老又古典的漢字：

「薰，香草也，从草，熏聲。」（《說文》）

所謂「熏聲」，其實「熏」也同時是「薰」字的意義之一（指濃厚的香氣如煙之熏人，如「醺」字也有此義），而且「熏」、「薰」二字又經常通用（俗字「燻」則純屬多餘的，多添了一「火」）。

按「薰」字是古籍的常見字，它是地地道道的蘭科香草植物。在草類植物中的地位遠非冷僻罕用的「菸」字可比。通常我們熟見的「芬、芳、香……」等同一系列孿生文字，大致上都被當作形容詞來用，唯獨「薰」字係一名詞，在古代它幾乎是香草類植物的泛稱（代表），我們從下列文獻即可知梗概——

一、「薰，香草。」（《左傳》杜預注）

二、「薰，香也。」（《孔子家語》王肅注）

三、「薰，香氣也。」（《文選》李善注）

四、「薰，薰香。」（《廣韻》）

五、「薰，香草也。」（《集韻》）

六、「薰以香自燒。」（《漢書・龔勝傳》）

從上引最後一條資料，我們不難發現到「薰」居然還是一種可以用來燃燒的香草（由於其煙的氣味芬芳能使人聞之感到舒暢），而其他的香草植物諸如「蘭、蕙、芷、芸……」等等，卻從未聽說過可以用焚燒的方式來取其香味；此外像「艾」草之類，古人也常拿來燒灼，但是只用於治病療傷，而且它更充滿一股藥味（從端午節的以艾草驅瘴避邪已可知艾草氣味的難聞，因為中國人所想像的鬼神也通人性，跟人有同樣的好惡——愛香而畏臭）。

因此，「薰」以一物而兼具三特質，似乎在華夏草類和中國漢字裡頭是獨一無二的：

一、它屬於草類（本）植物。

二、它必須具有濃郁的香味。

三、其香亦可經燃燒而嗅得。

我們再回頭來看，今天所謂的「香煙」，其所以能顛倒天下無數癮君子，正由於它也具有三大特質：

一、它是一種特殊的草類。

二、它有一種特殊的香味。

三、它必須經由火來處理。

以上兩相對照，真不知道還有那一個漢字能夠比「薰」字更妥貼、準確、細膩而又典雅地用來指稱「香煙」、「菸草」，無論它是已燃的或者未炶❸的？

最後，我們再從精簡、諧聲、會意三方面來看看此一「薰」字用來指該不良嗜好，的確無與倫比。

一、今天絕大部分中國話都通行用「煙」、「菸」（後者比較偏向書面語），此二字所要分別表達的事、物，閩南話只要用一個「薰」字即可概括，比如「食薰、買薰、改薰、薰未著、

❸「炶」字罕見，但它確是「點火」之「點」字的正確本字，按「點、炶」同音異字，一為「黑點」而一為「炶火」。

薰草……」這在語文用字上是精簡的例子。

二、閩南話的「薰」字念作「ㄏㄨㄣ」(其他閩方言也大致相同),而另一「芬」字也念成「ㄏㄨㄣ」,二者完全同音,巧的是「芬」的聲音正好可以用來形容(或助長)「薰」的香氣,這又可見「薰」字在音義兩方面的契合。

三、「菸、煙」二者所共同完成的一件事,我們可以用最簡捷的公式來表示它——→(草)加上(火)而發出(煙),結果,好此道者,吸之如入芝蘭之室,神清氣爽;惡此物者,聞之如入鮑魚之肆,嫌薰鼻刺喉。而「薰」字的結構正好是戴著「草」又帶著「火」,既有「香氣」又「薰人」,可以說充分展現漢字的巧妙處,觀形便可會意。

外地人初聽閩南話把「吸煙」說成「ㄐㄧㄚˇ　ㄏㄨㄣ」一定會困惑不已,以為閩南話的發音竟然跟普通話懸殊到如此地步,再進一步知道「ㄐㄧㄚˇ　ㄏㄨㄣ」原來是「食薰」這兩個漢字,而了解「薰」字的來龍去脈以及古字今用之後,勢必會驚嘆閩南語對於外來新穎事物的繫以漢字,可謂深思熟慮,審慎不苟。

第五章

去「香港」買「香」 也不見得「香」

——從「眾人皆香我獨芳」談閩南氣味

本文的標題從句義或者句意來看，它都可以算是「判斷句」，判斷從「香港」買得的「香」，氣味並不「香」，由於句中有了一個「不」字，所以在句型上，它也是「否定句」，再說得清楚一些，它應該被看成一句「否定判斷句」——

一、否定香的「香」

二、判斷香「不香」

按中國語文的現代寬容標準（尤其是白話口語），所謂「不香」，有時指的是「臭」，而換一種比較含蓄的說法，有時也可能用來形容「不夠香」，二者所指懸殊，但都不妨用「不香」一語。有趣的還有，所謂「否定香的香」，看似否定，背後仍然包涵肯定——「肯定香是不香的」，這似乎又涉及語文的邏輯遊戲。

其實，本文標題的重點，不在於「香港之香」的品質如何、氣味如何？而在於末尾一個「香」字的用法，也就是依閩南語的習慣用法，該字是否用「香」之一字？當然，標題歸標題，再好的標題也未必能扼要地掌握全文的主旨，何況，本文的標題只著重在醒目而已，本文要探討的絕不僅止於這些枝節問題。

話說也許有有心人想要積極推展閩南語教學，也許為了強調閩南語極具「一字多音」的特色（漢字本來就很多一字多音的現象，這是針對程度上的比較而言），因而編出了一句十分流行的順口溜——

「去香港買也（ㄝ）香，實在有夠香。」

以上係從口語翻成文字，用字或說法難免會略有出入，但全句主旨在於三個「香」字，其原義無非想告訴外地人，「香」字在閩南人口中有三種不同的念法——

一、當專有名詞來用時，如「香港」的「香」字要念作「ㄏㄧㄨㄥ」(hioŋ)

二、當普通名詞來用時，如「點香」的「香」字要念作「ㄏㄧu」(hiũ)

三、當作形容詞來用時，如「真香」的「香」字則念作「ㄆㄤ」(pʻaŋ)

按「香」字在全中國各地漢語方言之中，儘管發音不盡相同，若就各方言自己的發音來看，除了閩南話以外，全都只有一種念法，既無文白異讀，也無破音異讀（變調不包括在內），而閩南人念「香」字卻有兩種發音，這已經令人十分驚訝了，難道還有第三種異讀？

原來這一句順口溜的作者求溜心切，溜到最後（第三個香）溜出了破綻，它絕非「香」字，雖然它的氣味很「香」。

提及「香」字的發音，我們先從本文標題中的「香港」談起，全世界任何語言對「香港」的「香」都發「h」的音（亦即中國注音符號的「ㄏ」），這個「h」音明顯是由英語而來（因為大不列顛帝國一直強佔「香港」至一九九七年七月），即使「大限」過後，歸還「中國」，相信地名的發音仍不至於改變，除非連地名也更換。而英語之所以發「h」之音，又來自中國漢語（漢人先到先開墾則先命名），我們試看今天大南方的福州話、廣州話、閩南話、客家話，「香」字通通都發「h」「ㄏ」之音，而普通話跟吳語則發「ㄒ」音，至於「ㄏ」如何會演變為「ㄒ」，不在本文討論範圍之內。

若說「香」字在閩南語中有三種念法，其實也沒說錯，使用頻率最高的是拜拜所燒之物——「香」（名詞），可以看成白讀的口語音，另一系列用於人名、地名以及書面雅言的「香」字，通常都念「ㄏㄧㄨㄥ」，但也偶而可以聽到念成「ㄏㄧㄤ」的，也許原鄉即有此音，也許是閩南人渡海來本島之後，「漳、泉」混合的新念法（有人名之為「海口腔」），如此則說閩南語「香」字有兩讀或三讀皆可。此外，要用來形容美好的氣味，各支閩南語（泉、漳、廈、潮）一律都用「芳」（ㄆㄤ）字，從來不用「香」字，比如「芳粉、芳水、芳味、芳花……」以及「ㄅㄨㄥˇ米芳」等等。像「香菰」（菇）一物，由於閩南不用這種構詞法，因此有仿冒出來的「ㄏㄧu菰」或「ㄏㄧㄨㄥ菰」，都是「烏白閂」（連「芳菰」亦無）。又比如像普通話的「吃香」一詞，若照字譯成閩南話——「ㄐㄧˇㄚ ㄏㄧu」，那一定貽笑大方，「香火」只能拈來拜拜，豈可吞食？「芳」在閩南語中是很平常熟用的形容詞，所以無所謂「文白讀」，書面口頭只有「ㄆㄤ」一種念法，正猶如「香」字在所有其他方言裡一樣。

既然「芳」在閩南語中是常用字，俗語說得好：「一山不容二虎」，相形之下，當作形容詞用的「香」字當然無立足之處，處處有「芳」，又何必多此一「香」？同樣的反面情況，「香」在絕大多數的漢語裡是優勢熱門字，壓倒群芳，「芳」字只能局限偏差文人筆下、書面紙上，試問，其他各地方言在講話時，可曾用過「芳」字？「芳、香」二字所形容的氣味非常接近，到後來幾乎沒有分別，再說，漢語一直有一支優勢的官話存在，任何方言向官話靠攏，倣效官話所用的流行字，這在語言發展演化上是自然的趨勢，就以「芳」字為例，連閩南話的近親芳鄰「福州話」都捨「芳」而就「香」，閩南語只好「孤芳獨賞」了。

在早期的漢字裡頭，完全同義的字是極為罕見的，因為漢語的造字原則無非「精簡」；縱使先秦時代各個方言彼此之間有同義字，經過「文字化」之後，勢必予以淘汰或因而式微。後代有些字書、韻典的作者以識字多為博學，大肆收錄有多達兩、三萬字者，甚至四、五萬者，其中改形、變樣、筆誤、複出，泰半都是無用多餘的俗字、譌字。正統漢字本來就貴精不貪多，只要有頭有臉有來歷的漢字，每一字都有其獨特的個性以及生存的意義，所以，古典如「芳、香」二字，嚴格來說，它們所要形容的情況或程度、對象一定會有差別，只不過後人誤用、混用，年代一久而「沆瀣一氣」了。

古人用來形容使人心神愉悅的美好氣味，大致不出「芬、芳、薰、香、馨」等五個漢字之外，至於另一系列專用來作為某種芳香花草名稱的，比如：「芝、蘭、蕙、茝、芷、芸……」等等，由於不是形容詞，也跟本文無關，自然不予討論。

為了探究閩南語捨「香」而用「芳」字，其背後是否有特殊的原因，我們有必要深入了解「芳、香」二字的源頭及發展。對於形容美好的氣味而言，假如本文認為「芳」字要比「香」字更來得妥貼或精確，也許會被指斥為「預設立場，先存成見」，為了避嫌以表示本文的論點不偏袒其中一字，下面代之以「美好氣味」一語作形容（未明言「芳」或「香」），來看看上述幾個意義酷似的字，究竟在文字的本義以及偏重的方向上有無差別：

一、芬——本義著重於美好氣味的「分散」。

二、芳——本義著重於「花草」的美好氣味。

三、薰——本義著重於「加火」的美好氣味。

四、香——本義著重於「五穀」的美好氣味。

五、馨——本義著重於美好氣味的「遠播」。

以上五字當然有別，我們可以再扼要地整理出其不同的關鍵所在：

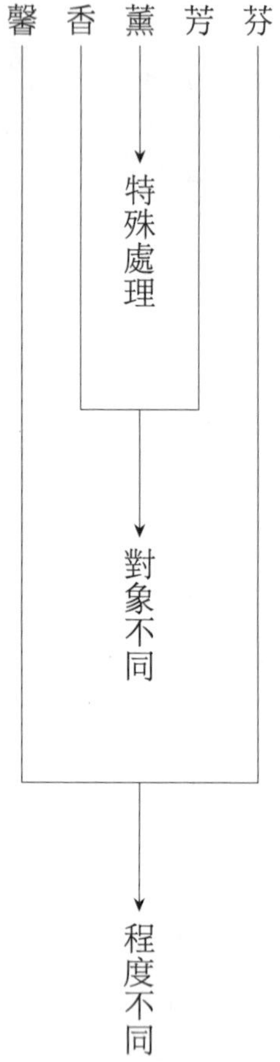

接著我們就縮小鏡頭來細察「芳、香」二字的差異，這也正是本文的核心，此二字在原義上即有根本的差異，卻一直被後人忽略，以至於兩相混用一久而成為親密的同義字，我們且看字書所云：

> 「香，《說文》从黍，从甘，作𪏰。」（《正字通》）
>
> 「𪏰，芳也，从黍，从甘。」（《說文》）
>
> 「甘，美也，从口含一。」（《說文》）

按今通行的「香」字是隸楷系統的寫法，其字形跟小篆的本字已頗有差距，可以說「香」即「𪏰」的省筆簡體字，由「黍」和「甘」二字合併而成一會意字，其本義分明是形容「黍之甘味」，「黍」在古代是高級品質的穀類之一，後來進一步泛指一切食物的「甘美之味」。

再看「甘」字由「口」加「一」而來（「一」不是字而是符號，所以「甘」是指事字），「甘」的本義是「美味」，跟「美」字以「羊肥大才美味」一樣。所謂「從口含一」的「一」是代表美味的食物，因為滋味甜美可口捨不得一口吞下，含在口裡慢慢品嚐享用。而且「甘」又是「甜」的源頭字，「甜」（本作甛）從「甘」而來，卻比「甘」的味道還要甘甜；猶如「辣」（亦作辢）字由「辛」字而來，也比「辛」的味道更為辛辣。

我們要特別注意，「香」字打從一出生就是用來形容「美味可口」的食物，它純粹是屬於「味覺口感」的，而非「嗅覺鼻感」的，畢竟它是以「甘」為本質的，而「甘」的本義完全脫離不了「口」感，跟「鼻」又有何干？因此，我們不得不順便提出兩個疑問：

「天下可有人能用鼻子聞出一顆糖果是甜或不甜？」

「天下可有人能用鼻子聞出一塊蛋糕有否加過糖？」

在古代漢字裡，「氣」、「味」二字本來就有明顯的界限，「氣」是可由空氣傳送而被人嗅得的，「味」則非透過口舌不可。後代漢語越來越酷好「複詞」（尤其兩個字的），於是二字重疊、氣味混合，所謂「氣味」一詞，已不知是指「氣」呢？還是指「味」？抑或二者兼有吧！大凡天下任何「氣味」，人能夠憑感官去察覺的似乎不外下列兩支管道——

一、「臭、酸、辛、芳」是由嗅覺得知的。

二、「鹹、甜、苦、澀」是由味覺得知的。

雖說「臭、酸、辛」三者也可以從味覺上得知，可是在順序上總得要先透過嗅覺，世間果真有一物聞起來不酸也不臭，結果吃進嘴裡卻又酸又臭，其實，味覺上的「酸、臭」之感跟嗅覺所感的當然不同，只是我們在語文上沒有創造兩系列不同的符號、聲音來表達，姑且一名兩用，比方像「風溼酸痛」，用「酸」未免離譜，後人就取代一個「痠」字（見《廣雅》）。

為了給「香」字保留一點「美味」之外的「芬芳」餘地，我們重新賦予「香」字比較有彈性的詮釋——

「香者，穀物炊熟時所散發出來一種美好的氣味。」

如此說可以滿足鼻、口兩者的舒適，比方像我們在蒸玉蜀黍（帶皮者更佳）時，蒸熟尚未入口，已先有一股撲鼻的濃厚香「氣」，這不正足以說明凡屬美味的食物，它一定也會附帶著、伴隨著「香氣」嗎？不錯！五穀、花生、松子、乳、酪……尤其酒類無不如此。可是，我們若仔細品嚐的話，也將發覺到美味食物之所以能散發出香氣來，它必須具備一個先決條件，那就是要經過「火」來處理（比如蒸、煮、燉、燒、烤……），它必須是熟的，它更必須是熱的，否則的話，試問：

「一盒冷便當還能聞出多少『飯香』來？」

「一粒冷肉粽還能聞出多少『糯香』來？」

「一杯冰紅茶還能聞出多少『茶香』來？」

「一碗芋泥冰還能聞出多少『芋香』來？」

再舉一個不雅的反面之例，卻頗可供參考：

「大熱天裡的一隻死老鼠難道不會比大冷天的一條死狗還臭得令人受不了嗎？」

唯一冷熱皆香之物，似乎只有酒類，凡屬陳年佳釀，一聞即可知，酒未加溫也照樣有股醺人的濃香氣，問題是認為酒有香氣、香味的人，畢竟是能「苟同」於酒的少數人而已，天底下深深以為酒氣酸臭、酒味苦辣的還大有人在呢！

既然具有香味之物，若要同時也擁有香氣，它必須附加一些條件，亦即非自然原始的狀況，反觀花草植物類的美好之氣，那就得天獨厚了，下面一言以蔽之——

「天生芳質難自棄　不假外力自然香」

天下最自然最原始而且又分布最廣、到處可聞到的美好之氣（味），莫過於花草樹木等植物，而用來概括泛指各種植物美好氣味的漢字，除卻「芳」字，再也沒有第二個其他字可以取代，我們再看權威的解釋：

「芳，香艸也，从艸，方聲。」（《說文》）

「香艸，當作艸香。」（《說文》段注）

按東漢時代尚無版刻印刷，《說文》被傳抄一久，難免不無舛訛之處，段玉裁在此條將「芳」

字的解釋從名詞糾正為形容詞，不愧許氏的一大功臣。

「芳」字以「艸」為部首，分明最初造字即用於形容花草的，再說「芳」字以「方」為聲符，古代很多形聲字的聲符也跟該字的意義有所關連，當然例外總是有的，像「狼」字從「良」，豈有「良犬」之義；至於後代增添的俗字如「銹」，簡直是把「鐵生鏽」說成「鐵開花」。「方」字非常古老（象形字），用法也很繁雜，其中常見的是有「類」或「正」的意思，這都可以補強「芳」字在花草類中的正面地位。

在芸芸眾多的漢字之中，隸屬於「艸」頭的字就佔了一大比例（僅次於「水」部而已），唯有「芳」才是真正形容花草之氣味佳美的代表招牌字，不料，半途闖來一個「香」字，不但侵入「芳」鄰，還大肆「掠美」；照理來說，花族草國豈有「香」字立足之地，因為「香」字本來應在「黍」部，而後改形可以混入「禾」部，最後接收了不少「芳」字的地盤，勢力大盛而成為獨立門戶的「香」部。由於「芳、香」二字都用於形容美好的氣味，關係一近，糾纏更深，下面更扼要歸納二者之本質差異：

一、「芳」用於形容花草；「香」則用於形容穀類。

二、「芳」屬於嗅覺；而「香」屬於味覺。

三、「芳」只可以聞；而「香」也可以吃。

四、「芳」一直是書面字；「香」則以口語為主。

五、「芳」一分散便成「芬」字；「香」一遠播即成「馨」字。

綜合起來，此二字本來就壁壘分明，因此，嚴格來說今一般大眾所謂「香花、香草、香粉、香水……」等等，通通應該如閩南話的「芳花、芳草、芳粉、芳水……」才對，否則「香水」豈不變成可喝，猶如「香黍」可以吃一樣。當然，文字的本義可以引申，意義也可以改變，本文之所以特別著重「芳、香」二字的淵源，無非藉以說明今處處飄「香」，而閩南話在口語上仍堅持一支獨「芳」，從「芳」字的古典以及「正點」，正可見閩南語在用字上的謹嚴審慎；不過並非在誇今閩南人說話用字的謹嚴審慎，而是有些古典又正確的漢字（語）用法迄今尚保留在閩南語中。此外，再舉一例來補充此二字的不同用法——

「流『芳』常流千秋世，留『香』只留口齒間。」

最後，我們再略談一下有關「芳」字的發音問題來結束本文。按「芳」字今北京話發「ㄈㄤ」，而閩南語則念「ㄆㄤ」，二者韻母相同，其實這兩種漢語倒有不少韻母相同的字，至於聲母，凡對漢語演變稍有認識的人都應該知道清代樸學大師錢大昕的一項重大發現——

「古無輕唇音」（《十駕齋養新錄・卷五・標題》）

我們仔細聆聽今天全中國的所有漢語，只有閩方言（閩西客家話除外）裡千真萬確沒有「輕唇音」（此外尚有零星的孤例，像湖南雙峰話）❶，亦由此可見閩南話的古老而頑強。所有北京話的輕唇音，姑且以《說文》所收錄的純正漢字為例，再從閩南語中一一加以追蹤，我們可以發現這些輕唇音不出下列之外（先列閩南，後列北京）——

一、「房」——（ㄅㄤˊ）（ㄈㄤˊ）

二、「縫」——（ㄆㄤ）（ㄈㄥˋ）

三、「敷」——（bㄨㄚˋ）（ㄈㄨ）

四、「飯」——（ㄅㄥˇ）（ㄈㄢˋ）

以上聊舉四例，已足以證明「芳」字發「ㄆㄤ」之音，非但無足為奇，它還是古老而正確的讀法；有關「輕唇音」的深入探討，本文無暇兼顧，詳見另文專論。

❶ 據袁家驊等著《漢語方言概要》一書所調查。

第六章

「鼻也」若「流鼻」 「鼻」未著臭味

——從「鼻」之活用談「聞」字的誤用

本文的標題若從文學的角度來看，套用修辭的術語，它是屬於「頂真」格，所謂「頂真」，是指前句的末尾一字，正是後句的開頭一字，這種修辭的技巧在古人詩文之中，雖不很常用，卻也非少見，例如《論語》記孔子曰：「父母在，不遠遊，遊必有方。」（〈里仁篇〉）

其次，若以閩南話來念本文的標題，又可發現到這兩句在修辭上是「押韻」句，因為在閩南音裡，「鼻」是念作「ㄆㄧˊㄧ」(pi̍ⁿ)，而「味」則念作「bㄧˊ」(bi̍)，兩字聲母非常接近，韻母大致相同，又都是同一鼻化韻，所以，本文的兩句標題可以稱之為「頂真押韻句」。

當然，本文的標題是刻意安排，要將閩南語中「鼻」字的多種用法，一言以蔽之。下面我們先對其中的「若」字略作說明，然後再談「鼻」字。

按「若」在閩南語中是普遍常用字，相當於普通話的「倘若、假使、假如、如果」以及「好像」的意思，念作「ㄋㄚˇ」或「ㄋㄚˊ」，例如——

「若（ㄋㄚˇ）是落雨天，我看伊可能未來。」

「肥也（ㄚ）若（ㄋㄚˊ）豬，（ㄙㄢˋ）也若猴。」（按「瘦」或「瘖」二字均有爭議，此處姑且用注音表示，因無關本文主旨，以免節外生枝。）

至於「鼻」字，由於指的是人的五官之一，全中國各地的漢語方言在發音上非常接近，差異極為有限——

一、北京話念「ㄅㄧˊ」（pí）
二、蘇州話念「bㄝˊ」（bə̀）
三、溫州話念「bㄧˇ」（bǐ）
四、福州話念「ㄆㄟˊ」（pʻéi）
五、閩南話念「ㄆㄧ̃ˊ」（pĩˋ）
六、客家話念「ㄆㄧ」（pʻi）
七、南昌話念「ㄆㄧ」（pʻí）
八、廣州話念「ㄅㄟ」（pei）

可是，在一般口語上，「鼻」字很少一字獨用，它的附加詞尾在各地方言裡就顯得五花八門，下面是一些差異性的代表——

一、廣州話單用「鼻」字不加詞尾

二、北京話用「鼻子」（˙ㄗ）

三、各支吳語都用「鼻頭」（dú）

四、客家話用「鼻公」（ㄍㄨㄥ）

五、閩南語用「鼻也」（˙ㄚ）

六、福州話有「鼻？」（˙ㄍㄧㄤ）（疑係「囝」之走音，然「囝」字亦有爭議。）

以上六條五個「鼻」字的詞尾從用字來看，似乎還是閩南話的「也」字比較古老而文雅，「也」不但是閩南語中極常用的語助詞、詞尾字，在古書裡頭亦復如此，姑以《論語》為例，隨手拈來即是：

「柴也愚，參也魯，師也辟，由也喭。」（〈先進篇〉）

「性相近也，習相遠也。」（〈陽貨篇〉）

閩南話除了用「鼻也」之外，另有「鼻ㄎㄤ」的說法，只是不如「鼻也」來得普偏，而且「鼻也」是指整個鼻子，包含內外。此一「ㄎㄤ」是「孔」字，亦即北京話的「鼻孔」也，有人以為「ㄎㄤ」是「空」字亦無不可，因為「孔、空」在閩南話同音，配上「鼻」字的意思都說得通，而且二字的文讀也相同，皆念作「ㄎㄨㄥˊ」，例如「孔子」和「空氣」。

通常研究閩南語的人幾乎都會注意到，閩南語的文讀系統中有很多字的發音跟客家話十分酷似，由於客家話裡面，文讀並不發達（文白異讀的字例有限），再說客家話本身就是以漢語的後期中古音為主，中古後期（南宋）又正好是閩南語文讀系統的轉型兼定型階段；從此更可見閩南語的白讀口語尚能幸存迄今（只是尋覓相等的漢字相當困難而已，當然也有根本無字的），反觀其比較早期的文讀早已失傳，這或許是受到主宰政治的「優勢官話」一直在改變的緣故。

回到原題，客家話用來指稱人身五官的名詞，有「鼻公」和「耳公」二「公」，同時，閩南話也有「鼻孔」和「耳孔」二「孔」，照字面來看，「公」是帶有陽性、雄性的意味，因為鼻、耳是人身上的「外顯」器官，又兼形性狀突出，頗能符合陽性的特徵，問題是「鼻公」、「耳公」也一樣地具有向內延伸的孔、穴、空、洞，「公」乃陽性之說似乎不攻自破而難以成立。此外，客家話裡將「蝦」叫「蝦公」，「螞蟻」叫「蟻公」，此二「公」皆無性別之義，又如「碗公」和「手指公」的「公」也無關性別，只是強調其在同類中之「大」（大碗、大拇指），由此可見客家話的「鼻公」之「公」，是純粹無意義的詞尾。至於閩南話的「鼻孔」、「耳孔」之「孔」，是為了方便指頭去挖而另改用此字，它不是詞尾，不同於「也」字，閩南話會用「挖鼻孔、挖耳孔」，但絕無「挖鼻也，挖耳也」的說法。

本文之所以不厭其煩的引用其他方言來作比較討論，無非古有明訓，《詩經・小雅・鶴鳴》曰：

「他山之石，可以為錯……他山之石，可以攻玉。」

大凡研究某一方言，若不旁敲側擊其周邊方言、參考對照其鄰近方言，必將陷於閉門造車而不自知，猶以為出而能合軌，至少「鼻」字另有兩種奇特的用法（嗅聞、鼻水），絕非閩南語的專利，閩北話、福州話、客家話又何嘗沒有這些用法。下面先列出「鼻」的一元三次方程式：

一、「鼻」是名詞，人身重要的器官之一。

二、「鼻」是動詞，也用來指該器官的功能作用。

三、「鼻」是名詞，也用來指該器官所分泌之物。

人人皆有的鼻子，居然能當動詞來用，乍聽之下，十分駭人聽聞，可是「聽聞」此一同義複詞，明明二字都從「耳」而來，任何字典都將「聞」字放在「耳」部，而「聞」字在現代普通話裡，竟然被拿來當作鼻子的「嗅覺」來用，卻不見有人為此困惑不已，這簡直是——

「只准他胡漢語顛倒胡亂用，不許我古漢語正經照章來。」

這裡所謂的「胡漢語」，並不涉及種族歧視或什麼「大漢沙文主義」，只是指漢字被胡用而已，像北京話裡的極普通字如——「吃」、「喝」、「拉」、「站」、「跑」通通是胡用亂來，莫名其妙，「聞」字也正是一個明顯的例子。

「鼻」既然是人身的重要器官之一，依其功能作用的性質不同，可以分成下列三種——

一、正常的：以「鼻」來辨別氣味。

二、異常的：以「鼻」來分泌固狀鼻屎、黏糊狀鼻涕以及液狀鼻水。

三、變態的：從「鼻」流出血水。

「辨別氣味」是鼻子最主要的功能，漢字裡頭用來標記此一天賦本能的文字，依先後有下列三字：

一、「鼻」當動詞是最古老、樸素又簡捷的用法。

二、「嗅」是中古的漢語方言字，《說文》予以收錄，也是現代唯一的書面字。

三、「聞」是後起的北方漢語方言字，就字義而言，顯然是「感官交錯」的誤用字，當然以「借代」來辯解也勉強可通，是目前最流行的口語用法。

本文並非為了強調「鼻」作動詞用的合情合理，而刻意指作「聞」當嗅覺用的錯誤荒謬，其實，翻開任何一本古籍以及古人詩文，「聞」字跟「鼻」可以說風馬牛不相及，「聞」字完全離不開「耳」，頂多再從「耳」引申為「知」，下面的古籍用法可以作證：

一、「朝聞道，夕死可矣！」（《論語・里仁》）

二、「友直、友諒、友多聞。」（《論語・季氏》）

三、「下士聞道，大笑之。」（《老子・四十一章》）

四、「見過不更，聞諫愈甚，謂之很。」《莊子・漁父》

五、「視而不見，聽而不聞，食而不知其味。」《大學・第七章》

六、「寡君聞命矣！」《左傳・昭公十三年》

七、「臣聞命矣！」《國語・越語下》

八、「謹聞令！」《戰國策・秦策》

九、「名不可得而聞。」《呂氏春秋・孟冬紀・四・異寶》

十、「尊其所聞，則高明矣！」《漢書・董仲舒傳》

以上摘錄十條「聞」字的用法，沒有一個「聞」字跟鼻子或嗅覺有關，真不知今天所謂「聞聞看，聞不出味道來，誰說很好聞」，此一「聞」字從那裡冒出來？唯一可以找到「聞」似乎跟「鼻嗅」有關的用法，是魏文帝曹丕在〈與朝臣論秔稻書〉的兩句話：

「上風吹之，五里聞香。」（嚴可均《全上古三代秦漢三國六朝文・全三國文》

按此「聞」字仍是文人沿用古籍的典雅用法，它的正確解釋是「得知」，跟「鼻嗅」無關，意謂：

「高處的風吹來，五里之外都可得知秔稻之香。」

如果我們要歸咎曹丕此一容易令人誤解的「聞」字構詞，因此使後人倣效而有「聞香、聞臭、好聞、難聞」的「聞」之用法，我們不禁要問，何以三國以後，「聞」字在書面語中仍然未被當作「嗅」字來用？再說，今天流行的語詞如「緋聞」、「醜聞」、「穢聞」等等，通通跟「名聲」或「消息」有關，而「新聞」更純指「新鮮訊息」，不知如何用「鼻」去得知？

坦白說，「聞」、「聽」二字是天生一對的孿生兄弟，漢字對此二者本有精微的區分，且看專家的解說——

一、「聞，知聲也，从耳，門聲。」（《說文》）

二、「往曰聽，來曰聞。」（《說文》段注）

顯然二者都藉「耳」來接受聲音的訊息以及其背後的意義，「聽、聞」之間，我們可以再整理其差異如下：

一、「聽」是純指以耳接收聲音或語音。

二、「聞」則多了一些知識文化的色彩。

三、「聽」是主動地求取訊息。

四、「聞」是被動地得知訊息。

今天各地漢語方言幾乎都有「探聽」此一用法，北京話還流行更俗的「打聽」一語，可見「聽」

跟「聞」的微妙不同處尚保留迄今，至於口語的「聞」早已「失聰」跟「鼻」一孔出氣了。附帶一提，據云河北灤縣一帶尚有以下的奇特用法：

「什麼臭味，讓我來聽聽！」

試想，京城人可以「聞」香，鄉巴佬為什麼不可以「聽」臭？反正要錯，大家一起錯。按「聞」字在書面語中絕不作「嗅覺」之用，前面已言之甚詳，今南方各支漢語方言，大致上是「鼻」、「嗅」二者平分天下，何有「聞」字的插足餘地？

就今天的書面語而言，「嗅」是用鼻來辨別氣味的唯一書面字，其本字應寫作「齅」，從字書可知——

「齅，以鼻就臭也，从鼻、臭，臭亦聲。」《說文》

「嗅，鼻審氣也。」《集韻》

「嗅，鼻審氣也。」《正字通》

「嗅，亦作臭。」《韻會》

可見「齅、嗅」本係一字，其差別只在古、今字和正、俗字而已，再往上追溯又來自「臭」字。而「臭」字係由「自」和「犬」二字合成，其中「自」更是「鼻」的本字，「犬」的鼻子功能在所有動物之中是最靈敏的，所以，「臭」字的本義就是「以鼻察覺分辨特殊之氣味」，原先作動詞用，而後引申泛指一切「特殊之氣味」，才用作形容詞，後來又縮小範圍專指令人難以忍受的氣味，從此可見漢字「臭」的造字是何其高明妥貼，以「狗的鼻子」來代表「嗅覺」。

「嗅」雖然是一個普通口語不再使用的書面字，其實，在某些方言的口語之中並未絕滅，只不過不懂那些方言的人不知而已，而且操那些方言的人也未必知道他們常用的竟然是此一「嗅」字，且看下面兩個活存之例——

一、「老吳語」可以浙江的溫州話為代表，溫州口語迄今仍用「嗅」字，念作「ㄏㄨㄥˋ」(hə́ŋ)。

二、「老湘語」可以湖南的雙峰話為代表，雙峰口語今仍用「嗅」字，念作「ㄒㄧㄡㄛ」(ɕiõ)。

若有人質疑問起，有何證據可以認定此二種漢語方言確實用的是「嗅」字呢？我們只要一翻開集中古音大成的《集韻》來看，其中「嗅」字兼收兩種反切注音，有年代先後之別，也有方言區域之別：

「嗅，香仲切。」
「嗅，許救切。」

再看《廣韻》只收「許救切」，應屬後者比較接近中古官話的雅音。前者的「香」字在中古早期係發「ㄏ」而非「ㄒ」音，故「香、仲」切便念「ㄏㄨㄥˋ」，正好是溫州話的「用鼻頭嗅」的「嗅」字；而後者的「許」字，古音發「ㄎ」，後來發「ㄏ」，到中古後期已發「ㄒ」音，跟今北京音無殊了，故「許、救」切便念「ㄒㄧㄡˋu」或「ㄒㄧㄡˋ」，大致上後者跟今雙峰話的「ㄒㄧㄡㄛ」已相差有限。

我們再回頭來看，「臭、嗅、齅」等三字都以「自」（「鼻」的本字）為主體，將「鼻」轉作動詞用於其功能作用，不是更簡捷、更方便又更自然嗎？何必另造他字？今四支各自獨立的閩方言（閩東、閩南、閩北、閩西）一致將「鼻」作動詞用，當然要比吳、湘語的「嗅」要來得古老。

再說古代漢語之中，名詞移作動詞來用的例子不勝枚舉，這正符合造字精簡的原則，例如：

一、「食」字本指「食物」（名詞），亦可移作動詞來用，即「吃」或「餵、飼」（給他吃）。

二、「衣」字本指「衣衫」（名詞），移作動詞即「穿」或「給他衣衫」以及「給他衣衫穿」。

三、「女」字本指「女人」，亦指「女兒」，一樣可以作動詞用，像「以女女之」就是將自己的女兒給人作女兒（養女）。

最後，我們要討論的是，「鼻」字可作另一種名詞用，但所指非人身的五官之一，而是該器官所分泌排泄之物（鼻涕、鼻水之類，不包括「鼻血」在內），此種用法從語意學、文字學、訓詁學來看，無不順理成章，再就漢字用語的含蓄委婉，迴避不雅的字詞，將「流鼻涕、流鼻水」省略為「流鼻」，更是有文化、有教養的用法；何況，今所謂「鼻涕」的「涕」，古代根本不是指鼻中所出的穢物，古籍可以作證：

一、「自目曰涕。」（《易經》虞注）

二、「自目曰涕。」（《詩經》毛傳）

三、「涕，泣也，从水，弟聲。」（《說文》）

四、「目汁出曰涕。」（《玉篇》）

由於古代缺乏專指「鼻中液體」之字，「涕」又不可亂用，因此，閩方言就乾脆用「流鼻」來代表「鼻中流出之物」，這是其來有自的用法。

第七章

「榦」字實在有夠衰　字被寫錯又用錯

——徹查閩南語最常用的「粗話髒字」

說來既可笑又可悲，今天外地人在初聽閩南話時，像「失禮」（·ㄒㄧ　ㄌㄟˇ）這一類高尚典雅而經常掛在嘴上的詞彙，很少受到注意或倣效；反之，「ㄍㄢˋ」才是最早又最常被外地人注意的閩南音之一，也難怪閩南話受此「ㄍㄢˋ」的牽拖，給人一種粗俗野鄙的第一感。

不可否認，每一種語言都有它鄙俗不登大雅的一面，也都有一些不堪入耳的粗話，我們似乎不必獨斥閩南話，問題是閩南語粗話的這個「ㄍㄢˋ」，其語音特質非常嘹亮有力，嘹亮的是它發「ㄍ」的音，有力的是它念去聲（第四聲），因此，聽起來格外地聒噪刺耳。

其次，在本島的中下階層裡，使用這個「ㄍㄢˋ」的頻率非常之高，高到有不少人整天都「ㄍㄢˋ」不離口，幾乎非「ㄍㄢˋ」就無法開口，東幹西幹、死幹活幹、大幹小幹，每天「ㄍㄢˋ」上百八十句，結果可憐又可恥的是，幹來幹去卻渾然不知這個「ㄍㄢˋ」究竟是那一個漢字？絕大多數的閩南鄉親都人云亦云地以為就是跟普通話同音的那個「幹」字。當然這也無足為奇，要將閩南口語一一找出其背後的正確漢字，本來就像井底撈針一樣困難，可是更令人不解是，連我們專攻閩南語的專家學者之中，竟然也有人真以為就是那個「幹」字，甚至還扭曲地詮釋「幹」字來遷就此一不知何字的「ㄍㄢˋ」，是可幹，則孰不可幹，我們不得不先提出三點質疑如下：

一、閩南語發「ㄍㄢˋ」的果真是這個夙有優秀美稱的「幹」字嗎？

二、「幹」字難道會有如此粗鹵惡劣的涵義或者用法嗎？

三、除了北京話之外，為什麼其他漢語方言都不作興此一「幹」字，而閩南話卻偏愛此「幹」呢？

說來話長，但也要說，「幹」字真是何其不幸，在閩南語中被人這般糟蹋作賤，其實，「幹」字的厄運還不止於此，它的形體已被扭曲在先，因而變成一個沒有來歷的漢字，被誤用是晚近才有的事，而且只限於閩南話而已，在古代字書裡面能夠保留「幹」字本來面目的，唯有《說文》：

「榦，築牆耑木也，从木，倝聲。」

「榦，俗作幹。」（《說文》段注）

「榦」字所以會被「妄人」（段玉裁的口頭語）誤寫作「幹」，其原因很簡單，說來都是「聲符」在作怪。從「榦」字以「倝」作為聲符，可見「倝」字在東漢時尚非冷僻罕見之字，今天如「乾（ㄑㄧㄢˊ）坤」或「乾（ㄍㄢ）燥」的兩個「乾」字都離不開「倝」這一主幹。可是在東漢以後，「倝」字逐漸式微，不但書面上少見，也不知該如何念，因而有妄人可憐「榦」字沒有聲符，擅自將作為部首的「木」改成代表聲音的「干」，因此，「幹」就成為一個奇形怪狀又荒謬絕倫的畸形漢字，此言毫無誇張，何以見得？

一、成千上萬的漢字中，除了「幹」❶字以及由它衍生的一系列俗字如「⿰木幹❷、擀❸、⿰氵幹❹、⿰革幹❺、⿰骨幹❻……」，找不到任何一個包涵夾帶此「⿱人干」符號的字來，就算訛筆寫成「午」

---

❶ 跟「幹」（榦）發音相同而聲調不同的另有「杆、桿」二字，目前用來泛指細長的木棍，雖然「球桿」和「旗杆」長度差很多；其實，「杆」是「干」的增添俗字，「桿」又是「杆」的俗字，「杆」在古代是指木質（製）的盾牌，因為「干」字有「犯」義，亦有「盾」義，例如「干戈」。「幹」的本字「榦」，以「倝」為聲符，跟以「干」為聲符的「杆、桿」是兩系列的字，而且用途也有別。

❷ 「⿰木幹」也是俗字「杆」的另一種寫法，以「幹」為聲符，但不取「榦、幹」之義。

❸ 「擀」是北方俗字，以圓長的小棍棒來輾壓麵食品，作動詞用，照理說，「幹」指粗木，如何能在掌中操作？該字應作「扞」或「捍」，可是此二字皆已成字在先，而且另有所用，「ㄍㄢˇ」（北京音）只好藉「幹」而造「擀」字。

❹ 「⿰氵幹」字是筆誤的俗字，其正字是「澣」，意謂「洗濯衣垢」，此字古老，在東漢已被「浣」字取代，二者同音同義。

或「午」的字也沒有，所以說它是奇形怪狀。

二、「幹」字從外形一看即可知是由「倝」和「干」二者合併而來，「倝」和「干」都跟意義無關，純粹作聲音的符號用，而且二者發音相同，很顯然地「幹」字是一個缺乏意義符號（本來是「木」），卻又擁有重複雙聲符的字，此一怪現象在漢字裡頭是絕無僅有的，所以說它是荒謬絕倫。

三、果真像「幹」這種僅僅由兩個聲符組合起來也可以算是字的話，那根本已非漢字了，而是「拼音文字」，跟「非我族類」的西歐、北美、中東、南亞等拼音文字又有何差別呢？

我們可不要小看這個「幹」字，以為它只不過是文字筆畫的增減更換而已，它改面毀容的嚴重後果是，連靈魂也喪失了，只賸下空洞的軀殼跟聲音。

接著我們來看看「幹」的正確本字「榦」，據許慎所謂的「築牆耑木也」，其中「耑」字有兩種解釋，其一是「端」的本字，意謂「末端」，另一則段借為「專」字，此二說在本條皆可說通，按東漢時代尚無今火燒之甎，築牆多用堅土，專用來擋在土牆末端使之穩固的粗木正是「榦」字。試想，「榦」的本義即屬「有用之木」，「材榦」二字剛好是天生一對好搭擋，由此引申出來的怎麼

---

❺「⿱艹幹」是俗字，也寫作「⿱艹榦」或「秆」，用於艸本或禾類植物，以跟木本的「榦」有所區別，其正字寫作「稈」，指「禾類之莖」，例「稻稈、麥稈」。

❻「骭」字本指「脛骨」，因借用來指「骨之本幹」，而衍生一俗字「⿰骨幹」來，可見「骨幹」本應作「骨骭」。

可能會有惡義或惡意呢？下面就提供文獻資料來供參考（依古籍或註釋家年代先後之順序）——

一、「榦，強也。」（《淮南子・兵略訓》許慎注）
二、「榦，質也。」（《淮南子・原道訓》高誘注）
三、「榦，正也。」（《易經・蠱卦》虞翻注）
四、「榦，安也。」（《廣雅・釋詁一》）
五、「榦，正也。」（同前）
六、「榦，本也。」（《廣雅・釋詁三》）
七、「榦，體也。」（《玉篇》）
八、「榦，主也。」（《後漢書・何敞傳》李賢注）
九、「榦，猶主也。」（《後漢書・欒巴傳》李賢注）

從以上所引可以看出「榦」字的主要意義及用法。以下所引又可以看出「榦」字的古老以及古典——

一、「峙乃楨榦。」（《尚書・費誓》）
二、「貞者，事之榦也。」（《易經・乾卦・文言》）

三、「貞固足以榦事。」（同前）

四、「材榦絕人。」（《史記・淮南衡山列傳》）

五、「朝廷者，天下之楨榦也。」（《漢書・匡衡傳》）

六、「皆社稷之楨榦，國家之良輔。」（《三國志・吳書・陸凱傳》）

七、「以有才榦稱。」（《三國志・蜀書・廖立傳》）

八、「士之楷模，國之楨榦。」（《後漢書・盧植傳》）

九、「能榦絕羣。」（《後漢書・循吏列傳》）

「榦」字系列的詞彙真可謂「族繁不及備載」，綜合前引，不但足以證明「榦」實在是清白無辜的，進一步還可以表揚「榦」字的資稟優異、堪當重任，謂之「牆上棟樑」亦不為過。

此外如「榦略、榦練、榦器、榦才、榦材、榦吏、榦臣、榦員……」等等書面語，也無一不代表傑出，又比如現代詞語中常用的「主幹、骨幹、軀幹、枝幹、樹幹、幹道、幹線、幹部……」等等，在在都顯示「幹」字的「重要」，它絕非枝節（為配合現代語，再改用後代俗字）。

從源頭來看，「幹」字本來是名詞，再轉作形容詞用，古籍裡頭很少用作動詞；最容易被誤解的是《易經》的那一句：

「貞固足以榦事。」

按此句的正確意思是說「正直堅貞足以成事」，猶如「非榦無以成牆」（牆土會崩塌，靠粗木擋住），同理，「非貞無以成事」，「貞」字兼有「正直、堅毅」之義，正好呼應該段前文的「貞者，事之榦也」（此「榦」是「本」），可見「榦事」絕非「做事」，而是「成事、事成」。由於此「榦」字被誤解，使整個「榦」字到了後代橫生枝節更不可理喻。

既然「榦」是一個典型的書面字（從今各方言的口語罕見可知，閩南話也不例外），何以在一般口語會大為盛行？主要仍歸功於北京話的擴散。北京話除了「能幹、有才幹」之外，幾乎壓倒性的用作動詞，像很多明明可以用「做」（作）的都拿「幹」來取代，譬如：「肯幹、實幹、硬幹、蠻幹、苦幹、幹活（謀生）……」再加上——

「幹嗎？幹什麼？」

「不好好幹，就有得幹了！」

「幹這一行的，不幹也不行。」

「我不想幹，讓你來幹吧！」

「既然幹不好，當然要換人幹。」

「成天不幹正經事，幹盡缺德事。」

「不幹就甭幹，要幹就大幹一場。」

「從早一直幹到晚，越幹越起勁。」

以上這一路「幹」下來，真是「幹」得有聲有色，無所不「幹」。

無論本字或俗字，從古代典雅的漢語一直到今天俚俗的普通話，這個「幹」字都跟閩南語的粗話「ㄍㄢˋ」相差十萬八千里，只不過在粗放有力的發音上完全相同而已，為什麼會被扯在一起呢？

一、本島中下階層罵慣粗話，辨音而不識字，胡亂找一個普通話裡跟自己方言「ㄍㄢˋ」諧音的「幹」字來頂替，正好自己方言的口語也沒有用「幹」字的。

二、知書文士不知「ㄍㄢˋ」是那一個字，而以「幹」字當動詞用，來掩飾不雅的粗話（可以降低粗鄙的程度）。

首先將北京話的「幹」字移植到閩南話來「遮羞」的是撰著《臺灣通史》的連雅堂氏，他在《臺灣語典・卷一》中分別詮釋兩個替代字曰：

「幹，交媾也，猶言幹事也。」（四百一十八條）

「駛❼，亦幹也，為詈人辭。」（四百一十九條）

接著洪惟仁氏在《臺灣禮俗語典・二十八章・字解》裡頭也討論到——

---

❼ 閩南語中根本無此字，「駛」係晚近才出現的俗字，若作「疾行」之義，它是「駛」的誤字，若作「駕馭、駕御」用，它的本字是「使」，後人看「同義複詞」，常將二字部首予以統一，例如「傢俱」、「傢伙」以及「駕駛」。

「像『操、幹』原本都是『做』義，後來本義消失，變成純粹的髒話。」

——

再其次（以出版先後論），黃敬安氏在《閩南話考證——證說文解字舉例》一書中有如下一段

「詈罵人的話，在閩南話裡有三說，一說『幹』，二說『旋』，三說『駛』，都是引用到男女交合方面……」（十六使）

過身未久的王育德氏在《臺灣話講座》一書的《臺灣話的詞彙》（第七講）裡列舉了十五個「亂用假借字」，非但沒有揪出「幹」是一大亂用，還在下一「講」中，「讚美」起此「幹」——

「臺灣話可以說只有 **ka'n li`n nia**（幹恁娘）一詞，北京話也有『他媽的』這句話，但沒有什麼逼真感……」（第八講）

說一句不客氣的坦白話，即使從不講粗話的讀書人也總該知道自己母語方言裡粗話是那一個漢字或髒字，何況前述的作者其中還有歷史學家、語言學家以及民俗學家，居然將「幹」字跟「ㄍㄢˋ」混為一談，能不令人吃一驚？

要追查此「ㄍㄢˋ」是何字之前，我們先來看看「幹」字在閩南語中該如何念才對，這又關係到

究竟閩南語裡頭是否有此一「幹」字？為了不節外再生枝，以免本文篇幅無法負荷，擬於另文再討論；就算閩南話有此「幹」字也未必念「ㄍㄢˋ」，而且念「ㄍㄢˋ」的可能性非常之微小，下面列舉一些普通話發「ㄍㄢ」系列的常用漢字，來跟閩南語（含文白讀）對照是否在發音上完全一致（先列北京音再列閩南音，並附羅馬拼音）——

一、甘（ㄍㄢ）（kan）——（ㄍㄚm）（kam）
二、柑（ㄍㄢ）（kan）——（ㄍㄚm）（kam）
三、干（ㄍㄢ）（kan）——（ㄍㄨㄚ͂）（kuã）
四、肝（ㄍㄢ）（kan）——（ㄍㄨㄚ͂）（kuã）
五、感（ㄍㄢˇ）（kǎn）——（ㄍㄚˊm）（kám）
六、敢（ㄍㄢˇ）（kǎn）——（ㄍㄚˋm）（kám）（文）
——（ㄍㄚ͂ˋ）（kã́）（白）
七、橄（ㄍㄢˇ）（kǎn）——（ㄍㄚˇm）（kǎm）❽
八、趕（ㄍㄢˇ）（kǎn）——（ㄍㄨㄚ͂ˋ）（kuã́）
九、幹（ㄍㄢˋ）（kàn）——（？）

以上兩者截然不同，一聽即可辨別，尤其是閩南語的「收尾閉口音」（甘、柑、感）以及「收

❽ 閩南語中根本無此字，此條發音係模擬「敢」字而推定的（詳見另文）。

尾鼻音」(干、肝、趕) 在普通話裡根本就沒有。既然「幹」字在閩南語中不知該念何音，同義的閩南語中念「ㄍㄢˋ」的又如何可以武斷地認為是「幹」字呢?

當代閩南語巨擘陳冠學先生在《臺語之古老與古典》一書裡大談「臺語的高雅性」(小章節之標題)，其中有一段反駁以及發現：

> 「光復後有些外省作家，喜歡就地取材，寫寫臺灣人的生活，不免要用到此一語詞，他們自然不曉得正字，都是採音譯的方式，將臺語的 kàn 寫成『幹』字。近年來鄉土文學興起，本省作家也時時用到這個語詞，也都寫成『幹』字，許多臺語因寫作者不識正字，隨便取同音字代用，無形中給人一種印象，認為臺語土、無根，這是寫作者的罪過。這個語詞的正字，其實很平常習見，就是『間』字，官話讀ㄐㄧㄢˋ。完全的講法，叫『相間』，任你不驚奇也要驚奇，世上那會有這樣高雅的語言?文言中造有『交媾』一詞，但也只是文言，不是白話，口頭上是不用的。」(第十二章)

很可惜陳先生能知「幹」字是一大誤用，不幸又誤用另一「間」字，而始作俑者係另一閩南語巨擘連氏並非外省作家。按閩南話的「ㄒㄧㄛ　ㄍㄢˇ」一詞純粹是口語粗話，怎麼可能拐彎抹角用「相間」二字；而且，「間」在閩南語中，文讀是「ㄍㄢ」(例：中間)；而白讀是「ㄍㄧㄥ」(例：一間)，同一系列的白讀有「閒」字念「ㄧㄥˊ」(例：有閒)，果真「ㄒㄧㄛ　ㄍㄢˇ」高雅的話，何以女人士紳從不敢用？再說所謂「粗話」本來就可以分兩種，一種專用於罵人的，另一種雖粗但不用於罵人，像「ㄍㄢˋ」是前者，而「相ㄍㄢˇ」是後者，不知何來高雅？

毫無疑問地，本島最常聽的一個粗話髒詞，非「ㄍㄢˋ」莫屬，其頻率之高又遠非其他的「ㄌㄢˇ」、「ㄒㄧㄠˊ」、「ㄌㄧㄠˇ」、「ㄘㄠˋ」可比，本文已用很大篇幅來釐清它既非「幹」字也非「間」字，那麼究竟是那一個漢字呢？

說來真可笑，連那遙遠的漢語「外野手」都能接準這一枚極「壞」之球，我們自己還在摸索瞎找。日本人片岡巖著有《臺灣風俗誌》一巨冊，該書審慎詳賅此不贅言，其中第六章談〈臺灣人的纏足及其他〉，有一節專門記臺灣人的「惡口」（歹嘴），共收錄八十六條惡毒的粗話，由於漢閩家醜外泄夷狄已久，本文也不必隱諱地照抄前面十一條（以後更下流的，豈堪入目）如下：

「姦爾老母　姦爾娘咧　姦爾祖媽　姦爾太媽　姦爾小妹　姦爾大姊　姦爾大聖王　姦爾開基祖　姦爾牽手　姦爾開家伙❾　姦爾三代……」（第十一節）

原來「ㄍㄢˋ」就是「姦」字，第二人稱也非「你」、「恁」而是「爾」（再變成「儞」，後簡作「你」），古代漢語的人稱代名詞，凡複數、領格皆用原字，為了區分稍加變音改調而已（何曾用「阮」過？），

❾「開家伙」（ㄍㄨㄧˇ　ㄍㄝ　ㄝˇ）是指「全家、全家的」，正確的漢字是「歸家也」，「歸」本有「全」義，閩南語常用此字作「形容詞」而非動詞。

這方面閩南語仍保留古風，絕無什麼「我們」之類的用法。

當然，「ㄍㄢˋ」是何字，本文並非由該書得知，更無挾倭以自重，只是強調連日本人都沒搞錯。其實，嚴格來說，「ㄍㄢˋ」應該是「奸」字而非「姦」字，「姦、奸」同音卻不同義，分明是兩字，由於長期混用而彼此可通，我們先看兩字的本義有何不同：

「姦，厶也，从三女。」（《說文》）

「奸，犯婬也，从女，干聲。」（《說文》）

「此字謂犯姦婬之罪，非即姦也，今人用奸為姦，失之，引申之為凡有所犯之稱。」（《說文》段注）

按「姦」是會意字，從「三女」會意，「三女」泛指女人多，「厶」是「私」的本字，古人以為女人善工心計，比較自私，而造此一「姦」字，但卻很少用來形容女人，引申為「陰謀詭計，心懷不測」，因此，所謂「奸人、奸臣、奸詐、奸謀、奸計、奸險、漢奸……」等等，嚴格來說者該用「姦」字才對。

至於「奸」是形聲字，在古籍裡遠不如「姦」字出現得多；從「干」得聲，「干」同時也兼帶有會意的作用，因為「干」字的本義就是「犯」，組成複詞有「干犯、冒犯、觸犯、侵犯、犯法、犯罪」等等；從文字的結構來看，「奸」正是指「對女人的嚴重無禮（非禮）」，換成現代說法，「奸」

就是指「男人為逞情欲而侵犯女人肉體以及其性尊嚴」，試問，閩南粗話「ㄍㄢˋ」捨此尚有何字？所以，舉凡「通姦、誘姦、強姦、姦情、姦宿、姦汙、姦淫……」云云，通通該用「奸」字才正確。

綜合以上的分析，再歸納一下，「姦」是形容詞，而「奸」是動詞；「姦」字是不好的字（未必粗鄙），而「奸」字既不好又粗鄙不雅，由於二字自古以來發音完全相同，今天一般的用法正好相反，可見「姦、奸」二字顛倒混用已久。

今閩南人不敢認「ㄍㄢˋ」為「姦、奸」二字之一，最主要還是受到優勢官話的影響：

一、「ㄍㄢˋ」正好跟「幹」字的北京話發音相同，便誤以為是「幹」字，一先入為主就不作他字的考慮了。

二、明知北京話跟閩南話有很大差距，仍不敢放開從北京話發「ㄍ」以外的字中，去找「ㄍㄢˋ」的本字。

三、不知「ㄍㄢ、ㄍㄢˇ、ㄍㄢˋ」三個粗話都是同一個字，由於作形容詞用的「奸」在閩南音是念作「ㄍㄢ」，而「姦、奸」二字在北京話都只有一種發音聲調，因此，未將「姦、奸」跟「ㄍㄢˋ」扯在一起。

「姦」字由於本身未標聲符姑且不論，其同音字「奸」明明有一「干」在北京話是念「ㄍㄢ」，跟閩南話的「奸」發同音，而「奸」有很多同胞字像「干、杆、玕、犴、竿、肝、釬」今北京話還通通保留「干ㄍㄢ」的原音，唯獨「奸」一字落單改發「ㄐㄧㄢ」音，真不知從何說起？北京話裡其他幾個跟「奸」完全同音的「監、艱、間」等字，閩南話也都念「ㄍㄢ」，可見「姦、奸」發「ㄍ」是古音，今吳、湘、粵、福州、客家都發「ㄍ」音（韻母另當別論），而發「ㄐ」是走音。

接下來要討論的是聲調問題，漢語的聲調本來就不固定，一字有多調，四書、五經裡頭俯拾皆有。尤其是閩南語的「變調」，其繁瑣複雜、變化莫測的程度，除福州話之外，其他各支漢語無不瞠乎其後，外地人更難窺其堂奧，連閩南人自己也大多知其然而不知其所以然。本文不擬援引任何生硬的理論，只就實字個案作分析比較，下面以「奸、姦」（依當今一般用法）二字為例，略作說明——

一、「奸臣」、「老奸」所以都念「ㄍㄢ」，是由於作形容詞用，跟「奸」字的詞序位置無關，也許本字是「姦」（形容詞），所以只有一種念法（聲調）。

二、「相姦」念作「ㄍㄢˇ」，而「愛人姦」、「欠人姦」以及「去與人姦」⑩也都念「ㄍㄢˇ」，這跟動詞或被動語態無關，而是「姦」字位於詞尾或句尾之故。

三、「姦你××」念成「ㄍㄢˋ」，是跟句首開頭有關，同時為了突顯憤怒，加強該字語氣而念重音。

四、「我不愛姦你」、「無人卜姦你」⑪也都念「ㄍㄢˇ」，其實，此一「姦」字跟前述完全不同，

⑩「與」字本有「予」義，相當於「給」；閩南語也常用「與」於被動語態，相當於「被」，念「ㄏㄛˇ」。

係中下階層習慣性的借用粗話，意謂「理睬、理會」，當然女人士紳絕不如此用。

以上是閩南話變調的一個個案，為了證明它絕非孤例，下面再舉一些常見的例子：

一、「看款」、「看病」、「看戲」在詞首都念作「ㄎㄨ〜ㄚˋ」，「借你看」、「驚人看」在句末則念成「ㄎㄨ〜ㄚˇ」。

二、「寒著會流鼻」的「鼻」是「鼻水」的省略，仍是形容詞，念成「ㄆ〜ㄧ」；「鼻也流血」的「鼻也」是名詞，要念成「ㄆ〜ㄧˊ」；而「鼻著臭酸味」的「鼻著」則為動詞，相當於「嗅、聞」，另外念作「ㄆ〜ㄧˇ」；同樣一個「鼻」字，由於詞性不同，其聲調也隨之改變。

三、「死死也⓬免作兵」要念「ㄒㄧˊ　ㄒㄧˋ」，「無論輸贏攏笑笑」⓭要念「ㄑㄧˋㄜ　ㄑㄧˇㄜ」，「對者條巷也直直去」要念「ㄉㄧˇ　ㄉㄧˋ」，以上各句之所以會同字而異調，跟句中位置（首、中、尾）無關，跟詞性作用也無關，主要是為了同字「連讀」而改調，避免發重複音調的聲音，以增加語言的節奏舒暢。

從以上追加的三例，我們更約略可知閩南語「變調」的複雜性，本文只藉以說明「奸、姦」

⓫「卜」是閩南語常用字，念「bㄝˇ」或「bㄨㄝˇ」，主要是當助動詞用，相當於「要」。

⓬「也」字用法極多，此處用作名詞詞尾，無義，念作「ㄚ」。

⓭「攏」字念「ㄌㄨㄥˊ」，閩南語常用副詞，意即「皆」，相當於今普通話的「都」字，例：「攏毋驚、攏毋知」。

可以有「ㄍㄢ　ㄍㄢˇ　ㄍㄢˋ」三種不同的念法並不足為怪，那正是閩南語的一大特色。今絕大多數閩南人唯知「ㄍㄢ　ㄗㄚˇ」之為「奸詐」二字，卻不知集粗鄙之大成的「ㄍㄢˋ」也正是此一「奸」字。

總之，閩南話裡頭各款各色的罵人粗話、髒話可謂五花八門，其惡劣、狠毒、潑辣之程度，更高居所有各支漢語之罪（最），可是，這是指「罵法」（惡意及方式）而言，至於所用的漢字幾乎都有來歷的，比如，「姦」字金文已有，「奸」字也有小篆可查，說句並無偏袒掩護的話，「ㄍㄢˋ」雖然是不折不扣的罵人粗話，可是它背後的漢字「奸」，倒還相當含蓄委婉，試想，用「干」犯「女」人來隱諱那些難以啟齒、不便明言之事，真可以說是「點到為止」，所以，下流的並非「奸」字本身，而是用「ㄍㄢˋ」來罵人的人。

再看其他漢語方言有些罵人的粗話，純粹是粗話，有音無字，後來為了配合語言勉強編造出來的字，拙劣而又不堪入目，下面列舉兩個以見一斑（姑隱其形，用標音替代）——

一、「ㄉㄧㄠˇ」是一個形聲字，聽音思義，很可能跟「鳥」有關，「鳥」作為粗話本來就有影射譬喻的作用，因此，「ㄉㄧㄠˇ」一直到明代的字書才收錄此字（如《字彙》及《正字通》），它是藉人身某一器官來強調該器官之功能（將名詞轉作動詞來用，其名詞已是粗話，動詞更粗）。

二、「ㄘㄠˋ」是一個會意字，非常年輕的會意字，其來源早已無從查考，連晚明以前的字書均無此字，始見於晚明的淫書《金瓶梅》中，很顯然是一個北方土製的俗字，該字之惡劣，堪稱中國方塊之最（方塊字未必等於漢字），因為它赤裸裸地用「具體」來表達。

跟以上二者一比，閩南粗話至少在文字上要文雅多了。

第八章

「盜賊」自古不同路　小偷本來未作「賊」

——談閩南語的小偷是「竊」字而非「賊」

我們漢語民族由於歷史悠久，人口眾多，再加上幅員遼闊、方音紛歧，有些意義稍近的文字難免被混淆使用，甚至有彼此顛倒互用的現象，其中最明顯的例子莫過於「盜、賊」二字。

依古人原先的用法來看，當作名詞用時，「盜」是小偷、「賊」是土匪；當作動詞用時，「盜」是竊取，而「賊」是殘害，二者截然不同，書面語尚能恪守此一區別，何以見得？我們先舉兩個比較晚近的例子，以顯示該二字一直未被誤用得離譜（至於俗語白話那就面目全非了）：

一、明朝末年荼毒天下蒼生的李自成、張獻忠兩大暴民集團，一般都稱之為「流寇」，也有稱之為「流賊」的❶，但絕未稱之為「流盜」的。

---

❶《明史》之中有〈流賊傳〉。

二、太平天國以「洪楊」為代表，該集團在滿清政府的官方文書裡，有三種貶斥性的蔑稱——「粵匪」、「髮逆」、「長髮賊」，而民間口語大多叫「長毛」或「長毛賊」，從未聽說過有什麼「粵盜、髮盜、長毛盜」之類的說法。

在古代書籍中，「盜、賊」二字極為普通隨處可見，有鑑於二者所犯懸殊，古人從未以「賊」論「盜」，而將「盜」罪「賊」判，縱使江洋「大盜」亦不能跟「悍賊、劇賊」相提並論。從行徑來分，「盜」是樑上的鼠輩，「賊」卻是橫行的虎狼；再從文字的構造來看，「盜」字有「皿」，只不過貪羨人家的器皿財物，暗中竊為己有而已，再看「賊」字帶「戈」，是公然持械搶劫，甚至會到悍然殺人害命的兇殘地步，此二者當然大有區別，豈能混為一談，下面我們藉古籍的資料來釐清二字——

一、「齎盜糧、借賊兵也。」（《荀子・大略》）

二、「此所謂借賊兵、齎盜糧者也。」（《戰國策・秦策》）

三、「所謂藉寇兵而齎盜食者也。」（《昭明文選・卷三十九・李斯・諫逐客書》）

將「盜、賊」二字對稱並舉，以上所錄是最早出現的一系列文句，雖然三句在文字用詞及順序上略有出入，可是所比喻的是同一件事，所強調的也是同一個理，它意謂「拿糧食贈送竊盜，將兵器借給賊寇」，換句話說就是「惠及歹徒或資助敵人正是在傷害自己」的意思。在這一組例句當中，我們不但要注意到「糧食」跟「兵器」的性質有所不同，還要察覺到「竊盜」跟「賊寇」的身分有更大的差異，何況古代的「盜」，根本不需要武器，他們只要工具和技術二者有一即可順利作業而得逞；反觀古代的「賊」，要強取掠奪別人財物似乎非用武器不可。下面再進一步來看看有關「盜賊」二字連用的一些例句（以先秦古籍為限）——

一、「法令滋彰，盜賊多有。」（《老子・五十七章》）

二、「天下之為寇亂盜賊者。」（《墨子・尚同》）

三、「其人則盜賊也。」（《左傳・文公十八年》）

四、「以糾萬民，以除盜賊。」（《周禮・天官》）

五、「禁盜賊、除姦邪。」（《荀子・修身》）

六、「國無盜賊，道不拾遺。」（《韓非子・外儲說左上》）

七、「今盜賊公行，而弗能禁也。」（《戰國策・楚策》）

像這些「盜賊」二字連用，其實它絕非後人所謂的「同義複詞」，盜是盜，而賊仍是賊，然而它很容易誤導後人以為二字義近可以混用。先秦古籍之中，能將「盜、賊」分得一清二楚的不得不數《荀子》所云：

「傷良曰讒，害良曰賊……竊貨曰盜，匿行曰詐，易言曰誕。」（〈修身第二〉）

西漢以來，「盜、賊」二字依然涇渭分明，未曾混用，像太史公引述別人「攻訐」一代美男子陳平的穢行曰：

「臣聞平家居時盜其嫂。」（《史記・陳丞相世家》）

按此一「盜」字作動詞用，絕無「威脅強暴」之義，而是指「誘拐私通」，換成現代語就是「偷人」，說文雅些又叫「偷香」。其次，東漢桓譚在《新論》❷一書中有一則有趣而巧妙的譬喻：

「是盜鐘掩耳之智也。」（〈慎獨篇〉）

既要盜人之鐘，卻又掩自己之耳，只有兩種解釋，可能是自己膽小怕聽到鐘響，也可能以為掩住自己之耳，連別人也同樣聽不到鐘響，於是，前者是懦夫的行徑，後者是愚人的心態，總之，此一「盜」字當然是指「竊取」，那有可能是指「強取」，試問，搶人之鐘，難道會怕鐘響不成？後代的成語「掩耳盜鈴」正由此來而改一字。

此外，東漢時代還流行一句俗語，《東觀漢記・卷二十一》記載陳蕃上奏時曾引及鄙諺曰：

---

❷該書早已亡佚，宋《太平御覽》有零星引錄，清人孫馮翼氏有《桓子新論》輯本。

「盜不過五女門，以女能貧家也。」❸（《列傳十五・陳蕃》）

這句話的意思是說，生有五個女兒的人家，連偷兒都不屑光顧，因為厚置嫁妝會傾家蕩產。

「盜」字從古到今在書面語中並無「搶劫掠奪」之義，只指偷竊或偷竊的人，像現代書面語中，「監守自盜」、「盜賣公物」、「盜伐森林」、「盜用公帑」、「盜印偽鈔」、「盜版書」、「盜汗症」、「盜墓」、「盜電」、「盜錄」……等等通通是沿用古義。

接著我們來看看「賊」字的古老解釋——

一、「羣行攻劫曰寇，殺人曰賊。」（《尚書・舜典》孔傳）

二、「賊，傷害也。」（《左傳・僖公九年》杜注）

三、「劫殺謂之賊。」（《荀子・正論》楊注）

四、「賊，敗也，从戈，則聲。」（《說文》）

五、「賊，劫人也。」（《玉篇》）

以上的「賊」字跟扒竊偷盜絲毫也沾不到邊，以下是「賊」字的古老用法，末尾並附本人扼要之註解——

---

❸《後漢書》亦引此諺，其中少一「能」字。

一、「老而不死，是為賊。」（《論語・憲問》）（敗德之人）

二、「孔子成《春秋》而亂臣賊子懼矣。」（《孟子・滕文公下》）（逆子）

三、「賊民興，喪夫日矣。」（《孟子・離婁上》）（暴民）

四、「言而無信，則民不附；行而賊暴，則天下怨。」（《管子・形勢解》）（殘虐）

五、「先帝慮漢、賊不兩立，王業不偏安。」（諸葛亮〈後出師表〉）（邪惡叛逆之敵寇）

這些「賊」字無論用作名詞、動詞或形容詞，在程度上都非常強烈，不可能跟情節比較輕微的盜竊偷取之類扯在一起。再看大詩人杜甫的樂府詩代表作之一，其中有兩句名句是：

「射人先射馬，擒賊先擒王。」（〈前出塞〉）

試想，大軍出塞當然是為了掃蕩壓境犯邊的強虜悍胡，絕不可能為了去捕捉宵小鼠輩，可見「盜、賊」二字到中古時代仍然壁壘分明。

後來，由於口語文學的逐漸興起，像佛教變文、唐代傳奇、故事話本、元曲雜劇、章回小說以及影響更大的禪宗語錄和理學語錄等等，漢字、漢語、漢詞一貫的嚴謹規律遭受到此「五胡亂華」更嚴重的破壞，於是訛用、妄用、混用甚至於顛倒反用的情形也層出不鮮。以「盜、賊」為例，「盜」字在口語之中，其意義逐漸強化、惡化，不再躲躲藏藏；反之，「賊」字在口語之中則明顯淡化、弱化而不再兇悍無比，諸如「賊頭賊腦」、「賊皮賊骨」、「賊眼溜溜」、「一臉賊相」、「作賊心虛」、「賊性難改」、「賊去關門」以及「捉賊捉贓」和十分別緻的「賊被狗咬」（意謂「大快人心」）等等，這些名不見經傳的「賊」字，所指的通通是現在式的「小偷族」，而非過去式的「匪寇類」。

坦白說有些通俗成語看似四平八穩、字句勻稱，它終究還是口語的雅化而已，比如罵人的「認賊作父」一語，這個「賊」字就很難予以歸類為竊盜抑或匪寇？因為「認賊作父」是從梵語漢譯的「認賊為子」一語篡改而來的，而後者又出自於佛教的《大佛頂如來密因修證了義諸菩薩萬行首楞嚴經・卷一》（原經典之名長達二十字，後人乃簡稱為《楞嚴經》或《首楞嚴經》），此一「賊」字的原義是泛指「非善類」，可是「盜、賊」本來皆非「善類」，因此無法再追究「賊」是指竊賊或者劫賊。

此外另有「誤上賊船」一語，此「賊」字從「船」字即可知是駕船的「海賊」——橫行大海劫掠商、漁、民船，絕非匿於船上的「小偷」，在海之上驚濤駭浪不適宜宵小行竊，所以此「賊」非後人所稱的「賊」。再說，英文 buccaneer 跟 piracy 二字依本義翻譯為「海盜」都欠妥，應作「海賊」或「海寇」、「船匪」，中國書面語中根本沒有「海盜」一語，它是口語「海上強盜」的簡稱，「強盜」和「盜」也不容混為一談，前者搶劫而後者偷竊。像連橫在〈臺灣通史序〉中也避此「盜」字而用：

「竟以島夷海寇視之。」

相形之下，「海賊」一語相當古老，陳壽在《三國志・吳書》中提到：

「秋七月，海賊破海鹽。」（〈孫亮傳〉）

一直到明、清之時，仍以「海賊」來指顏思齊、鄭芝龍以及蔡牽、黃香、林道等海上巨寇。

有關「盜、賊」二字的顛倒使用，最主要應歸咎於口語，尤其是北京話，可是始作俑者卻是古代專論盜賊之罪的刑法律書。春秋時代的子產、鄧析姑且不論，中國最早的一本《法經》據說出自於李悝（戰國初年魏國人）之手，其中「盜法」和「賊法」明明分開列為兩篇，千年後到北齊才合成為「賊盜律」，既然二者共名，似乎，賊有時也會「偷」，而盜偶而也敢「搶」，至於判刑當然視其罪狀而定。稍後，北周又巧立名目為「劫盜律」（好像在鼓勵小偷去搶劫），「盜」從此跟「劫」結不解之惡緣。入唐以後，長孫無忌（唐太宗大舅子）奉詔整理「唐律」而編撰《唐律疏義》三十卷，其中有一條文曰：

「諸強盜及殺人賊，發被害之家。」（〈卷八・鬥訟、強盜殺人條〉）

今常見又常用的「強盜」之名正由此而來（也有千年以上歷史），若問起此「強」字該作何解？

恐怕大多支吾其詞，有人說「搶人財物之盜叫作強盜」，「強、搶」同音也，那只是北京話的發音相同而已（《廣韻》二字的反切即不同），按此「強」字係形容強悍兇殘，「強盜」有別於過去一般所以為膽怯心虛、見人即逃的「竊盜小偷」。僅僅多添一「強」字，「盜」就搖身一變，不再鬼鬼祟祟，居然連偷帶搶，甚至動刀傷人，完全是一副古人所指的「賊」了。

本文已花費很長的篇幅來討論「盜、賊」二字的古代原義和後代演變以及混用的經過，下面再歸納一下以便結束此一段落：

一、今天書面語的「盜」字仍然沿用古義，而大多偏向於動詞方面，在口語上除了「強盜」之外，幾乎不用，而且作動詞用的「盜」字早已被另一「偷」字取代。

二、「賊」字在今天書面語中也逐漸沒落，而被另一「匪」字取代，例如：「搶匪」、「劫匪」、「盜匪」、「綁匪」以及「警匪」……而口語之中，「賊」字雖然還很活躍，其實根本不再是古代所謂的「賊」了，而且比它更俗的「小偷」又猖獗地竊據了已經「變質」的「賊」之地盤。

晚出後輩的「偷」字原先跟「竊、盜、賊、寇、匪」集團可以說是風馬牛不相及，由於其本字是「媮」，意味「女人好安逸」，照字書的解釋其本義是「苟且」，引申之後，便有「貪求、妄取、苟得」之義，因此就跟「竊、盜」沾上了邊，而誤用迄今。

按「偷」字的古音很可能念「ㄊㄠ」，今北京話裡許多韻尾收「ㄡ」的字，中古以前大多收「ㄠ」，例子不勝枚舉（詳見另文），下面以保存古音較多的南方各漢語方言為例，多少可以窺探古代「偷」字的發音情形——

一、溫州話念「ㄊㄠ」（t'au）

二、福州話念「ㄊㄠ」（t'au）

三、閩南話念「ㄊㄠ」（t'au）

四、廣州話念「ㄊㄠ」（t'au）

五、蘇州話念「ㄊㄝ」（t'ɤ）

六、南昌話念「ㄊㄝㄨ」（t'ɛu）

七、客家話念「ㄊㄟˋㄨ」（t'ɛ'u）

八、長沙話念「ㄊㄜㄨ」（t'ɤu）

以上八種方言的發音完全相同，一律發「ㄊ」（t'），韻尾收音則參差不齊，而前四者比較一致，後三者離北京音的「ㄊㄡ」稍微接近一點，或許由此可以看出「偷」字念「ㄊㄠ」所保留的古音要濃厚些。我們再略加分辨，「ㄊㄠ」跟今北京話「盜」字的念法「ㄉㄠˋ」也差不遠，因為聲母「ㄉ」「ㄊ」是同一系統的子音，兩者之間只差「送氣」和「不送氣」而已。所以，「偷」字很可能在古代由於念法很接近「盜」，而竊佔取代了「盜」字的口語地位，尤其是作動詞使用的部分「盜」之意義。

既然口語的「盜」字被「偷」字偷走，它便成為一個道道地地的書面字，從此在口語之中消聲匿音。而且某字只要也有書面字可言，或者「升格」為純粹書面字，它在書面上務必要念「雅音」，這是為了提高該字的身分，也同時為了應付科舉考試，各地漢語或多或少都有「文讀」現象，而每一方言的文讀分別向不同時代的「優勢官話」，依自己語音的特質來改造、調整、仿效、對應，然而委屈求「雅」。像「盜」字嚴格來說沒有口語白讀可言，縱使某些方言常用「強盜」一語，它也是先從書面字的「盜」字增添而來，下面聊舉三種方言的「盜」字念法來作例子說明：

一、吳語是「ㄉㄠㄜˋ」（標作「dæ」更妥）。

二、閩南音是「ㄉㄜˇ」。

三、客家話是「ㄊㄜˇ」。

這三種方言的念法又跟他們自己語言中的其他書面字如「道、導……」等完全一致，再看「盜」字在《廣韻》裡作「徒到切」，到了《集韻》則作「大到切」，由此可見客家話念的是隋唐中古音，吳、閩語在「盜」字亡失念法（被「偷」字盜去），再回來念比較晚出的宋代雅音。

本文的主旨在探究閩南話「·ㄘㄚ」究竟是漢字的「賊」抑或另有他字？以上冗長的「盜、賊、偷」三字之討論，當然不是廢話，它有助於我們了解這一系列字的混用誤用經過。按閩南人常用的「作·ㄘㄚ」、「拿·ㄘㄚ」和諺語「作·ㄘㄚ諓拿·ㄘㄚ」以及俗語「白·ㄘㄚ」等等，此一入聲「·ㄘㄚ」字不可能是眾口公認的「賊」字（雖然「賊」亦入聲字），其大可懷疑者有二：

一、「賊」字本指兇悍的劫匪搶寇，它被借來用於狡黠的宵小偷兒，其年代固然無從考查，但是全中國漢語普遍將偷竊盜取他人財物的人冠上「賊」之名，應該是比較後起的事；而且閩南語在用字構詞向來以謹嚴保守著稱，像全中國幾乎到處都通行的「太陽」、「東西」、「便宜」、「漂亮」、「乾淨」等等詞彙，閩南語中根本沒有。還有通俗之至的「忙」、「忘」、「曬」、「脫」、「睡」等字，閩南話口語也從來不用，因此從常識跟趨勢兩方面來看，不可能用「賊」字來指古今天下都有的「小偷」。

二、將閩南語的「·ㄘㄚ」跟北京話的「ㄗㄟˊ」來比較一下，無論如何都看不出有什麼對應關係或演變痕跡，顯然「·ㄘㄚ」和「ㄗㄟˊ」不是同一個漢字。北京、閩南兩種方言雖然關係並不密切，但是若屬同一漢字（太俗者除外，如「躲」、「跑」、「傻」之類），倒有不少聲韻上的對應關係可尋，難道此「賊」字是特殊例外？再看「賊」字在閩方言附近的吳語念「·ㄙㄟ」（·zㄟ），客家話念「·ㄘㄟ」，二者皆屬口語的入聲字，又和北京話同韻（此就大致而言，因北京音已失落入聲韻尾），因此，怎麼聽「·ㄘㄚ」都不像也不該是「賊」字。

那麼，閩南語常用的「·ㄘㄚ」究竟是那一個漢字呢？其實很簡單，它就是各地口語都已不用的書面字——「竊」。無獨有偶地，「盜」因「偷」字冒充頂替而成為書面字，同樣「竊」也因「賊」字誤用取代而成書面字。本文要推翻「·ㄘㄚ」是「賊」字乃「竊」字，可以從詞性、字義以及字音等三方面來作說明。

按閩南語「·ㄘㄚ」分明是一名詞，而「竊」又都用作動詞，乍看之下，不得不令人懷疑。其實，我們漢字（語）的詞性並非固定不可變，像動詞、名詞以及形容詞之間，調換互用的例子多得不可勝數（像「數」字即是），年代越早越多。下面就從比較古老而著名的典籍來看看「竊、盜」二字是如何地可「動」又可「名」，而且還步調一致（末尾附註詞性類別）——

一、「凡竊木者，有刑罰。」（《周禮・地官・山虞》）（注：動詞）

二、「竊，盜也。」（前條、鄭注）（注：皆動詞）

三、「竊人之財，猶謂之盜。」（《左傳・僖公二十四年》）（注：皆動詞）

四、「竊賄為盜，盜器為姦。」（《左傳・文公十八年》）（注：三字皆動詞）

五、「君子不為盜，賢人不為竊。」（《莊子・山木》）（注：皆名詞）

六、「竊貨曰盜。」（《荀子・修身》）（注：皆動詞）

七、「此特羣盜，鼠竊狗盜耳！」（《史記・劉敬叔孫通列傳》）（注：三字皆名詞）

八、「往盜曰竊。」（陸德明《經典釋文・卷四》）（按此條係引自馬融所云）（注：皆動詞）

九、「竊，盜自中出曰竊。」（《說文》）（注：三字皆名詞）

以上的文獻資料應可證明，後代早已不再作名詞用的「竊」字，在古代原來跟「盜」字一樣也可以當作名詞來用，可見在閩南話口語中專作動詞用的「·ㄘㄚ」是「竊」字，至少在詞性上絕無可疑、無足為奇。

其次，「竊、盜」二字本來就兼指同一路的歹徒，以及他們的行徑，只不過從造字的原義來看，前者偏重於偷「米」，而後者在強調偷「皿」（代表器皿財貨），二字既然同義，合用便成為「同義複詞」，古書裡面「竊盜」或「盜竊」連用的例子俯拾即有，所指皆相同，茲不贅舉。到了後代，尤其是現今，「竊」在名詞方面被「賊」所取代，動詞方面則被「偷」所壟斷，結果兩頭落空，成為一個標準的書面字，「盜」字的命運也完全相同，只多了一個變質的「強盜」流行於某些方言的口語（閩南人用「強徒」，絕無用「強盜」的）。

最後，我們要從字音來說明，為什麼閩南語「·ㄘㄚ」會是「竊」字呢？還是借助大家都容易聽懂的北京音來作對比，今北京音念「ㄐ、ㄑ、ㄒ」的字在閩南音裡頭，發「ㄍ、ㄎ、ㄏ」的佔大部分，但仍有很少數的一樣發「ㄐ、ㄑ、ㄒ」❹，另有一部分則發「ㄗ、ㄘ、ㄙ」，大致上此一對應情況略呈規律狀，亦即「ㄐ」對「ㄍ」或「ㄗ」、「ㄑ」對「ㄎ」或「ㄘ」、「ㄒ」對「ㄏ」或「ㄙ」。由於發「ㄗ」、「ㄘ」音的字在閩南語中為數不多，發「ㄐ」、「ㄑ」音的又明顯地更少。在芸芸漢字之中，若要列舉北京話發「ㄐ、ㄑ」而閩南語發「ㄗ」或「ㄘ」的還相當可觀，若說要限定於北京話發「ㄑ」音而閩南語發「ㄘ」音的字一再扣除一些比較冷僻罕用的字，那就十分有限了，少歸少，總也有幾

❹ 有不少語言學家不以為閩南、客家音有「ㄐ、ㄑ、ㄒ」，因為發音部分比較前面，類似「ㄗ、ㄘ、ㄙ」。

個例子足夠給「竊」字作伴（佐證），下面列舉的例字，北京音在前，閩南音在後——

一、「妻」——（ㄑㄧ）（ㄘㄝ）

二、「淒」——（ㄑㄧ）（ㄘㄝ）

三、「棲」——（ㄑㄧ）（ㄘㄝ）

四、「取」——（ㄑㄩˇ）（ㄘㄨˋ）

五、「娶」——（ㄑㄩˇ）（ㄘㄨㄚ）

六、「漆」——（ㄑㄧ）（˙ㄘㄚ）

七、「妾」——（ㄑㄧㄝˋ）（˙ㄘㄧㄚ）

八、「青」——（ㄑㄧㄥ）（ㄑㄧ）（ㄘㄝ）

以上是聲母部分，至於韻母方面，北京話收「ㄝ」韻尾的字在閩南語則收「ㄚ」韻尾的字，在本質上通通是入聲字，下面隨手指出十個以見一斑——

一、「也」——（ㄧㄝˇ）（˙ㄚ）

二、「野」——（ㄧㄝˇ）（˙ㄧㄚ）

三、「葉」——（ㄧㄝˋ）（˙ㄧㄚ）

四、「別」——（ㄅㄧㄝˊ）（˙ㄅㄚ）

五、「撇」——（ㄆㄧㄝ）（˙ㄆㄧㄚ）

六、「蝶」──（ㄉㄧㄝˊ）（˙ㄉㄧㄚ）

七、「疊」──（ㄉㄧㄝˊ）（˙ㄊㄧㄚ）

八、「貼」──（ㄊㄧㄝ）（˙ㄊㄧㄚ）（˙ㄉㄚ）

九、「接」──（ㄐㄧㄝ）（˙ㄐㄧㄚ）

十、「且」──（ㄑㄧㄝˇ）（˙ㄑㄧ̃ㄚ）

經過以上的一番說明，我們應可接受閩南話「˙ㄘㄚ」正是「竊」字，別無他字。像「竊也（ㄌㄚˋ）」或「作竊也」、「拿（ㄌㄚˇ）竊」或「拿竊也」都是日常生活裡的口語詞，又比方今一般口語所說的「被偷」，稍文一點的用詞是「遭竊」，而閩南口語則說成「著竊」或「著竊偷」，也可借助後起流行的「偷」字來補充說明。

此外，「ㄅㄝˇ ˙ㄘㄚ」是本島特有的閩南話俗語，連橫氏擬作「白賊」❺以後，今人幾乎都無異議（偶有改擬「扒賊」）。按「白賊」意謂「胡說、撒謊」，有「蓄意欺騙」之義，也指招搖撞騙的斂財之徒，但是「白」字殊難理解，唯陳冠學先生詮釋得清晰簡妙：

「是空賊，沒偷東西的賊，自然是撒謊者了，多文雅的語詞啊！」（《臺語之古老與古典》，頁二五九）

---

❺見《臺灣語典・卷三》。

文雅歸文雅，卻有傷臺語的「古老」，古代只有劫掠之賊，那來偷東西的「賊」啊？應作「白竊」二字才對。

順例要再提出說明的是，「海賊」一語也相當古老，用法又十分正確，後代由於「盜、賊」二字的顛倒使用，「海盜」乃乘勢偪起，而閩南雖然面對大海，閩南人大規模地從事海上活動則延至晚近，在口語上「盜、賊」二字均已失讀，便以另一口語近義字「竊」來頂替，凡橫行海上的匪寇都稱為「海竊」，念作「ㄏㄞˊ ·ㄘㄚ」❻。

本文以探究閩南話口語的「·ㄘㄚ」字為主，有關「·ㄘㄚ」字從揣測、辨識、考證到認定均已告一段落，剩下則為相關的枝節問題，像「竊ㄌㄚˋ」的「ㄌㄚˋ」又是那一個字？因無關本文主旨，故不便在此暢談，只能略作說明——

一、「也」在閩南語的常用口語中可以說排名第一，無論語中助詞、複詞詞尾以及副詞都少不了「也」，然而它有多種發音，端視其詞性、位置而定，以「ㄚ」為大宗（略微弱化而不太明顯的入聲韻），此處「竊也」因「竊」為入聲字，而改念「ㄌㄚˋ」。

二、「拿」（拏）也是閩南口語常用字，只作動詞來用，相當於普通話的「抓」和「捉」，它可以念「ㄌㄧㄚ」或「ㄌㄧㄚˇ」，可是常被擬作「掠」、「捋」、「略」、「扐」等字。

---

❻ 閩南語二字連讀，前者必變調，例「海軍ㄏㄞˊ ㄍㄨㄣ」。

第九章

「端午」未必在五月　「秫米」作粽一樣香

——從「縛」字的古音追究綁字的「誕」生

無論是空間的距離，或語言的特質，甚至名稱本身的字眼上，此三者北京話跟閩南話之間可以說是名副其實的「地北天南」、「南轅北轍」，彼此在發音、用字、構詞以及語法上的差異，恐怕比起英語之與荷語、西班牙語之於葡萄牙語，還要來得大，我們隨便拿一句很普通的普通話來看，比如：

「端午節包粽子，糯米要先買好。」

以上這麼簡單的一句話，如果要「直譯」（逐字轉換）成閩南語，幾乎不太可能，縱使逐字翻譯也不知所云，我們只能採用最貼切的意譯如下——

「五月節卜縛粽，秫米著愛先去買。」

在寥寥十三個字當中，沒有一個字跟北京音相同，而用字不同的也不知佔了幾分之幾，句子長短和字數增減更不能一致，我們姑且以此十三個字為例，整理一下主要的差異如下：

一、閩南人從來不用「端午節」，而用「五月節」或「五日節」。

二、普通話中極普通的「要」字，在閩南話裡根本就不用，而相當於該「要」字的，以助動詞來說，是用很古老的「卜」字，以動詞來說，用的是很平常的「愛」字（有「意欲、希望、需求」之義）。

三、閩南人不說「包粽子」而說「縛粽」。

四、閩南語的「粽」字可以獨用，不必像北京話一樣添加詞尾「子」字，閩南語相當於此一詞尾「子」的是文言字「也」，絕非「子」的衍生字「仔」。

五、閩南人不用「糯米」而用「秫米」。

六、「著」字在閩南語裡頭是極常用的口語字，而且用法非常複雜（可參看臺灣大學中文系教授楊秀芳小姐的長篇大論——〈從歷史語法的觀點論閩南語「著」及持續貌〉）。

受到本文篇幅有預定的限度，無法對這些語詞差異的現象一一逐字加以考訂，而且如此討論也雜亂無章，本文之主旨是想從閩南語「縛」字的發音來探索後起俗語「綁」字之源流，順便談談為什麼閩南人也有過端午節，卻不用「端午」一名，又同樣地吃各種粽子，而不說是用「糯米」做的？

在中國歷史上，提起某一古人之名，就能立刻叫人想起某種特殊食物的，從古到今，除了屈平（原）之外，再也找不出第二人來，若說比屈原更早三百年的介子推，那也只能使人想到吃冷飯冷菜而已（寒食禁火），況且介子推遠不如屈原有名，再說，寒食節早已先盛後衰為人淡忘，而端午節則後來居上，蔚為大節日。

當「屈原」跟「粽子」二者被世人畫上等號之後，什麼屈原的偉大高潔人格，什麼屈原的瑰麗不朽作品，統統不如粽子來得重要，管他屈原是如何憂鬱痛苦而終，且吃它幾粒香甜肉粽再說。

今人最常用來指農曆五月初五的「端午節」，跟它同一系統的別稱很多，像「端五、端陽、天中、重五、重午」節等等，其中只有「端陽節」跟「天中節」是純粹書面語，而「五」、「午」二字在各地漢語的發音幾乎相同，於是，書面用「午」字，口語則用「五」字，二者早已混淆不清了。大致來看，農曆五月五日在各地的稱謂可以分為三大類四大區——

一、長江流域是「粽子原鄉」，從吳頭到楚尾以及巴蜀一律使用「端五（午）節」。

二、黃河流域由於不產稻米，所以也比較不作興過此一節日，在名稱上就近沿用長江流域的說法。

三、吳語的浙江區域裡有不少地方另用「重五（午）節」之名，像浙江東南一帶。

四、福州（閩東）、閩北、閩南、客家以及所有粵語區域一律用「五月節」之名，在閩南次方言中，有少數另用「五日節」者，像本島東北一帶如基隆、宜蘭。此外客家人有稱之為

「五月半」者，正好可以跟「上元正月半」、「中元七月半」以及「中秋八月半」對稱呼應，而成為過年除外的一年四大節日。

如果要問起為什麼南方沿海一帶的漢語方言不用「端午節」之名呢？其實，也同樣可以反問為什麼有些地方要用「端午節」呢？我們先從文獻資料來看看，有關五月初五、屈原忌（祭）日、端午節、操舟競渡以及吃粽子等習俗的記錄——

一、「端五」也好，「端午」也好，最早都出現於西晉初年周處所著的《風土記》一書中（但未必跟屈原有關），同時最早提到吃「角黍」（粽子原名）一名的也是該書。

二、最早提及五月初五日的「競渡」是為了哀悼屈原的是南朝蕭梁時代宗懍所著的《荊楚歲時記》一書。

三、最早提及屈原自沉於汨羅水（江）的是蕭梁吳均所著的《續齊諧記》一書，同時該書也最早提及吃粽是為了紀念屈原。

再從以上三本書籍的作者籍貫來看，周處是宜興人，宜興在太湖西岸的江蘇南部；吳均是吳興人，吳興在太湖南岸的浙江北部，吳興又名「湖州」，「湖州粽子」的美味更是全中國第一；至於宗懍祖籍「涅陽」（在河南南陽，當時早已淪陷於鮮卑胡人），其實也是江南人，從《荊楚歲時記》的書名可知是描述「荊楚」（今湖北、湖南）的風俗民情。

從前述可知，「端午」之名起於太湖流域，再向西延伸到洞庭湖流域，正好是長江中、下游，跟今天稱「端午節」的地域完全吻合，而閩南、福州、客家、廣州人……之所以不用「端午節」，因為他們都非長江流域的居民，他們另有一套稱法——「五月節」。

嚴格來說，「端午」或「端五」之名都是有瑕疵的，《荊楚歲時記》中有一段引述曰：

「京師人以五月一日為端一，二日端二，三日端三，四日端四，五日端五。」

所謂「京師」是指當時的首都「建康」（今南京），而「端」者，「始」也，因此，「端五」就是指第一個五日，亦即「初五」之別稱，可是用「端五」之名，根本不知是幾月？洪邁在《容齋隨筆．卷一》中也提到——

「唐玄宗以八月五日生，以其日為千秋節。張說〈上太衍曆序〉云：『謹以開元十六年八月端午赤光照室之夜獻之。』……然則凡月之五日皆可稱端午也。」（〈八月端午〉）

相形之下，閩南人用「五月節」，雖然含混，還不至於像「端五（午）」一樣，連「月」都不知道。

接著我們要討論為什麼閩南人用「秫米」而不用「糯米」？粽子的「料米」在各地的稱謂（用字）大致如下：

一、凡用「端午」之名的地區，也用「糯米」之名。

二、凡用「重午」（重五）之名的地區，則用「軟米」，姑以溫州話為例，包粽之米叫「ㄋㄨㄥˇ米」，跟「軟」（ㄋㄨㄥˇ）字發音完全相同，正是「軟」字。

三、凡用「五月節」的地區，除客家話之外（客家人稱包粽之米為「ㄋㄛˇ米」，顯係「糯」字），一律用「秫米」，而「秫」字的北京音是「ㄕㄨˊ」，閩音是「ㄗㄨˇ」，粵音則念「·ㄐ一」。

既然用來作「粽」的材料是同一種穀物，各地漢語的發音不同也許是一樁小事，因為以漢語民族之眾、幅員之廣、年代之久，方音的差異自然在所難免，但在文字統一的中國，用字的不同卻非小事，它牽涉到文化和傳統的層面。拿「秫」、「糯」二字一比，很明顯地，前者是雅字，而後者是後起的俗字。閩南語中向來以罕用後起俗字著稱，此「糯」字正是一個例子，像《說文》之中「朮、秫」二字兼收，「糯」字則未見芳蹤。

「秫，稷之黏者。从禾、朮，象形。朮，秫，或省禾。」

《說文》段注更進一步說明「朮」字曰：

「下象其莖葉，上象其采。」

「稻之黏者為秫。」（崔豹《古今注》）

按「采」是「穗」的本字，意謂可以摘採禾頂所結之穀實，由此已可見「秫」雖罕用，字卻古老；《晉書・隱逸傳》中記陶潛一段佚事曰：

「為彭澤令，在縣公田悉令吏種秫穀，曰：『令吾常醉於酒，足矣！』」

據此又可知「秫穀」正是「糯米」的前身以及書面語，「糯」字是不折不扣的俗字，它又從「穤」字而來，「穤」也是俗字，從「稬」字而來，而「糯、穤、稬」等字的偏旁跟另一組「𨏮、輭」（俗字作「軟」）相同，所以「糯米」是指一種質地柔軟的米，跟黏性的「秫米」係同一穀物，閩南人在吃粽子一事上落後於長江流域的居民，但在用字方面可毫不含糊，沿用比較古老而正式的「秫」字，而不用來歷不明又後生晚輩的「糯」字。

說得再簡捷一些，閩南人既然絕不用「糯」字，閩南語裡頭也就根本沒有「糯」字可言，換言之，「糯」之一字在閩南語中是一個無從去念的「後起漢字」（勉強如此命名），縱使勉強地找到「糯」字如何如何念，也是從閩南話跟北京話之間已有的一些「對應」關係上加以類推，而矯揉造作出來的發音。

順便一提的，今大眾所熟見的「粽」字，也是一大俗字，而且還俗得非常無聊，因為當作聲符的「宗」在該字中毫無意義上的作用，「粽」字係由「糉」字省筆簡化而來，雖然二者都是形聲字，但是「糉」字比較有意思，「糉」字從「㚇」得聲，據《廣雅》的解釋：

「㚇，聚也。」（〈釋詁三〉）

可見用「㚇」作聲符的「糉」字意謂「搏聚千百顆糯米才黏結成為一粒糉子」，如果換成「粽」字，我們只知其音而不曉其義。

最後我們要探討的正是本文的主題——「縛」字，今天純粹屬於書面語的「縛」字，居然還存活於閩南人的口語上，對於患有「語文懷古症」的漢學考據工作者來說，真有空谷跫音之感。

我們先回來處理粽子，當粽子的「可食用主體」已經完成，而正要下鍋之前，有兩個必不可缺的步驟是——

一、用粽箬包裹。

二、用草索綑綁。

今全中國漢語在粽子即將完成時所用的動詞，都用「包」字，同時用「包粽」一詞也涵蓋整個粽子的製造過程在內（蒸煮除外），其實忽略了「包妥煮前」的一項重要之事，所以，閩南人、福州人對於粽子的製作，不用「包」而用「縛」字，究竟用「包」或用「縛」何者比較恰當呢？一看後述，便可分曉——

一、光「包」而不「綁」，一旦投入沸水之中，豈不煮成一鍋糯米粥？如換作擺在火上蒸，豈不蒸成一團油飯？

二、光「綁」而不「包」，試問一團赤裸裸的糯米，不知要如何一個「綁」法（當然要先包才能綁）？

可見用「綁」要比用「包」來得意義較完整，因為說「包粽」未必包涵下一步繫綁的動作在內，而用「綁粽」勢必已兼指包裹在內。再進一層次來看，從語文用詞的精確、妥貼、生動有力上，閩南話的「·ㄅㄚ粽」一定要比一般各地的「ㄅㄠ粽」來得高明。

按漢語之中常用於「使某物緊牢穩固而不鬆散脫落」的動詞，大致不出「束、縛、繫、纏、繞」五者之外，此五字都是《說文》收錄而比較正式的漢字，但「纏、繞」由於力道不足、不夠緊張，可以放棄，其他三者之中「束、縛」二字是典型的「轉注」字，二字合用即為標準的同義複詞——「束縛」，且看《說文》的解釋——

「束，縛也，从口木。」

「縛，束也，从糸，尃聲。」

今天當作動詞用的「束、縛」二字，在一般口語之中早已絕跡，比如「一束鮮花」不是動詞，「約束管教」和「束腰裹腹」又不是口語；但是此二字卻活生生地依然留存在閩南話的常用口語之中，實在令人驚奇，像「束著」、「束起來」、「縛鞋帶」、「縛索也」、「縛鐵線」……等等，此「束」字念作「·ㄙㄛ」，「縛」字則念作「·ㄅㄚ」，二者都是入聲字。

在古漢語之中非常普通的口語──「束、縛、繫」，到了後來北京音獨霸中國的時代，只好束之高閣成為書面語，取而代之的有三個俗字──

一、「繫」字尚能幸存於口語中，但有不少地盤被「拴」字攻佔，例如「繫馬」今改用「拴馬」，「繫首」是「拴脖子」，「繫足」是「拴在腳上」等等。

二、「束」字被「綑」字取代，「綑」的本字是「捆」字，而「捆」字的本義是「編織」，並無「束縛」之義，也許引申為「綑縛」的意思。

三、「縛」字完全成為「綁」字的天下，像「綁牛、綁羊、綁豬、綁雞、綁鴨……」幾乎無所不綁，再加上「綁鬆、綁緊、綁牢、綁穩、綁住、綁著……」最後是「五花大綁」以及新式「綁標」。

在古漢語裡頭，「縛」字不但是常用口語，也是常用書面字，從古籍來查閱，它的用法，亦即所縛的對象，大多以「人」為主（寇、賊、囚、虜之類），諸如──

一、「晉襄公縛楚囚。」（《左傳．文公二年》）

二、「武王親釋其縛。」（《左傳．僖公六年》）

三、「卒生縛而擒之。」（《呂氏春秋．貴直論第三．壅塞》）

四、「信乃解其縛，東嚮坐。」（《史記．卷九十二．淮陰侯列傳》）

此一「縛」法從先秦春秋一直沿用到一千多年後的中晚唐，白居易在〈縛戎人〉一詩中曰：

「縛戎人，縛戎人，耳穿面破驅入秦。」（《全唐詩・卷四百二十六》）

李商隱也在〈韓碑〉一詩中曰：

「入蔡縛賊獻太廟，功不與讓恩不訾。」（《全唐詩・卷五百三十九》）

從人類藉語言聲音來表達某一事物，在古代必有一理、法可循，大凡用於要使某物緊牢的動詞，其音亦隨之緊收短促，所以「束、縛」兩字在古代都發入聲韻，正是閩南語的「‧ㄙㄛ」和「‧ㄅㄚ」之音。由於北方漢語除山西某些地區（如太原）之外，統統失落了「入聲韻」，於是在書面音上，「束」字讀作「ㄕㄨˋ」，「縛」字則念「ㄈㄨˊ」或「ㄈㄨˇ」，同時此二字也毫無口語白話音可讀。其實，「縛」字的白話音仍然存在，只不過被閹掉了入聲韻尾，而訛音成「ㄅㄤˇ」，我們試著促讀「ㄅㄤˇ」音，不是跟閩南話的「縛」（‧ㄅㄚ）音非常接近嗎？而且誰又能將「縛、綁」二字在用法跟意義上，再加以精細地區分呢？

古代漢語用於限制「人身」，使其不得自由、不得動彈的「縛」法，居然兩千多年之後，在北京話裡尚有線索可尋，像近代語詞「綁架」、「綁票」（綁肉票）、「綁案」（綁架擄人勒贖案）以及「綁匪」等等。

就文學的修辭而言，要形容歹徒擄人手法之兇頑惡劣，無論是「音感」或者「字感」，我們稍加分辨，「擄」、「劫」、「押」、「拴」、「繫」、「捆」……沒有一個字能比「綁」字更來得生動有力，除了入聲字的「縛」（·ㄅㄚ）之外，可笑的是，「縛」字的今音「ㄈㄨˊ」，聽起來就軟弱而無力。

為了說明「綁」字的確是從「縛」字而來，閩南話「縛」字的「·ㄅㄚ」音可以提供充分的證據，「綁」字就是「縛」字的徹底改版，全面翻修，然後重新出現——「既走音，又變形，更換字」，以至於面目全非。

五月初五閩南婦女所忙何事？忙著「縛粽」，絕非「綁粽」，今有不少人（含閩南人）竟將閩南語常使用的「·ㄅㄚ」看成是「綁」字，這不但斯文掃地，簡直是「以夷變夏」。為了說明閩南語中根本沒有「綁」之一字，我們不得不追究此「綁」字之起源。

按「綁」是一個非常年輕的後起字，不要說經史典籍、詩文詞賦裡頭沒有此字，戲曲、小說、語錄、傳奇之中也極為罕見，連字書、韻書都晚到晚明末年由梅膺祚所編的《字彙》才首先提出說明：

「綁，古無此字，俗音旁上聲，作綁笞之字。」

稍後不到一百年，張自烈在《正字通》裡又修正為：「綁，今作綁縛字。」

從以上兩大晚期字書反映，「綁」字比較通行的時代應在明朝之間，「綁」字雖然荒誕不「經」，卻也不是憑空杜撰而「誕」生的。若再說精細一點，「綁」字不該算是俗字，所謂「俗字」本來是針對「正字」而言，此一「正字」是指字形的「正寫」而已，無關字的音、義；而後起的「綁」字根本就找不到正寫的正字，又如何能說它是俗字呢？像近人劉復所編，專收「垃圾雜字」的《宋元以來俗字譜》一書，就未曾網羅此一「綁」字在內。

由於「綁」字的念法跟「縛」字的古音相差有限，字義用法又和「縛」字毫無分別，在外貌造型上更採取漢字裡面最進步、最常用的「形聲」方式，以「系」為義符兼形符，以「邦」為聲符，怎麼看都像一個有頭有臉的漢字，其實它是從「縛」字迂迴輾轉蛻化而來的，所以本文在標題之中，特別將「誕」字加上括弧，表示此一「誕」字的用法乃取其本義的「荒誕、怪誕、妄誕、訛誕」，而未沿用一般後起錯誤的「聖誕、華誕、誕生、誕日、誕辰」等等跟「出生降世」有關的「誕」義（有關閩南話中「誕（ㄉㄨㄚˊ）」字的探究，請詳見另文）。

「縛」字既然是閩南語中的常用字，奇怪的是，坊間一些研究閩南語的著作中卻很少提及（近來出版的大型閩南語字辭典要另當別論，有關此方面的討論，亦請詳見另文）。

一、鄭天福先生在他的兩本大著（簡稱——臺語雙「源」）之中，未有一個「縛」字出現。

二、洪惟仁先生在《臺灣方言之旅》跟《臺語文字與臺語文學》二書中舉了不少閩南語的字例，都未舉到「縛」字作例，這或許是湊巧；但是洪氏在另一巨構《臺灣禮俗語典》，既名之為「俗」，必離不開生活；既用此「語」字，也離不開口語，全書卻未見有一「縛」

字，而且該書附錄「字考索引」之中，共考證所謂「鶴佬語重要詞素」計三百六十六字，一樣沒有「縛」字。不知是洪先生不以「縛」字為閩南語的重要詞素之一，抑或小心審慎地不敢冒然將閩南常用的「˙ㄅㄚ」看成是「縛」字。

像「縛」這種常用字會被冷落固然令人驚訝，更令人困惑的是，「縛」字的文讀音根本跟日常生活脫節，居然比白讀音更受重視。像王育德氏在《臺灣話講座》一書的〈臺灣話和北京話之間〉中曾曰：

「白話音殘缺不全，做為資料略嫌不足，所以下面只拿文言音來和北京話比較。」（第十四講）

何謂「白話音殘缺不全」？有些書面字本來就沒有白話音可發，同樣地有些白話口語也沒有書面字可寫。這是各地漢語普徧都有的現象，不獨閩南語而已。再說以「臺灣話講座」來向群眾開「講」，若捨棄了白話口語，實在不知道還有什麼可講，以及要向什麼人講？結果該書以三講的篇幅來討論（其實只是列舉而已）臺灣話跟北京話的對應關係，在「北京話——o對臺灣話ok」一條中列入「縛」字，並註明為「藥韻開口三等字」，這分明是從韻書的「反切」翻譯成萬國音標的母音韻尾，按「縛」字的發音，據《廣韻》所載有二音：

一、縛——符臥切（去聲、過第三十九）

二、縛——繫也，符鑊切（入聲、藥第十八）

以上兩種念法都是漢語的中古音，跟更古老的閩南語白讀仍有一段距離，再說用《廣韻》、《集韻》系統的反切來認定閩南語的發音是非常危險的，即使文讀也頗有出入，何況白讀。像「縛」的聲母在古漢語是發「ㄅ」（p）音，到了近代北京音則改發「ㄈ」（f），閩南語為了適應大潮流，在書面文讀上對應出「ㄏ」（h）之音來，所以「縛」字的閩南文讀其實可以念「·ㄅㄛ」或「·ㄏㄛ」，總之它有兩條但書——

一、它必須保留入聲韻。

二、它絕不發「ㄈ」的音，因為「古無輕唇音」，迄今三種閩方言（閩西客家話除外）仍堅持不發輕唇音。

坦白說這些文讀的差異，在本質上早已毫無意義可言，因為無論如何念都是懾伏於政治「優勢語」的淫威之下，勉強改造出來一種不自然的「讀」音「雅」聲。說一句猜忌（小心眼）的話，王先生也許還沒有注意到閩南語常用的「·ㄅㄚ」是「縛」之一字。

據本人之研究，「縛、綁」二字在北京話中是可以並存的，一為書面語，一為口語，但在閩南語中卻不能並存，閩南語只有「縛」字而無「綁」，「縛」字之所以有文讀，是為了它是失讀的後起書面語，像「綁」字俗得連北京話裡也沒有「書面音」，閩南話又怎麼可能設計出文讀來「敷衍」它呢？不料，許金用老校長在《臺灣常用字典》（約四千五百餘字）一書中，居然二字兼收：

一、綁：讀「ㄅㄤˋ」，同「菶」，又讀「ㄅㄛㄥˋ」，同「榜」（頁一七五）

二、縛：讀「ㄅ∧ㄛ」，同「僕、薄、脖」，又語音「ㄅㄑㄚ」（頁二二七）（據原書說明，「∧」符號係陰入聲，「ㄑ」符號係陽入聲）

如果像「綁」這種字閩南語也有文讀的話，那倒要請教更年輕的「瞎搞」的「搞」字閩南語該怎麼念？說句不外行的話，閩南語連「瞎」字也壓根沒有呢！

當然，最先察覺到閩南語的「·ㄅㄚ」原來是「縛」字絕非本人（不過本人並非從他人書中得知，而是早就如此以為），倒是認定北京話的「綁」字係由「縛」字而來才是本人。為了表彰方言學家的用心，同時本人亦可避掠美之嫌，依出版前後略舉一些以供參考。

黃敬安先生在《閩南話考證》一書的一百二十三條：

閩南話說「綑綁東西」為「ㄅㄚˊㄍ」(pakˋ)，字寫作「縛」。（頁二三八）（該條並引用《國閩辭典》所云，亦認為「ㄅㄚˊㄍ」係「縛」字。）

陳冠學先生在《臺語之古老與古典》一書的〈漢語那有失態音〉一章中，以四十一個閩南字音來印證錢大昕的「古無輕唇音」，其中第二十個字是——

縛　奉（母）　現代官音「ㄈㄨˊ」　臺音「pák」（頁二三九）

按陳先生所著該書在閩南語研究著作中堪稱重量級之巨構，尤其以「失態音」形容「輕唇音」更是精彩絕倫，前所未聞。但是陳先生在此書另一章〈一本最古老的字典之印證與糾正〉之中，列舉出《說文解字》的六百十一個字來跟閩南語對照討論，裡頭竟然沒有「縛」字，而《說文》分明有「縛」字，此又令人不無困惑。

楊秀芳教授在討論「著」字的專文（見前引）中曾造一例句云：

「kau^2 a^2 ho^7 pak^8 $tiau^5$ a^0 $bian^2$ $kian^1$」（狗囝與縛著矣，免驚）（狗被綁住了，不必怕。）（按「1」符號係陽入聲。）

按今人若能以漢文寫一段稍長的閩南語句子應該不太容易，而楊教授此句不幸錯了一個「囝」字，應作「也」。

最後本文要說明的是「縛」字在閩南語中的發音問題，乍聽之下，今北京音念「ㄈㄨˊ」，而閩南音念「˙ㄅㄚ」，聲母、韻母、聲調三者皆大不相同，怎麼可能是同一漢字呢？

今北京話發輕唇音「f、v」的字在古漢語都念重唇音的「p、p'、b、m」，所以「縛」字的聲母，閩南音發「ㄅ、p」一點也不奇怪，反倒是北京音發「ㄈ、f」才教人困惑。按「縛」字以「尃」字作為聲符，「尃」字又以「甫」字當聲符，漢字裡頭以「甫」字作為結構一部分的形聲字很多，其中連北京話也發重唇音的大致有：

一、哺、捕、補、晡、酺、逋、博、搏、膊、髆、鎛、薄、簿、礴、餺都發「ㄅ、p」之音。

二、匍、莆、圃、埔、浦、脯、鋪、舖、蒲、捕、葡、溥都發「ㄆ、p'」之音。

以上合計有二十七個字，再看今已改發輕唇音的只有下列八字而已：

「甫、傅、敷、縛、簠、賻、輔、黼。」

以「甫」作聲符的一系列形聲字中，後起的輕唇音畢竟只佔少部分，可見「縛」字在閩南音發「ㄅ」正是古音，而且「甫」字也念「ㄅㄛ」呢！

緊接著我們再來看看「縛」的韻母，本文避免涉及繁瑣的聲韻理論，採用通俗易曉的對比方式。大致上，今北京音「ㄨ」韻的字在閩南語中大部分是「ㄛ」韻，例如：

「吳、布、胡、涂、古、都、孤、盧、蘇、租、粗、逐、醋、俗……」

但也有部分「ㄨ」韻的字在閩南音中是「ㄚ」韻，而幾乎都是白讀口語的字，其年代更古，下列各例字，北京音在上，閩南音在下，一目瞭然——

一、暴（ㄆㄨˋ）（·ㄆㄚ）（注：「曝」是後起字）

二、木（ㄇㄨˋ）（·bㄚ）（注：「·bㄛ」是文讀）

三、目（ㄇㄨˋ）（·ㄅㄚ）（注：「·ㄅㄛ」是文讀）

四、敷（ㄈㄨ）（·ㄅㄨㄚ）（例：「敷粉」）

五、讀（ㄉㄨˊ）（·ㄊㄚ）（例：「讀冊」）

六、堵（ㄉㄨˇ）（·ㄊㄚ）（注：「·ㄉㄛ」是文讀）

七、獨（ㄉㄨˊ）（·ㄉㄚ）（注：「·ㄉㄛ」是文讀）

以上七字連同「縛」字通通是入聲字，由於北京話失落了入聲韻尾，這一些「ㄚ」韻的入聲字只好改發「ㄨ」韻。今北京音滔滔者華夏皆是也，「縛」字念作「·ㄅㄚ」才是古音。

在本文結束之前，我們還要討論一個小小的奇怪問題，所謂「古無輕唇音」，說清楚些也就是凡今念輕唇音的字，在古代漢語都念重唇音，這是錢大昕在漢學研究上的重大發現，錢氏並列舉一百餘字為例再援引古籍加以考訂說明，然而此一百餘字幾乎已一網打盡所有念輕唇音者，竟然遺漏本文的招牌字——「縛」。這對正在論證「縛」字在古代是發重唇音「ㄅ」的本文，可以說是突然撤兵、頓失奧援；況且錢大師在作學問上，素以廣博深厚、精湛審慎著稱，何以漏掉此一今念輕唇音的斗大「縛」字，更令人百思不解。

要破解此一困惑，我們不妨對考證泰斗錢大昕先作一番「身家調查」，按錢大昕乃江南嘉定人氏，在今江蘇省嘉定縣，當時隸屬於蘇州府，正是道道地地的吳語區（蘇州又名「吳縣」，是古春秋時代吳國的都城，正是「吳語」的核心代表區），在今吳語裡面相當於北京話「綁」義的有三——

一、「ㄅㄛˇ」即「綁」字，極少用（對應北京話）。

二、「ㄎㄤˇ」即「綑」字，較少用（應作「捆」）。

三、「ㄨㄛˇ」即「縛」字，經常用。

可是吳語所念的「縛」字並非古音，而是中古方言音，一者入聲韻已弱化，二者失落了聲母而為「零聲母」字。再拿「ㄨㄛˇ」跟《廣韻》的「縛」字反切對比，湊巧吻合，「縛」字在《廣韻》非作入聲字時，反切是「符臥切」，「符」字在吳語是念「ㄨˇ」，所以「符臥切」在吳語要念成「ㄨㄛˇ」——「縛」。

經過這一番考證，我們終於有比較合理的解釋，為什麼錢氏會漏列「縛」字？因為在錢大昕的母語當中，「縛」字不發輕唇音「f、v」，於是他在列舉輕唇音的一百多字時，很自然地未刻意驚覺到「縛」字在當時北京音已發「ㄈ」了。總而言之，大師級的學者也會有不小心的失誤，免笑。

第十章

內面有人洗「溫泉」　尚好莫「泉」蝱也水

——談「泉」字在閩南語中的一種奇妙用法

在本文標題之中，除了「泉」字以外，我們先將一些閩南語的特殊用詞（字）略作說明如下

一、「內面」相當於北方官話的「裡邊」，或普通話（範圍更廣）的「裡面」和「裡頭」，拿「內」字跟「裡」字一比，前者是既古老又正確的指稱，而後者的本義是「衣內」，在擴大字義之後，漸漸取代了「內」，比方「心內」是閩南語常用詞，普通話都改用「心裡」，但也有不能取代的，像「內衣」絕不說「裡衣」。在閩南語中罕用此一「裡」字，只有依正統用法，稱衣服的襯布時，才不得不叫「內裡」，可見其用字的審慎。不過，今閩南語在用字的混亂有日益嚴重的趨勢，比如產婦分娩作月子的明明是「月內」，卻常被訛寫成

「月裡」。

二、「尚」在閩南語的比較形容詞（副詞）之中是頂尖最高級的，其他同類的「傷好」、「正好」、「真好」、「足好」、「加好」、「更加好」、「加實好」、「有夠好」以及「好也無地講」等等，比起「尚好」統統略遜一籌，不過此處是用於「拜託」（懇請）之義。「尚」字相當於今所流行的「最」，不幸的是，「最」是一個斗大的錯字，其本字是「冣」，本義是「積聚」，中古時代已被誤作「極」來用，一誤誤到今天，閩南語到最近也染上此惡例，而有「ㄗㄝˋ ㄍㄧㄣˇ」（最近）一詞。

三、「莫」在閩南語中也有用，念作「ㄇㄛˇ」，它是一個否定性的勸阻禁止詞，相當於「勿」或「毋」，只是閩南話在口語中較少用此「莫」字而常用另一「ㄇㄞˇ」，一般閩南語字書常將「ㄇㄞˇ」杜撰成「嘜」字，根本不知此一「ㄇㄞˇ」原來是「莫愛」（ㄇㄛˇ ㄞˇ）二字的合讀，猶如「無愛」（bㄛˊ ㄞˇ）合讀而成「bㄨㄞˇ」一樣。

接著我們來探討本文的兩個主角——「蝱也水」，先談「蝱也」（bㄤ ˙ㄚ），閩南話所指的「蝱也」，絕大多數的中國話都叫「蚊蟲」或「蚊子」，牠是一種到處都常見的小型大害蟲，為什麼閩南語不用通俗的「蚊」字，而偏偏用冷僻的「蝱」字呢？這又說來話長。

認為「蝱」是冷僻罕見字，正顯示今天一般國人的「漢語識字能力」之淺薄，只要是北京話不講、白話文不用，幾乎都是稀奇古老字。天底下對人有害的小蟲，其種類之繁，何止千百，古代漢語未必都能一一為之命名，尤其創造一個專指的單字。或許此種「晝伏昏出，刺膚吮血」的小飛蟲，數量又多，滋生又快，防不勝防，除難盡除，才不得不賦予此物一個獨用的專名；問題是以古中國的幅員之大，所命之名又豈能各地相同（音同而字也同）？下面來看古籍如何稱呼此一可惡之族群——

一、「蚊虻噆膚，則通昔不寐也。」（《莊子・天運》）
二、「其猶一蚊一蝱之勞者也。」（《莊子・天下》）
三、「蚊，本亦作蟁。」（陸德明《經典釋文・莊子釋文》）
四、「醯酸而蜹聚焉。」（《荀子・勸學》）
五、「蚊蝱之聲聞。」（《荀子・解蔽》）
六、「明月曜夜，蟁蝱宵見。」（《漢書・卷五十三》）
七、「蚊蚋咬膚，虎狼食肉。」（《列子・說符》）
八、「蝱，齧人飛蟲，从䖵，亡聲。」（《說文》）
九、「蟁，齧人飛蟲，从䖵，民聲。」（《說文》）
十、「蜹，秦晉謂之蜹，楚謂之蟁，从虫，芮聲。」（《說文》）

綜合以上的資料，我們應該發現到「蟁」就是「蚊」的本字，「蝱」也是「虻」的本字，還有

「蜹」可以簡寫成「蚋」字，儘管這三組文字的發音不同、形狀不同，指的統統是同一族群的吸血小飛蟲，其差別只在古代各地的方言有所不同，因此，書寫的文字也隨之而異。

為什麼閩南語要用「蝱」字呢？前引最後一條已有明確的說明，此一吸血小飛蟲，南方楚人叫「蟁」，西北秦晉人叫「蜹」，至於秦晉南楚之外的其他華夏語言又叫什麼名稱呢？亦即「周、魯、齊、衛、陳、蔡、許、鄭、宋……」等地又叫什麼呢？顯然這些地方共同使用的名稱無非是「蝱」（bㄤ）了，許慎只是沿用春秋的國名來稱呼當時（東漢）的地區而已，而這一大片用「蝱」的地區正是所謂的「中原」，可見「蝱」字才是地地道道的「雅言官話」，相形之下，所謂的「秦、晉、南楚」總比較偏僻些（而其他的「吳、越、北燕」更不在話下），由此可知「蟁」（蚊）字在當時反而是「方言土話」；不過，從書面語來看，此方言字已被古籍接納而跟雅言字配搭構成同義複詞——「蚊蝱」。不料，東漢以後，「蝱」字日漸沒落，「蚊」字則更為盛行，一直到今天，這兩個同義字簡直可以說——

「蚊子的確滿天飛，蝱也幾乎要絕跡。」

要是沒有閩南話的「bㄤ　˙ㄚ」到目前仍在口語中繼續使用，恐怕沒有人敢相信古老得早已失傳的「蝱也」，竟然還存活在中國的東南角落裡。

大致來說，對於中國本土從來沒有的外來新鮮事物，閩南語在命名稱呼、選詞用字時都非常審慎，除非不得已，否則儘量避免音譯，同時在意譯時，也力求——妥貼、典雅、簡捷、生動。

姑舉一例，當前人類最平常習見的不良嗜好（攝取「尼古丁」），閩南話就採用「食薰」一語，而不用什麼「抽煙」或「吸菸」（詳見另文）。

又比如以藥用植物「除蟲菊」製成易燃之香，可用來薰逐蚊蟲，浙江話叫「蚊蟲香」，普通話直接稱「蚊香」，閩南話卻非夾一個語助詞「也」字不可，叫「蝱也香」，這種結構形態的詞語很多，但「也」字都被誤作莫名其妙的「仔」字。

「蚊香」跟「蝱也香」的差異畢竟有限，一旦引進更新穎時髦的洋玩藝，譬如DDT之類的東西，普通話尚能挾政治官話的優勢力，生硬地編造出「殺蟲劑」之類的名稱來，換作其他方言恐怕就窘於應付了，要另起新爐竈的話，不知該如何以不違背自己方言的語法來構鑄新詞？要直接移植現成的話，光是一個「劑」字已不知該如何處理？

面對新鮮又先進的「殺蟲劑」，閩南語以「蝱也水」（蚊子水）來稱它，乍看之下，似乎很不習慣這種構詞法，但再三思索，可點燃的叫「蝱也香」，而成液狀的同類產品憑什麼不能叫它「蝱也水」？二者剛好是水、火（煙）兩路驅蚊，比起粉末狀的「劑」來，用得更簡單更自然，姑且不追究「劑」字的本義為何，光看部首在「刀」（刂）已跟藥粉無關了。其次，「殺蟲劑」可殺的蟲類很多，但以「蚊子」為最主要對象，閩南話乾脆以「蝱也」作代表，其餘不在話下，何等直捷了當通俗易曉；再說「殺蟲劑」一名用得太儱侗，大凡食五穀菜蔬之蟲，必不吸人畜之血；反之，吸人畜之血者，必不食五穀菜果，用「殺蟲劑」之名跟「農藥」又有何區別？所謂「農藥」

不也是用於田畦園圃的「殺蟲劑」嗎？由此更可見閩南話用「𣻸也水」自有其道理，至少不會使人誤以為是「農藥」。

坦白說，「殺蟲劑」能用「𣻸也水」來替代，的確令人拍案叫絕，絕就絕在它的用法是既粗糙又樸素，卻又無懈可擊。還有比「𣻸也水」更絕更妙的，那就是如何使用「𣻸也水」的那一個關鍵動作，亦即所用的那個動詞——「泉」。

一提起「泉」字在閩南話中可以當作動詞來用，也許有人會大吃一驚，以為匪夷所思；甚至會有人指斥為「望文生義」的無稽之談。其實，語文本來就是「約定俗成」的，習慣成自然，習見慣用自然順口，今天若問起一般人，操作「殺蟲劑」應該用那一個動詞？相信十九不假思索會脫口而出：當然用「噴」字。連「壓」、「擠」二字都不用，因為「壓、擠」只是用於「按鍵」的動詞而已，要讓殺蟲劑的藥水汁液「射出」，非得用「噴」字不可，否則無效，蚊子不死。

「噴」字真有這種「促使射出」的能力嗎？從「噴口水」、「噴水池」、「噴油漆」一直到「噴射機」，下面我們就來看看跟「噴」字有關的同一系列動詞，其本義究竟是指什麼？

一、「吹，嘘也，从口，欠。」《說文》

二、「嘘，吹也，从口，虛聲。」《說文》

三、「吒，噴也，叱怒也，从口，乇聲。」《說文》

四、「噴，吒也，从口，賁聲。」（《說文》）

五、「歕，吹氣也，从欠，賁聲。」（《說文》）

很顯然可以看出，照字學泰斗許慎的解釋，「吹、噓」是轉注字，「吒、噴」也是轉注字，所謂「轉注」就是兩字的意義完全相等，「噴」字的本義只是發怒的叱（吆喝）聲而已，再說以上五個字可以說連「一滴水」都沒有，真不知「噴水」、「噴泉」、「噴漆」是如何一個「噴」法？

當然，並非每一個漢字都務必墨守古代經典的正統用法，而不許轉作他用；問題是「噴」字的確沒有任何「使水射出」的蛛絲馬跡可尋，無論它是指從人口中射出，抑或從大自然裡湧出。「噴」字從「口」，但跟「水」沾上關係，我們初步的假定，可以追溯到三個比較後起而可疑的中古「俗字」（《說文》未錄，經典不見）——「潠」、「噀」、「湓」，下面且看這三字的來歷：

一、「潠，含噴水也，从水，巽聲。」（《說文新附》）

「潠，噴水也。」（《玉篇》）

「憲在位，忽回向東北，含酒三潠。」（《後漢書・方術列傳》）

「潠，噴也。」（《後漢書》李賢注引《埤蒼》）

二、「噀，噴水也。」（《韻會》）

三、「河水湓溢。」（《漢書・溝洫志》）

「溢，涌也。」（《漢書》顏師古注）

「溢，湓也。」（《玉篇》）

「溢，含水濆也。」（《廣韻》）

以上的資料又可提供我們兩條線索，其一是為了解釋「濆」這個新登場的俗字，文字學家將「發出怒聲」的「噴」字借來使用，於是叚借成真，一借定案。另一線索是「噴」（ㄆㄣ）跟「溢」（ㄆㄣˊ）二字念法完全相同，習見的「噴」字自然取代了罕見的「溢」字之用法。

其實以上的兩條線索只能聊供參考，不可信以為真，真正使「噴」字轉換體質、增添功能的似非上述此三字，而是另外一個更古老的漢字——「濆」。從《春秋公羊傳》中可以發現以下一條：

「濆泉者何？直泉也；直泉者何？涌泉也。」（〈昭公五年〉）

所謂「直泉」，就是指「直直向上激射而出的一道泉水」，從水勢來看，「濆」字所形容的似乎要比「涌」字來得強勁有力。按《公羊春秋》雖然以解注《春秋》的經文為主，但是其中也充滿了訓詁的文句，作者公羊高更是孔門高足子夏（卜商）的弟子，而公羊高又是齊國人，齊國位於大黃河的下游，其地雨水及泉水之多，恐怕居古代華夏中國之冠，迄今山東濟南仍以「泉水之都」著稱（《老殘遊記》可以作證），由此推測，古代漢語最早用來指「地下水泉激射而出」的動詞，也許正是此一「濆」字，再從「聲符」來看，「濆」字跟另一指「水泉溢出」的「涌」字（「賁」、「甬」），在力道上顯然不盡相等。

綜合以上的考證，「噴」字依現今一般用法，可以說是一個斗大的「別字」，我們所以不認定它是「錯字」（其實「錯」字本身也是錯字，應用「訛」才對），因為「噴」、「濆」二字形似、義近，最主要是同音，「噴」字妄用該算是「濆」的別字。

古代漢語的造字本義是非常清晰、明確又精密的，後代混淆妄用的原因很多，「同音段借」和「引申過度」一定是其中之一，像「歕」、「濆」、「噴」分明是獨立的三個文字，而「歕」字被「吹」字所壟斷（詳後），「濆」字也被「噴」字所兼併，下面我們就對優勢動詞「噴」字的用法略作評量——

一、「香氣噴鼻」、「令人噴飯」、「含血噴人」以及「狗血噴頭」等俚語俗詞語的常見用法，用「噴」字並無傷大雅。

二、「噴嚏」、「打噴嚏」是人的鼻中之氣急欲排出，古代單用一「嚏」字，今加添一「噴」要比「歕」字來得妥當，但現代語句的「噴一口煙」應作「歕一口煙」。

三、「噴口水」跟「吞口水」是相對的，一進一出、一取一捨，用「噴」字亦可說通；但是若換作「噴水」或「噴泉」，用此「噴」字則大有問題，應作「濆」字才算正確的，尤其是「噴泉」和「噴水池」更百分之百非用「濆」字不可。

四、其他一些比較晚近而新式的用法，例如「噴筒」、「噴鎗」、「噴漆」、「噴霧」、「噴射」、「噴射機」、「噴水器」、「噴火器」、「噴灑」、「噴殺蟲劑」等等以及「火山暴發會噴出岩漿」之類，嚴格來說，用「噴」字都不如用「濆」字。

正由於今人大多不知漢語之中有一「濆」字，只知有「噴」字，因而無所不噴，下面再舉二例以見「噴」字濫用到什麼地步——

一、「噴漆」一語從字面來看好像在說「口中含油漆，然後噴在器物上」。

二、「噴農藥」三字也好像在說「口中含著農藥，然後噴在農作物上」。

三、「噴殺蟲劑」更好像在說「口中含著化學藥水，然後噴在角落暗處來除盡害蟲」。

照理說此三個「噴」字固然用得牽強，但換作「濆」字亦未必妥貼，畢竟「用手按鍵」跟自然激射的「濆」仍有相當差異，若能有一從手的「𢷾」字該多理想，不幸的是漢語之中果真有一個「𢷾」字，但無此義，而且晚出——

「𢷾，拭也，符分切。」（《集韻》）

跟「濆、噴」一樣的情況，今人罕見有一「歕」字，只知「吹」字，於是到處亂吹，按「吹、歕」二字雖有相通之處，但用法卻分道揚鑣，「吹」廣而「歕」窄，「吹」字大多用人為的使樂器發聲，或大自然的氣在移位流動（風）。所幸今閩方言（含客家）仍將「歕」字保留在口語之中，

「歕」在閩南語中是常用字，念作「ㄅㄨㄣˊ」，由此益發可見中國東南隅的漢語方言是何等堅韌，不隨時代潮流而輕易改變。

然而「噴漆」在今閩南語念「ㄆㄨㄣˋ漆」，「噴水池」則念「ㄆㄨㄣˋ水池」，此「ㄆㄨㄣˋ」字分明是「噴」而非「濆」字，顯然是模仿普通話而來，屬於文讀系統，只是在發音上，閩南語念「ㄆㄨㄣˋ」至少比普通話的「ㄆㄣ」要來得有力，像用力噴的樣子。

奇怪的是，跟「噴漆」、「噴水池」一樣屬於新鮮事物的「噴殺蟲劑」，閩南語卻捨棄文讀的動詞「噴」字，仍然沿用口語常用的動詞「ㄗㄨㄚˇ」，說成「ㄗㄨㄚˇ蝱也水」，其他類似的例子相當多，比方像「ㄗㄨㄚˇ水」、「ㄗㄨㄚˇ藥也」、「ㄗㄨㄚˇ農藥」以及「莫去ㄗㄨㄚˇ著別人」還有「ㄗㄨㄚˇ也歸土跤」和「ㄗㄨㄚˇ也歸身軀」等等，總之，此一「ㄗㄨㄚˇ」之義不外乎「噴灑」、「壓擠」或著「淋到」、「濺到」。

究竟此動詞「ㄗㄨㄚˇ」是那一個漢字？似乎很少人去注意過，有人以為是「濺」字，按「濺」字的文讀音並無探討的意義，白讀音則不知為何，說它該念「ㄗㄨㄚˇ」也不無可能，因為在普通話中，「濺」念「ㄐㄧㄢˋ」而「泉」念「ㄑㄩㄢˊ」，二字的音是同一系統的，而「泉」字的白讀音是「ㄗㄨㄚ」，由此來看，「濺」念「ㄗㄨㄚˇ」亦可對應得過去。但是，「濺」是一個後起俗字，它的「誕」生有下列可能性：

一、襲取「湔」字部分意義（旁沾）。

二、以「賤」為聲符加「水」而成新字。

若從字義來考量，「濺」字並無「自然而然的噴射」跟「用手使它去噴射」的意思，儘管音近義近，我們也只好放棄「ㄗㄨㄚˇ」是「濺」字。

其實，閩南語常用動詞「ㄗㄨㄚˇ」的最大可能性還是很普通的「泉」字，這是本文苦思熟慮之後的認定，「泉」在閩南語有三種念法及用法——

一、念作「ㄗㄨㄢˊ」時是文讀音，當作專用名詞或書面語的詞彙，例如「泉州」、「泉源」或人名「趙文泉」。

二、念作「ㄗㄨˊ(ㄚ)」時是白讀口語音，只作一般名詞用，例如「水泉（ㄗㄨˊ(ㄚ)）」是指水中之一種叫「泉」的；但也有後起的詞語應念文讀音的，卻依然念口語音，例如「溫泉」、「冷泉」、「燒泉」都念「ㄗㄨˊ(ㄚ)」。其次念作「ㄗㄨˊ(ㄚ)」除了詞性之外，還涉及詞語的順序結構問題，「泉」在複詞中居後位者念「ㄗㄨˊ(ㄚ)」，居前位者照閩南話的語法是要變調的，可惜沒有例字（詞）可舉。

三、念作「ㄗㄨˇ(ㄚ)」時仍是白讀口語音，只是換作動詞來用而已，由於作動詞用時幾乎都位於詞首或句首，例如「泉ㄗㄨㄚˇ水」（噴水）以及標題的「泉ㄗㄨㄚˇ⿱宀黽也水」，所以跟名詞的「ㄗㄨㄚˊ」聲調不同，再看少有的用法「與你泉（ㄗㄨㄚ）」（讓你來噴），聲調又因句尾而改變。

今人一聽「泉」字居然可以當作動詞來用，莫不大為驚駭，其實，「泉」字的本義未必是名詞，它的起源是動詞的可能性更大，我們先看《說文》（小篆作「□」）：

「泉，水原也，象水流出成川形。」

首先我們可以肯定「泉」是一個象形字，所謂「象形」，它可以象「形狀」，也可以象「動作」，就是不能象「聲音」、象「色彩」、象「情緒」……從許慎解釋的話——「水原也」，亦即「水的原頭」，當然是名詞，再從許慎說明「泉」字由來的話——「象水流出成川形」，其中已經包涵「水流出」的動作在內，若沒有「水流出」，要如何「成川」呢？所以，「泉」應該是「先動後名」或「動名雙棲」的字，只不過「泉」字很早又很容易被固定地當名詞來使用，例如先秦古籍有二例——

一、「山下出泉。」（《易經・蒙卦》）

二、「原泉混混。」（《孟子・離婁下》）

按今所謂「水源」之「源」係從「原」字而來，「原」字的小篆寫作「□」，隸書即「原」字，明顯是從「泉」字而來，「泉、原、源」是一系列的字，「泉」字非常古老，甲骨文中亦有「泉」字，刻作「□、□、□……」有多種形狀，但大同小異，甲骨文權威近人羅振玉氏解說「泉」字有一段說明文字：

「……象從石罅涓涓流出之狀，古金字『原』字從『[illegible]』（散盤），與此略同。」（李孝定《甲骨文集釋》，第十一章，頁三四○九）

試想，高處水泉從岩石罅縫中涓涓流出不正是「噴灑」嗎？「┆」正是描繪噴灑的動作，古人是目睹噴灑之狀而造此「泉」字，「泉」字原本是指「噴灑」，而噴灑出來的當然也叫「泉」（名詞），今閩南語將「泉」字用作「噴灑」（動詞）有何不可？既古老又自然又生動。

經過以上考證說明，閩南語「ㄗㄨㄚˇ」就是「泉」字已無問題，如果有人對「泉」作動詞用仍頗不習慣（看不順眼），我們不妨再看動詞、名詞共用一字的例子——

一、「拿鎖來鎖。」
二、「拿秤來秤。」
三、「拿掃把掃。」
四、「拿鋤頭鋤。」
五、「用夾子夾。」
六、「用釘子釘。」
七、「用鋸子鋸。」

八、「用塞子塞。」

九、「用套子套。」

十、「用網子網。」

十一、「用剪子剪。」

十二、「用鑿子鑿。」

以上隨手拈來就有十二條，當然還多得很呢！這些都是北京話裡常用的，有些用法其他方言也有，也有些是其他方言學北京話的，此外另有一種從古代一直流傳到今天的用法——

「用鹽來醃。」

按「醃」字不但後起俚俗，而且跟「鹽」扯在一起也大有問題。「鹽」、「酒」雖都有使食物久藏而不腐敗的效用，但是二者相形之下，用「鹽」要遠比「酒」古老、方便、廉價又有效，用「酉」（酒）來替代「鹵」（鹽）的功能，似乎無此必要，鹽能漬物，何必借酒？所以，今北京話念「ㄧㄢ」的這一樁事，根本不是「醃」字，我們應該反過來看——以酒「ㄧㄢ」物的「醃」字是仿效以鹽來「ㄧㄢ」物的（？）字。此一「ㄧㄢ」字說穿了就是「鹽」（ㄧㄢˊ）當動詞用的破音字，再依古漢語的讀音法則，名詞作動詞用必定變音（調），此處「鹽」還當「使動詞」用（使它鹹），因而念「ㄧㄢ」。後人不知是「鹽」字，卻借取另一種方式的「醃」字來用，居然一誤迄今而罕有人注意，正確的用法是——「用鹽來鹽（ㄧㄢ）」。

「動名同字」的用法在北京話裡堪稱洋洋大觀，我們若稍微深入觀察，不難發現它的千篇一律，總離不開動詞添加詞尾改作名詞用，或者將工具、器材順勢引申作功能（動詞）來用，換作閩南話，數量也許不及，花樣可能更多，有些獨特的用法，外行人看了驚訝，內行人看了驚嘆，下面拈出六條來作比較，依序是閩南在前而北京在後：

一、「提熨斗來熨」——「拿熨斗來燙」

二、「用鼻也來鼻」——「用鼻子來聞」

三、「用黏也來黏」——「用漿糊來黏」

四、「用袋也來袋」——「用袋子來裝」

五、「用拭也來拭」——「用橡皮擦來擦」

六、「用落也落起來」——（注：「落也」即塑膠袋）——北京話無此用法。

以下再扼要將兩者的用法，尤其偏重於動詞上，略作比較說明——

一、用「熨」作動詞，正確而古老，用「燙」則一無可取。

二、將「器官」當「功能」來用，妙在簡單又自然，用「聞」字則莫名其妙，鼻跟耳不同竅，鼻如何代耳去「聞」呢？

三、「黏」是「糊」的本字（二字聲符略有差異），古人以黍製「黏」，後代改以米製「糊」，閩南語念「ㄍㄜˊ」當然是「黏」而非「糊」（儘管取材是米而非黍），將名詞當動詞也順理成章。

四、「袋」可容物，正好轉作動詞用，何必又多此一「裝」？何況「裝」字有很多用法不如「袋」（動詞）來得簡單。

五、「拭」在今天純粹是書面語，但是閩南話還保存在口語之中常用；反觀「擦」字是不折不扣的後起俚俗字，連《集韻》也未收錄，始見於《篇海》（女真統治華北中原時的字書），其原義是「用力磨」，跟「除去汙穢」的「拭」字不同。

六、「落也」是指可將物品落入其中的袋子，跟「拭也」（橡皮擦）一樣從動詞轉作名詞用，而且都是新語詞，閩南語以「落也」專指「塑膠袋也」，以區分其他的「布袋」、「蔴袋」、「紙袋」，可見其簡單清晰。

本文以長篇幅並拐彎抹角扯了一大堆題外話，其目的無非藉以說明——「泉」字用作動詞，不必大驚小怪。

大自然所湧出、漬出、灑出、流出的清泉能澤及萬物，彌足珍貴，將此一本來就「不停地在動」的「泉」字，再轉回用於「湧流、漬灑」，是何等自然、生動又奇妙！

第十一章

要問「開水」怎麼開　先看「滾水」如何滾

——談閩南語中又「燒」又「燙」的錯別字

「水」經過人工予以加溫而高達一百度C時，物理學上有一專用術語稱之為「沸騰」，於是，一百度C的溫度對水而言，便叫作「沸點」，跟它正好兩極化相對的是零度C的「冰點」（其實，漢譯用「沸度、冰度」豈不更佳?），這種高溫熾熱的燙水則謂之「沸水」或「沸騰之水」。

在「沸騰」一詞中，「沸」字可以單獨使用，比如「沸水」是形容詞，「水沸」便是動詞，而「騰」字似乎不能單獨用，提起「沸水」，只要受過現代教育沒有不知道它是會燙死人的，換說「騰水」，那一定叫人莫名其妙了，可見「沸」是「沸騰」一詞的主角，「騰」字不過跟在後面助勢、佐威、湊熱鬧而已。

先說一段也許是「文字學」上的外行話，「沸」字由「弗」和「水」合併而成（俗字有寫成「⿱弗氺」

的，就是「沸」的異體字），「弗」者「非」也，「沸」者，亦即「非水」也，猶如「佛」者「非人」也（超人），因為「水」若高溫而臻極烈的境界，勢必化而成為一股熱騰騰的「氣」了，此刻，水已不再是「水」，正是名正言實的「非水」，豈不變成了「沸」，由此可見，「沸」字的構思之巧、造形之妙。

當然，以上是一段遊戲文字，「沸」字以「弗」為聲符，並未取「弗」的意義（非、不）。通常我們要判斷正在燒煮的水，是否已經到達攝氏一百度時，不外乎下列兩種簡單的鑑定方法：

一、以目觀察水在燒煮的形狀有無「異樣」。

二、以耳聽取水在燒煮的聲音有無「異響」。

總沒有人敢用指頭去觸摸，或者用舌頭去舔舐，因此用來表記「沸騰」的文字，它不是著重於「形」，就是在強調「聲」，不出此二者之外，漢字如此，相信其他的外文亦復如此，就以歐洲三支主要語文為例（俄文取材不易，只得割棄），當作動詞的「沸騰」一字分別寫作——

一、英文——(boil)

二、法文——(bouillonne)

三、德文——(brodeln)

此三種語文的這個字通通來自於拉丁文（拉丁文此字也許又來自希臘文，因為古代希臘的物理學比較發達），拉丁文「沸騰」一字的本義是指「泡沫」，當水被燒煮得即將沸騰時，會冒出很多水珠氣泡，從「泡沫」引申到水的「沸騰」，既合情又合理。由此看來，非常有趣，西方文字夙有「拼音」之名，至少「沸騰」一字頗具有「象形」的意味。

反觀漢字從「象形」起家，以「會意」為主要功能，偏偏此一「沸」字是不折不扣的「狀聲字」，「沸」字「從水、弗聲」，「弗」字的發音正是模擬水被燒煮到一百度C時所發出的聲響——「弗！弗！」，或許有人會提出質疑，「水」在沸騰時所發出的聲響，一點都不像「弗」！更不像「沸」！沒錯，問題正出在「弗」字在古代漢語絕不發「ㄈㄨˊ」，「沸」字也不念成「ㄈㄟˋ」。

清代的樸學大師錢大昕在考證古代漢語發音時，有一石破天驚的大發現——「古無輕唇音」，放眼當今全中國的漢語方言之中，仍然堅持不發輕唇音的只有三支閩方言（閩東、閩北、閩南），所謂「輕唇音」無非是指聲母發「f」跟「v」的，而發「f」音的就是我們今天注音符號發「ㄈ」音的，至於羅馬拼音的「v」，今注音符號已棄而不用，在漢語裡頭「v」可以作聲母，也可作韻母用。

錢氏此一重大發現在研究漢語古音跟閩南今音時非常有用，比方像「沸」字的古代發音很可能是「ㄅㄧˋ」，正好跟「吠」字在閩南語念作「ㄅㄨㄧˋ」一樣，試想，當水被燒煮到一百度C時，它所發出的聲響必然是——爆（ㄅㄠˋ）破（ㄆㄛˋ）性的「ㄅ」或「ㄆ」，怎麼可能會是那些軟弱溫和的「ㄈ」或「v」呢？

其次，我們要判斷水是否沸騰，用「聽」的或者用「看」的，那一種方法比較簡單、快捷甚至精確？古羅馬人要起身趨前再端詳一番才知道水是否已沸，而古代漢人只要一聽立可分曉，從這一樁小事即可知為什麼漢語會造出此「沸」字來的道理。

不過，嚴格來說，「沸騰」二字在古代都不能算是正確的寫法，「沸」是一個偷懶的狀聲字，而「騰」是一個叚借的狀形字。「沸」的本字是「鬻」，指「水在鬲中發出『弗弗』之響聲」，古人可能嫌筆畫太繁而省略底下的「鬲」字（「鬲」是三足大炊具，似鼎，但無耳，三足曲而空心），「騰」字本來是形容馬的奔躍，在「沸騰」一詞中被叚借為「滕」字，而「滕」則用於形容水的洶湧，如此省略來叚借去，「鬻滕」終於以「沸騰」二字定案，不過，它最早出於《詩經》，跟水溫無關，純粹用來描繪水勢：

「百川沸騰，山冢崒崩。」（〈小雅・十月之交〉）

既然「沸」是「鬻」的同音同義後起省略字，其本義必然跟水的加溫變熱有關，因為「鬲」不是用來盛水的器皿，而是終日與「火」為伍的炊具，「沸」字單用，確實如此，先秦古籍可以作證——

一、「如蜩如螗，如沸如羹。」（《詩經・大雅・蕩》）　「如湯之沸，如羹之熟。」（同前、鄭玄箋）

二、「以卵投石，以指撓沸。」（《荀子．議兵》）「以指撓沸，言必爛也。」（《荀子》楊倞注）

可見「沸」字是指極熱之「湯」，「湯」字本來就是指「熱水」。在古代漢字裡頭，毫無疑問地，最早用來指一百度C頂級熱水的正是「鬻、沸」字，更令人驚奇的還有「沸」字的生命力竟然如此地旺盛熾熱，從古老的《詩經》一直到今天大眾習見的書面語仍然在使用，迄未冷卻。

可是，我們也不要忽略，「沸」字儘管長青不老，它終究只能「看」而不能「聽」，全中國的口語世界早已沒有「沸」字的立足之地，連最講究用辭又最擅長誇飾的商界都只販賣「熱水器」而不銷售「沸水器」（湊巧「沸水」跟「費水」諧音，也不無關係），或許是「沸水」太雅，難入大眾俗口，取而代之的，正好又是三足鼎立，三家分天下——

一、開水：分布於以北京話為主的泛普通話地區，連同跟它接緣的廣大地區。

二、滾水：分布於大南方的大部分地帶，比如贛語、粵語、福州話、閩南話、客家話等等以及吳語西南隅的浙西方言（浦江到東陽）。

三、涌湯：零星分布於吳語及其次方言之中，浙南溫州話可以視為南界。

以上三者的分布並非脈絡分明，係呈犬牙交錯之狀，尤其在優勢官話的侵蝕下，「開水」的地盤更為開拓，吳語、贛話之中都染上「燒開水」、「冷開水」的說法，但在閩南話裡仍然「開」不出水來。

所謂「滾水」、「涌湯」當然是指沸騰燙熱的水，至於「開水」，由於並未標示溫度，當然要附加程度性的形容詞，因而「冰開水、冷開水、涼開水、溫開水、熱開水、燙開水、滾燙開水……」溫度雖然有差，通通離不開——已「開」之水。受到此一附加形容詞的影響，閩南語也逐漸出現兩種新穎的說法——

一、冷滾水（沸騰燙水又如何可以加「冷」字？）

二、燒滾水（沸騰燙水又何必多加一「燒」字？）

接著我們就分別來檢討一下前述三種不同產地、不同品牌的沸水，先談「開水」二字合用，乍看之下，不免令人大吃一驚，「水」不知要如何一個「開」法？漢語構詞那裡有這一種章法？是別開生面抑或胡語漢譯？若依今北京話平淺易解的特質來看，此一「開」字應該沒有什麼迂迴曲折的引申義可言，何況「開水」一詞非常年輕，非但不見於經傳古書，連清代小說也沒用過。只有後生晚輩的字書才收錄此一用法：

「開，沸也，如俗稱沸湯為開水。」（《中華大字典》）

按此條解釋頗待商榷，「開水」果真是「沸湯」嗎？若「開水」即「沸水」的話，那麼，「喝開水」豈不灼傷喉嚨燙死人？可見北京話的「開水」並不等於其他方言的「滾水」或「涌湯」，循此一線索，我們不妨先將「開水」跟顛倒的「水開」略作比較：

「水開」——水（正）在沸騰（強調水經燒煮後的現況）。

「開水」——已經開（沸騰）過的水（強調可以喝，並非生水）。

同樣在閩南語中也有「滾水」、「水滾」兩種語序顛倒的構詞，前後兩「滾」字詞性、聲調皆不同。吳語更有「涌湯」、「湯涌」、「湯涌燙」三種用法，詞性依序是名詞、動詞、名詞。扯了大半天，究竟「開水」的「開」字要作何解釋？其實，北方話說土很土，有時卻又土得很妙，這個「開」字說開了，它還是指那個非常簡單而具體的動作（動詞）——打開！「水」又如何來「打開」呢？「打開」是「打開蓋子」的省略，大凡燒湯煮水，不管鍋蓋、壺蓋，也不管鋁蓋、鐵蓋、木蓋……絕對要用蓋子蓋的。

這裡非提醒不可的是，北方人燒湯煮水未必只用來喝溫水、泡熱茶，更經常是為了三餐而下麵條、下水餃；每當燒湯煮水時，一聽到水響聲，打開蓋子一看，果然……因此，我們可以再整理這兩個詞彙——

「開水」——水被開過蓋子，當然是開水。

「水開」——打開蓋子看水，水正在開著。

這兩個「開」字在本質上一律是動詞，省略的也都是蓋子，北方話的簡捷（偷懶）在漢語中是有名的，「開水」當然就懶不容辭地被用來指「已沸之水」，它的原貌以及簡化過程是——

「開開蓋子看看水沸騰了沒有?」

「打開看看水開了沒有?」

「看看水開了沒?」

「水開了沒?」

「開沒?」

最後是水要「開」才算「開」的水，通常開蓋子的人一定十開九穩，因為先前有耳可以助判。既然「開水」是指「已沸之水」，「開」就是「已沸」；至於「已沸」究竟是指多久呢?我們漢語向來都缺乏清晰明確的時間觀念，「開多久」就很難說了。

其次，我們要簡略地討論「涌湯」一詞，「涌湯」當然要比「開水」古老而又文雅，光是一「湯」字已經標示了溫熱度，再加上用「涌」字來形容奔騰的樣子，可以說是意義完整，據字書曰:

「涌，滕也，从水，甬聲。」《說文》

當水被燒煮到沸騰之時，必然水狀翻滾，彷彿泉水冒出一樣，可見用「涌」來描繪水沸相當生動。再說「涌」字另有「溢出」之義，若以滿水位來燒煮，水一沸騰，勢必溢出、涌出。更有趣又湊巧的還有，今用「涌」字來替代「沸」字的地方，正好是以「甬江」流域為中心的吳語區，「甬江」古稱「甬水」，在今浙東，因水勢洶涌而得名，所以，吳語以「涌」來稱書面語的「沸」。

最後我們來談談本文的主題，今漢語有不少方言用「滾水」來代替「沸水」，從字面來看是可以理喻的，「沸」是狀聲字，「滾」是狀態字，水在沸騰時，既有異聲，也有異狀，用「滾」字又有何不妥？

問題是「滾」字根本就是一個莫名其妙的俗字，從《說文》、《釋名》、《玉篇》一直到《廣韻》等字書之中都沒有此字，專收地方語的《方言》也無，最早出現在杜甫的詩中（詳後），最早收錄此字的字書則為《集韻》，卻跟水的「燙熱」絲毫無關——

「滾，大水流皃，或作混、渾。」

其實，「混、渾」原先就是同音同義的一個字，以「昆、軍」作為聲符正是形容大水奔騰、水勢浩大的樣子。

「滾」字曾經被人拿來跟「沸」字合用過，明代無名氏撰《名山勝概記》一書，其中敘述皖南山水有一段曰：

「人愈笑謾，泉益滾沸，或云之笑泉。」

結果不但「滾」字毫無「沸」義，連「沸」也用來形容水勢滾騰。直到《中華大字典》才點出「滾」字的兩個新用法：

「滾，俗謂燙沸曰滾。」

「滾，俗謂旋轉曰滾。」

以上兩「滾」字，前者是閩南語等的錯別字，後者是北京話常用的錯別字，諸如「打滾、滾球、滾蛋、圓滾滾、滾出去、滾進去……」古書詩文罕用「滾」字，可見此字之俚俗，杜工部作詩好用亦敢用俗字，以「滾」疊用造出千古名句：

「無邊落木蕭蕭下，不盡長江滾滾來。」（〈登高〉）

此外，《三國演義》開場白前附有一闋詞，頗膾炙人口，據云出自楊慎（升菴）之手，前二句曰：

「滾滾長江東逝水，浪花淘盡英雄。」

舉以上二例是為了說明「滾」字的罕用少見，那麼，沸騰滾燙之水究竟是那一個「滾」字呢？《說文》裡頭有兩個同義異音的互訓字：

「灪，涫也，从鬲，沸聲。」

「涫，灪也，从水，官聲。」

段玉裁注解《說文》時，一方面更正前條，另外又補充後條，分別抄錄如後——

「按此當云从水、鬲，弗聲。」

「《周禮》注曰『今燕俗名湯熱為觀』，觀即涫，今江蘇俗語，𩱧水曰滾水，滾水即涫水，語之轉也。」

按《周禮》係東漢鄭玄所注，鄭玄是北海高密人（在今山東），北海郡是古齊地跟燕地（今河北）比鄰，鄭玄所記非常可信，可見一千八百年前，北方口語仍有「涫水」的說法。其次，段玉裁是清代江蘇金壇人，從他所反映的家鄉方言（吳語），又可知到清代時「涫水」不僅音變，連字也訛作「滾」。

清末章太炎（炳麟）在《新方言》一書中也考證曰：

「說文，涫，𩱧也，古丸切，今人謂水沸曰涫，讀如袞，俗字作滾。」

按《說文》時代尚無「反切」，所謂「古丸切」是注地名的「涫」字，念「ㄍㄨㄢ」，而燙熱的「涫」字則注「古玩切」，因為「玩」念「ㄨㄢˋ」，所以此「涫」字念「ㄍㄨㄢˋ」，可見章大師引錯了反切，此二切都載於《廣韻》、《集韻》之中，代表的是中古音。

綜合前引各條有力的證據，閩南語等方言的「滾水」明顯通通是錯別字，而非什麼「俗作」

（俗字），似乎「涫水」才正確。「涫、滾」分明是兩個字，音義皆異，若因水沸必呈滾動之狀，「滾」字即可通用「涫」字，那麼「滔、洶、騰、翻、滂、澎、湃……」無一不可用來指熱燙沸水。由於優勢官話的強力影響，「滾」字已被用得滿天飛、到處竄，閩南也受到波及，以為常用的「ㄍㄨㄣˊ水」是「滾水」二字。

在所有使用「滾水」的各方言中，彼此方音差距很大，偏偏一致地將「涫」字念成「滾」音，其中頗耐人探索，此一問題不容輕率作答，我們且參考以下的假設：

一、「涫」是古老的漢字，而且屬於口語字，跟另一書面的「灪」字同義而不同音，「涫」字在古代的北方、中原都念「ㄍㄨㄣˋ」；中古以後，南方各漢語方言保留古音較多，雖然彼此方音差異頗大，但對古老而常用的「涫」字尚能都發同音。

二、從鄭玄所言「今燕俗名湯熱為觀（ㄍㄨㄢˋ）」，可知其他地方不念觀（至少鄭玄家鄉一帶及東漢雅言），北燕方言自古以來即與中原頗有出入，後來燕語逐漸得勢而取代中原雅言，「涫」字亦染北音而念「ㄍㄨㄢˋ」以配「觀」音，同時「涫」字因過於典雅之故，在南方各方言中失讀棄用，遂被後起的北音「ㄍㄨㄣˇ」替代，又不知應係何字，最後覓一同音之「滾」字來充當。

三、「涫」字從「官」得聲，「官」字今浙江音念作「ㄍㄩㄝˇ」，閩南音念「ㄍㄨ(ㄚ)」或「kuā」，而北京音念「ㄍㄨㄢ」，「涫」亦隨之念成「ㄍㄨㄢˋ」，都跟「ㄍㄨㄣˇ」音的韻母不同，似乎「涫」

字已在全中國各方言的口語中消失了。

以上三點終歸是假設，其實並未能解決問題。為什麼當今研究閩南語的專家學者沒有人敢認定「ㄍㄨㄣˊ水」就是「涫水」呢？最大的困惑仍在聲韻上，因為從「官」而來的一系列字中沒有一個韻母是「ㄣ」(ən)的，例如「菅、管、逭、綰、倌、棺、館」等等（無論文白讀），而且北京、閩南兩地儘管語音出入很大（尤其是韻母），大致有一對應的規律可尋，可是今北京音收「ㄢ」韻的字沒有一個在今閩南音中收「ㄣ」韻的例字，如此一來，明明一個沸水最佳替代字的「涫」，我們只好放棄，再另起爐竈。

前面已經剖析「ㄍㄨㄣˊ水」不可能是「滾」字，這裡要藉「滾」字作媒介，按「滾」字在唐以前從未見過，可見是沒有來歷的字，而且連《廣韻》也不收，可見是偏僻的俗字，再加上用法很狹窄，從「ㄍㄨㄣˊ」音來看，很可能是來自「混、渾」系列而取其部分意義。

按「混、渾」二字均甚古老，且音近義也近，《孟子・離婁下》有一段文字曰：

「原泉混混，不舍晝夜。」

此「混混」二字自古相傳都念「ㄍㄨㄣˇ」音，由於後代「混」字走音而發「ㄏ」聲，唯有在念古書之時，尤其像「四書」這種啟蒙必讀的經典，更要恪守古音，況且「混」字從「昆」得聲，今各地漢語對「昆」字無不發「ㄎ」聲，可見「混」字的古音當以「ㄍ」或「ㄎ」為正讀。

至於「渾」字從「軍」得聲，今「軍」字之發音，閩南語仍保留古音的「ㄍ」，其他方言大多偏向北京音的「ㄐ」去。「渾、混」這一組關係極密切的字，到了中古時代，其聲母皆已混入「ㄏ」中，而改念「ㄏㄨㄣˊ」「ㄏㄨㄣˇ」和「ㄏㄨㄣˋ」的「混、渾」二字，其實只用其原先的部分意義而已（「攙、和、雜、濁」系列的），其他更古老的用法和意義，也通通隨著「ㄍ」「ㄎ」之音一起消失，於是來歷不明的形聲拼湊俗字便乘勢「滾」出，既佔其音，又竊其義，而且後來居上，愈滾愈旺。

「渾」字本來就念「ㄍㄨㄣ」（姑不計聲調），正好跟閩南語的「ㄍㄨㄣˊ水」發音吻合，其他閩南音念「ㄍㄨㄣ」系的漢字常用者亦不出「軍、渾、君、裙」四者之外，單就音而言，閩南語的「ㄍㄨㄣˊ水」不是「渾」字還有何字呢？再從意義來看，從《說文》到《切韻》系統之間最重要的字書《玉篇》曾解釋道：

「渾，水瀆涌之聲。」

由於「瀆、涌」是同義複詞，此二字都見於《說文》，是正式的漢字，非「滾」字可比，又皆有「洄旋、翻騰、冒出、溢出」之義，外加帶上聲響，用來形容沸騰之水，可以說是十分穩當、妥貼無比，閩南語正是拿這一個形容「水瀆涌之聲」的「渾」字來指燒煮沸騰之「ㄍㄨㄣˊ水」，最後，我們更燒水趁熱來回顧一下漢語的極燙之水——

一、「鬻」遭淘汰，為「沸」取代。

二、古典的「沸」是狀聲字，迄今仍存活於書面語。

三、吳語的「涌」是狀形字，正在跌進衰微的命運。

四、專用的「涫」字，已在書面及口語上兩均絕跡。

五、少壯新銳的「開」字，正在到處擴張更為普及。

六、「滾」字根本就是一大別字，不知迷惑多少人。

七、閩南語等所用的「渾」字，既狀水沸之聲，又狀沸涌之形，仍在大江以南頑抗「開水」。

當然，其他漢語方言凡是用「ㄍㄨㄣˇ水」來稱「沸水」的，一概不出此一「渾」字之外，尤其是閩南話連「軍」字的「ㄍ」聲母還保留古音，所以要談「渾」字的古音，更是最佳範例，我們再看一例句。如下——

「焚渾水，渾豬跤，時間無夠渾未爛。」❶

閩南口語不僅將「渾」（ㄍㄨㄣˇ）字用於形容「沸騰」，也用作動詞「燉煮」，「渾」字雖然沒有「火」字旁，由於持續以高溫之燙水燒煮，它依然是一個烹飪專用字「ㄍㄨㄣˇ」，可是一般都寫成「焄」字，音雖可通，義卻不合。

在本文結束之前，我們再來談談當前本島很流行的一句閩南土話——「ㄑㄧㄤˇ ㄑㄧㄤˇ ㄍㄨㄣˋ」，一般都將它寫成「強強滾」三字，結果是全軍皆沒，三字無一對的。按「強」字念「ㄑㄧㄤˊ」是北

❶「焚」在閩南口語是常用字，念作「ㄏㄧˊ˜ㄚ」或標記為「hĩã」。

京音，閩南絕無如此念法，有人以為「ㄑㄧㄤˇ ㄑㄧㄤˇ」是借「強強」之義而將北京音生吞活剝移植進來，殊不知此三字合用，於義無可取，亦即不知所云。當今北臺灣研究河洛話的巨擘林春地老先生在前年（八十五年）三月接受《聯合報》記者採訪時表示（原文刊登《聯合報》上的〈文化急先鋒——林春地大力推銷河洛話〉一文）：

「目前流行的『強強滾』、『嗄嗄叫』都是取自河洛話，正確的寫法應該是『倴倴叫』、『沯沯滾』才對。」

按「沯」字極為冷僻，未見於任何古籍詩文，字書裡頭唯有收錄五萬多字的《集韻》方有此字：

「沯，淋或省。」

「淋，水激石皃，或省。」

「沯」字還有一些跟它結構成分完全相同的字，像「砅」、「沰」之類，但彼此皆渾不相干。所謂「水激石皃」，是形容水勢強勁、受阻於巨石而沖擊激起水花，「皃」是「貌」的本字；此一「沯沯」用來形容「滾」字，似乎頗能配搭，可惜跟「ㄑㄧㄤˇ ㄑㄧㄤˇ ㄍㄨㄣˋ」的原義（詳後）仍有一段距離，再說「沯」字據《集韻》的注音是「子末切」，無論今音或中古音來反切，也切不出「ㄑㄧㄤˇ」

的音來，不知林大師由何靈感而看中此字？

「ㄑㄧㄤˇ ㄑㄧㄤˇ ㄍㄨㄣˋ」一語今閩南人多用來指人多吵雜、氣氛熱烈的場合，從中國傳統的農業社會來看，此種場合除了上元節賞花燈之外，只有一般廟會才有，尤其在迎神祈福的大型廟會裡，放眼望去，人潮洶涌，人聲鼎沸，香客熙攘、小販雲集，再加上鑼鼓喧天，不正是「ㄑㄧㄤˇ ㄑㄧㄤˇ ㄍㄨㄣˋ」所形容的場面嗎？

其中「ㄍㄨㄣˋ」字分明就是本文前述那個沸騰的「渾」字，而「ㄑㄧㄤˇ ㄑㄧㄤˇ」則純粹是模擬喧囂吵鬧的聲音，根本就沒有文字可寫，像現代常見的「嘰哩咕嚕」和「咚個隆咚鏘」❷不也都是用新造俗字來充數嗎？從古以來，大凡漢語之中用來形容性質、感覺、動作、程度、聲音、狀態、氣味、色彩等等方面的疊字，有很多幸運地經過文字的洗禮而成為書面雅言，像《詩經》裡面各式各樣的疊字，到後代都變得古色古香，又比如「滾」字一個已夠土，兩個更加俗，但被大詩人一用過，立刻脫胎換骨，氣勢非凡。可是也有很多未登文字殿堂的方言俗語，依然停留在有音無字的鄙陋階段；閩南語儘管古老，終究有些尚未文字化的俗語土話，更何況是狀聲的疊字。

至於閩南話為何用「ㄑㄧㄤˇ ㄑㄧㄤˇ」而不用別的音呢？其實，「ㄑㄧㄤˇ ㄑㄧㄤˇ」是模仿樂器的發聲，當廟會在熱鬧高潮之時，鑼鼓聲響固然震耳欲聾，另一種更聒噪刺耳的金屬樂器聲，卻來自「銅鈸」（亦名「鐃鈸」），係銅製薄片，左右手各執一片，可以上下左右互撞碰擊，發出的不正是

❷「咚」係狀鼓聲之字，本作「鼕」，《說文》則寫作「⿱隆鼓」。

「ㄑㄧㄤˇ　ㄑㄧㄤˇ」嗎？任何語言模仿這種聲音都應該是一致的。

若有人從普通話的角度來看，以為「ㄑㄧㄤˇ　ㄑㄧㄤˇ」即「鏘鏘」二字，那也不能說錯，不過，「鏘」字在閩南語中是書面字，不可能流行在口語中，其文讀音也許是念「ㄑㄧㄛㄥ」；而且「鏘」是金玉和鳴之聲，以和穆悅耳為主調，用來配搭混雜喧囂的「渾」（ㄍㄨㄣˋ）字總不對勁吧！

第十二章

「鼎」可抵百十「鑊」 不屑再跟「鍋子」比

——從「鍋」字的荒誕不經談「鼎」的高貴古雅

暫且拋開念法和語法不談，光從閩南話的常用字彙來看，就跟今北京話差得很遠，套用古人的說法是「不可以道里計」，剛好從閩南到北京的確有迢迢數千里之遙，至於歷史、文化、傳統、習俗等方面的差異更不在話下。

俗語說「開門七件事——柴、米、油、鹽、醬、醋、茶」，試問若有柴、有米又有火而沒有炊具、烹器，不知如何煮出飯來？可見在解決民生問題上，炊具、烹器都佔有非常重要的地位；而一般講的「炊具」是指爐竈，其重要又略遜於烹器；當然，俗語所謂的「開門七件事」，是偏重於容易消耗的物質、資源，不是指耐久的器材。

放眼今天全中國，家家、戶戶、天天、餐餐都要使用的主要烹器，絕大部分的漢語方言無不在用——「鍋」字，卻很少有人注意到用此一「鍋」字的不倫不類，何以名不見經傳的「鍋」字可以作為中國人最常用的烹器之名？

下面我們就來追究「鍋」字的來歷，亦即「鍋」字最早出現的一本書——

「車釭，齊、燕海岱之間，謂之鍋，或謂之錕；自關而西，謂之釭，盛膏者乃謂之鍋。」

《方言・第九》

從這一段文字可知，古代中原東部（今河北、山東）將「車釭」叫作「鍋」，但古代中原西部（今陝西）只將「盛膏」器叫作「鍋」。究竟「車釭」是什麼？「膏」又是什麼以及做什麼用的？《說文》裡頭沒有「鍋」字，卻有兩個跟它有密切關係的字——

一、「釭，車轂中鐵也，从金，工聲。」

二、「楇，盛膏器，从木，咼聲。」

原來「鍋」字是拼湊「釭、楇」二字而來，難怪齊、燕跟關西有不同的解釋，我們再看其他的解釋——

一、「釭，空也，其中空也。」《釋名・釋車》

二、「釭，中空以受軸也。」（《釋名》畢沅注）

三、「楇，今御者糸小瓶於車旁，盛油以脂轂，此其具也，字亦作輠。」（朱駿聲《說文通訓定聲》）

四、「鍋，盛膏器。」（《玉篇》）

五、「膏施於車釭，故釭亦得鍋名。」（錢繹《方言箋疏》）

經過前述更進一步的說明，我們可以得知「釭」就是指那一根用來包藏車軸的空心鐵管，兩端銜接兩枚車輪；而「楇、輠、鍋」三者本即同一字，是用來裝盛滑潤油的容器，懸在車軸兩側外端的突出部位，其作用是補充膏（油脂）以減少車軸轉動時的磨擦生熱而受損，由此又可見古代中國工藝器械的技術十分先進。

總之，「釭」也好，「鍋」也好，都是附於車、用於車的器及材（消耗品），跟廚房的烹器真是八桿子也扯不到一起，竟然會在文明古國被絕大多數的中國人拿來當煮飯燒菜用的烹器，實在莫名其妙。

將盛汙油的容器拿來改作調製美食的烹具之名，究竟起於何時？早已無從查考。不過倒有一條線索可供參考，中古文字學大師顧野王編有《玉篇》這部大字典，其中共收二萬二千五百六十一字，比《說文》尚多一倍以上，它對「鍋」字的解釋仍停留在裝「車用機油」的容器上，而顧野王是南朝蕭梁人，死在隋文帝開皇元年（西元五八一年），從《玉篇》跟顧野王其人我們可以斷定終「南北朝」之世，至少大江以南（未淪陷區）尚未將「鍋」用來放置食物。

不料，五、六十年以後，唐太宗時李延壽續成（繼承其父李德林未完工作）《南史》、《北史》二巨著，其中《南史・李義傳》裡有一段記載曰：

「宋初吳郡人陳遺，少為郡吏，母好食鍋底飯，遺在役，恆帶一囊，每煮食則錄其焦以貽母。」

此一「鍋」字也許是歷史上最早用來烹飪的鍋，其事雖出於《南史》，作者卻是北人（河南相州，曾淪陷三百多年），可見用「鍋」字來指烹具是起於北朝和北方，亦即李延壽在撰寫《南史》時，多多少少攙入一些他家鄉「胡漢混雜」的方言在內。我們試看一明顯證據，同一樁事，比李延壽早二百多年即已有人寫過，《世說新語・德行第一》有一則曰：

「吳郡陳遺，家至孝，母好食鐺底焦飯。遺作郡主簿，恆裝一囊，每煮食輒貯錄焦飯，歸以遺母。」

原來劉義慶用「鐺」字，李延壽改用「鍋」字。至於其他較早的《魏書》、《北齊書》、《北周書》（著者皆北方人）何以未見此「鍋」字呢？也許未涉及烹調飲食之事而無此必要，也或許「鍋」

字俚俗不雅而力求避免用。

循著以上的線索，本文擬作一番歷史的追述，「五胡亂華」是華夏歷史上的空前大變局，當時主要統治北方中原的是鮮卑人（不論其部族是姓「慕容」、「拓跋」抑或「宇文」），即使有一「漢」曙光的「高」家（北齊），也早已徹底鮮卑化了。中國人素來自大又好自誇，常大談胡人的終歸於漢化，卻很少察覺到在胡人統治下的漢人文化也有相當程度的胡化，不然「桌」、「椅」、「燒餅」是怎麼來的？尤其以「哥」代「兄」正是鮮卑語的痕跡。

鮮卑是「東胡」的一支，也是最靠近「北狄」匈奴的一支，兩者都是「逐水草而居」的游牧民族，同時也都是典型正統的「烤肉民族」，用火直接燒烤肉類，根本不必再費事地用什麼烹器——「鼎、鬲、鑊、釜、甑……」，根據《禮記》所述：

「西方曰戎，被髮衣皮，有不粒食者矣。北方曰狄，衣羽毛穴居，有不粒食者矣。」（〈王制第五〉）

以上所指是以犬戎、羌氐、匈奴為主，至於盤踞在「胡」（本專指匈奴）之東的「東胡」，《後漢書．烏桓鮮卑列傳》有一段描述：

「俗善騎射，弋獵禽獸為事，隨水草放牧，居無常處，以穹廬為舍，東開向日，食肉飲酪，

以毛毳為衣。」（卷九十）

所謂「不粒食」就是指不吃穀類而以肉、乳、酪為主食，因此他們渾身都是「胡臭」味，後來漢人懾於胡人淫威，才改用「狐臭」二字。從胡人的飲食文化來看，烹器只適用於漢人，漢人以穀類為主食，穀類顆顆粒粒總不能不拿烹具直接用火加熱，反之，不吃穀類又何必用烹器。

後來鮮卑人以征服者的身分入主華北中原，物質文明隨之進步，生活方式逐漸改變，也模仿漢人用起炊具、烹具、餐具，這樣可以享受比較複雜的食物，「鍋」字跟食物結緣很可能是在此一情況、此一階段（北朝）發展起來的。或許有人會問，為什麼不用其他漢字，而偏偏看中這個冷僻又毫不相干的「鍋」字呢？下面我們就對此問題提出比較合理的解釋（但未必是答案）——

一、鮮卑胡人可以沒有烹器，但不可能沒有食器，因為羊肉可以用手抓來吃，乳酪較黏似乎不大好抓，乳汁根本無法用手來抓，也許鮮卑語中稱「食器」的發音很接近當時華北漢語的「鍋」音，因此便將烹器稱之為「鍋」。

二、鮮卑胡人用來指「燒烤肉類」的動詞，其發音也許很接近「鍋」，而且鍋下一樣有火，又一樣可以加熱使肉熟，所以乾脆將此一新烹法叫作「鍋」，器具也隨之叫「鍋」。

三、凡肉食民族沒有不酷好油脂的，而華北漢語的「鍋」是盛膏器（此「膏」應該也是動物性油脂，照樣可以食用），移過來指烹器又有何不妥。

以上的解釋純係假設，看似頭頭是道又振振有詞，結果不足以認定「鍋」是一個以漢字書寫的鮮卑語。此外，還有一條比它更有力的線索可供參考，在《說文・第三篇下》的「鬲」部之中有一罕見字——

「融，秦名土鬴曰融，从鬲，中聲，讀若過。」

「融，今俗作鍋，土釜者出於匋也。」（段注）

為了審慎討論此一線索，我們先將其中一些必須補充說明的文字簡述如下——

一、古人好沿用古代地名，秦亡之後，後人仍稱關中為「秦」，直到今天亦用作陝西省之簡稱。

二、「鬴」就是「釜」的本字，後人又將「釜」字省略作「釜」（部首在「金」），三者本皆一字。

三、「土釜」是指用土素燒而成的釜，而「素燒」者，外表不加料、也無花紋，謂之「素」或「土」皆可。

四、「匋」是「陶器」之「陶」的本字，「陶」字原先只用作地名或姓氏，叚借為「陶器」。

如果不假思索，就憑許慎的記載，加上段玉裁的注解，我們大可一口咬定，古代秦地（陝西）的方言俗字「融」正是今天全中國最流行的「鍋」字之前身。何況秦地（關中）在許慎（東漢）以前，曾經是「西周、秦國、秦朝、西漢、新」等建都的所在地（總計在一千年以上），大凡政治中心的方言，很容易成為天下的「雅言」（標準話），像北京也是千年之都（遼、金、元、明、清……），問題是下面的疑惑，我們不能不面對。

一、秦地的方言果真有重大政治影響力的話，為何先秦古籍從未出現過此一「⿰鬲斗」字？連《呂氏春秋》、《淮南子》、《史記》、《漢書》以及冷僻字很多的漢賦都沒見過？太史公和班固還都是秦地之人呢？

二、「鍋」字分明從「金」而得字，作為烹器它非「銅」即「鐵」，為何會來自於一個由「土」燒成的「⿰鬲斗」字呢？

三、用土來燒製而成的烹器，古代中國到處都有，比如《禮記・內則》中有「敦牟」一語，據陸德明在《經典釋文》中解釋為「齊人呼土釜為牟」，可見「土釜」並非秦地所專有，何以後代用來代表烹器的通名，不用「牟」字而用「⿰鬲斗」字的後身（化身）呢？再說「齊」地濱海，自古以來，其地的物質生活水平應不在內陸的「秦」地之下。

四、追溯華夏烹調器具的歷史，至少遠在殷商時代即有銅器、青銅器的製作，依物質文明進化的法則來看，我們堂堂「冠帶」之族在中古以後不可能反而拿粗糙簡窳的「土釜」來作為烹器的代表——以「⿰鬲斗」為「鍋」。

五、許慎首先收錄此一俚俗方言字「⿰鬲斗」，一千七百年後，不知段玉裁憑什麼論斷全中國滿天飛的「鍋」字是「⿰鬲斗」的俗字？如果只因在東漢時代「⿰鬲斗、過」二字同音，而滿清時代

「鍋、過」二字也同音（平仄、四聲都不予考慮），這麼說來，難道漢語「過」字經過一千七百年都發原來的音調嗎？一旦作為連繫字的「過」字古今異讀，「鍋」字由「⿰鬲斗」而來的支柱也就隨之斷裂。

六、在今北京話裡「郭、過、鍋」三字是同音的（不計聲調），再往上推，在《廣韻》之中「過、鍋」二字也同音，都是「下平聲」的「古禾切」，「郭」字則保留為入聲字（閩南語正念入聲）；而且「鍋」字的解釋是「溫器」，至於「盛膏器」用的是「⿰車咼」字，可見一千年來，「鍋」字無論音或義都已有所改變，要再追溯到東漢的「⿰鬲斗」字會成為今天的「鍋」字，恐怕不無牽強附會而有待商榷。

七、東晉大學者郭璞為《方言》一書作注，在「鍋」字底下注明「音戈」二字，可見在當時「戈、鍋」二字同音（《廣韻》亦同），郭璞為冷僻罕用的「鍋」字注音，不以自己貼身的「郭」字為例，也不以跟「鍋」字聲符相同的「過」字為例，似乎隱約可見在東晉之時，「鍋、過、郭」三字未必同音，而許慎已經明言「⿰鬲斗」讀若「過」，稍加推算即可知，至少從東晉以後，「⿰鬲斗、鍋」二字已非同音，古早的「⿰鬲斗」字既已絕跡，冷僻的「鍋」即日益普徧使用，二者音義均有差異，不知有何替代關係？

基於以上七點疑惑，我們若逕言「⿰鬲斗」字的俗字寫成「鍋」，似乎有武斷之嫌。

總而言之，「鍋」字究竟是來自鮮卑語，或者來自古代陝西方言，我們依然無法作結論，我們能肯定的，「鍋」字作為中國烹器的代表字，終究荒誕而不經，尤其對一個創造「鼎」的民族來說，更令人汗顏。

不過，語言文字雖然有它歷史、文化、傳統的包袱，畢竟要面對目前既成的事實，「鍋」字儘管燒遍中國天下，以漢語方言之多，總有不用「鍋」來燒飯炒菜的地方，姑且以南方比較保守的一些方言為例，來看看他們最主要的日常烹具到底用的是那一個漢字？

一、浙江東南方的溫州話念「ㄨㄡˇㄜ」(woɔ)，很顯然是「鑊」字。

二、浙江西南方的東陽話念作「ㄍㄛ」，很顯然地還是「鍋」字。

三、福州話念作「ㄍㄨㄜ」(kuɔ)，大致上應該是「鍋」字，但也有可能是「鑊」字，因為在閩方言跟北京話的聲母對應情形上，有些北京話發「ㄏ」的字在閩方言中發「ㄍ」「ㄎ」或「ŋ」，例如「厚、猴、含、寒、虹……」等等。

四、客家話念「·ㄪㄛ」(vok)，發的是促收音，顯然還保留「鑊」字入聲字的念法，跟同樣用「鑊」的溫州話一比，後者明顯地發音緩而稍長，是入聲的弱化。

五、廣州話念「ㄍㄨㄜ」(kwɔ)，當然更像是「鍋」字。

六、閩南話（包括泉、漳、廈、潮、汕、海南、浙南以及本島等各支次方言）通通念作「ㄉㄧ˜ㄚ」(tiàŋ)，除了「鼎」字別無他字。

從以上所列舉的資料加以研判，我們可以發現今天全中國使用漢語的區域中，用來指稱最主要烹器的漢字，大致不出「鼎、鑊、鍋」三者之外，至於分布的情形——

一、「鍋」已過江，深入南荒。

二、「鑊」則頑抗，固守一方。

三、「鼎」最古典，如今孤單。

考查漢語烹具的名號稱謂，「鼎、鑊」在今天已是百分之百的文言書面字，「鼎」字在白話文學中尚偶有一席之地（但已跟烹具無關），例如「市場人聲鼎沸」或「問鼎議長寶座」；「鑊」字更絕無可見；反之，妾身未明的「鍋」字卻大行其道、到處在用，面對此一形勢，「鼎、鑊」二字竟然還存活在某些方言的口語之中，市井庶民、童叟婦孺皆用，益發令人感到驚喜與難能可貴。

令人納悶的是，今天倖存的古漢語有四大臺柱——「福州、廣州、閩南、客家」（這是就程度性而言），其中福州、廣州居然也用起「鍋」字來？也許福州、廣州分別是閩、粵的首府，大凡行政中心比較容易受優勢官話的影響而時髦地用起「鍋」字來（因為周遭的其他方言都不用此後起之字），至於福州語系、廣州語系內部一些比較鄉下（土）的次方言，是否也跟進用此「鍋」字則尚待查訪。其次，提起中國各地美食，廣州菜可以「掄元」（五星級），福州菜也以細工精緻出名，由於烹調上的需要，也許有些料理不宜鐵質烹器而改用缶器（瓦盆類）以文火慢燒，此種缶器俗稱「瓦堝」，常用於煎藥、泡茶，因堝質粗糙如砂而有「砂堝」之名，又因「堝」字罕見，遂訛作「砂鍋」，甚至「沙鍋」，久而久之便成為烹器的代表。

「鍋」字雖然是後生晚輩，終非毒蛇猛獸，今南方各方言並未與之拒絕往來，比如「火鍋」和「砂鍋魚頭」之類，似乎非用此「鍋」不可。

一、溫州話只有在稱呼外來新東西的「電鍋」時，才用「鍋」字，其他罕用，念作「ㄍㄨ」。

二、閩南語接納此「鍋」字可能稍早些，基本上是以文讀字來處理（像「鍋」如此土而後起的字，閩南話反而念文讀音，真是斯文掃地），比如「電鍋」念「ㄍㄜ」，跟另一文讀字「戈」同音，但是白讀音據說也有念「ㄜ」的，跟「渦」字同音，是否張冠李戴，尚有待查考。

三、客家話未引進「鍋」字，凡新名詞非得用「鍋」字，而不宜仍用「鑊」時，例如「電鍋、火鍋」等，一律直接念北京音，稍微變作「ㄍㄛ」。

本文以「鼎」字為主角，然而對「鼎」字卻著墨不多，因為閩南人雖仍在用「鼎」字，但早已不用「鼎」了。鼎的最大特徵在於「三足」，故有「三足鼎立」、「鼎足三分」之說，今天那有人家還有三足之烹具？

凡用「鼎」來稱烹具者，放眼華夏只有閩南人，本文前面所以不厭其煩地列舉各支閩南次方言之名，正由於各支閩南語都異口同聲一致用此「鼎」（ㄉㄧㄚ），因此用「鼎」字的即閩南人，用其他字者即非閩南人，縱使潮州、汕頭人入籍廣東，從母語看他們仍可算閩南人；「閩南人」與「非閩南人」之區別，光從是否用「鼎」字指烹器即可分曉，如此一來，我們說「鼎」是閩南人、閩南話的招牌字並不為過。一個古老的漢字只被現代一支漢語方言仍在使用著，此一現象極為罕見，像福州話跟閩南語的關係異常密切，有些漢字的古老以及獨特用法，只有福州話跟閩南話並肩作戰，與其他漢語方言迥然不同，例如「書信」用「批」字，「香煙」用「薰」字，可是一碰到「鼎」字，二者就分道揚鑣（福州話指主要的烹具，縱使非「鍋」字，也離不開「鑊」字，它絕對不是「鼎」字）。

其實，「鼎」字不但是閩南人的招牌字，它也可以說是整個華夏民族的招牌字，若不慎將「華夏民族」改作「中國人」，那就會有尷尬的情形發生，正好像時下有些膚淺的「大中國主義」者，有時會脫口而出道：

「凡中國人都用筷子，不用筷子還配稱中國人嗎？」

「凡中國人都敬孔子，不敬孔子還配稱中國人嗎？」

當然有不使用筷子又不理睬孔子的中國人，問題是，「中國人」的定義常常隨著「中國」的版圖而改變，尤其在涉及歷史文化方面的事物時，用「華夏民族」或「漢人」比較少有爭議，我們必須認清，西疆、青海、西藏的先住民跟筷子和孔子是毫無淵源可言的。

說來令人十分氣短，今天我們「中國」能夠向全世界炫耀的東西，除卻「華夏」古器物之外還有什麼呢？而「華夏古器物」並非今全體中國人的共同文化遺產，只有醜陋的西方帝國主義才敢厚顏無恥地將掠奪所得的古物，美其名為「人類文化的共同遺產」。所謂「華夏古器物」，其名目之多不可枚舉，而最具代表性的絕非絲、茶，亦非羅盤、火藥，更非什麼「大長城」或「兵馬俑」，乃是大名鼎鼎的青銅器——「鼎」，因為它的本身可以說是華夏古文明（包括精神與物質二者）的濃縮，無論是冶金、鎔鑄技術之進步，或造型、鏤刻藝術之精美，都足以傲視古代青銅世界，何況，它還是實用的民生必須器具。

漢語裡頭用來指稱烹調器具的文字，依形狀、材料以及用途之不同，大致有以下各種——

一、「鼎，三足兩耳，和五味之寶器也，象析木以炊。」（《說文》）

二、「鬲，鼎款足者謂之鬲。」（《爾雅‧釋器》）

三、「鍑，如釜而大口者，从金，復聲。」（《說文》）

四、「鬴，鍑屬也，从鬲，甫聲。」（《說文》）

五、「釜，鬴或从金，父聲。」（《說文》）

六、「鬵，大鬴也，从鬲，兓聲。」（《說文》）

七、「⿰鬲支，三足鍑也，一曰滌米器，从鬲，支聲。」（《說文》）

八、「鑊，所以煮肉及魚腊之器。」（《周禮》鄭注）

九、「鐫，大鑊。」（《玉篇》）

十、「甑，甗也，从瓦，曾聲。」（《說文》）

十一、「甗，甑也，一穿，从瓦，鬳聲，讀若言。」（《說文》）

在這些琳琅滿目的各式烹具之中，從材質來說，總不外乎陶土（缶）、合金（銅）以及後起的「鐵」；從外形來看，又不出「四足、三足、無足、平底、弧底」之外；如從用途（所烹之物）來分，只有「烹肉魚」及「炊五穀」兩種，猶如今所謂的「主食」與「副食」之別。

再換從宗教的角度來看，烹器更有「人用」和「神用」（祭祀）的不同，唯獨「鼎」是同時也作「禮器」（祭器）用的，因此之故，它才特別龐大、厚重、典雅、精緻以及耐用，像鼎中巨無霸是「司母戊方鼎」，高有一百三十三公分，重達八百七十五公斤。至於材質採用青銅的緣故，青銅成分以銅、錫為主（八比二），偶而也以鉛來代錫，因為攙入錫或鉛則熔點降低，便於鑄造，結果硬度反而增強，更為堅固耐用，可見青銅器是古人智慧的產品。

此外，「鼎」還代表國家的政治權力，比如「鼎盛」是形容天子的年壯體健，再引申為國運昌隆；「鼎祚」就是「國運」的代名詞；又如「定鼎」是「定都立國」之義。而「鼎」又象徵國家之尊嚴，其大小輕重非外人可問，春秋時代，楚莊王竟然向周天子「問」起鼎來，分明是在干犯、挑釁、褻瀆王室，其背後隱藏著桀傲不馴和野心勃勃。再說得嚴重些，「鼎移、鼎遷、鼎革」都是指政權轉替、改朝換代。

鼎的外觀以「兩耳三足」為標準型式，兩耳是便於以長木棍來貫穿扛舉（今中國式舊鍋仍有兩耳是古鼎之遺留，便於雙手端起），三足是為了鼎底可以架木柴燒火（古代無爐，隨地可以掘竈，後代有固定的爐竈，有足之鼎遂被無足之釜取代），鼎本來是圓口三足的，後來也出現方口四足的

「方鼎」，像「周王伯鼎」。

在古代，鼎縱使降格作為烹飪之器，一方面只限於貴族人家，另一方面它絕無用來烹煮穀類的，殷人好獵，用鼎來烹調獵物，周人則用來作「牲器」而名為「牲鼎」（大者烹肉，小者盛肉），此外也有用來烹製魚、龜、鼈的，所以許慎說它是「和五味之寶器也」，再看《史記・平津侯主父列傳》中記載古今第一偏激豪語，主父偃曰：

「且丈夫生不五鼎食，死即五鼎烹耳。」（卷一百一十二）

前一「五鼎」指大富大貴，後者指慘死於酷刑，張晏注前者曰：

「五鼎食，牛、羊、豕、魚、麋也。」

此一注解，後人從無異議，可見「鼎」一直是用來烹煮各種肉類食物。

「鼎、貞」二字在甲骨文中是同一形體，本係一字，「貞」從「鼑」字簡化而來，再轉作他用。連另一「鑊」字也是從「鼎」之家族中獨立出來的，其前身有「鼸、鼺、䰙、離」，通通是指「煮肉器」；凡用於五穀雜糧的炊器，古人都用「甑」或「鬴」（釜）字，這兩系列烹器是不相混用的。

按漢語所有用來指各式烹器的文字，在今天口語之中，已完全被局外的「鍋」字徹底打敗，碩果僅存而偏限一隅的只有「鼎、鑊」二字。今閩南話口語常用的「ㄉㄧ˜ㄚ」，確是「鼎」之一字，早已無可爭議，問題是古老、古典又高級的「鼎」字居然迄今仍活用於漢語方言的口語裡，實在令人既感慨又驚喜。

在古代凡吃「鼎」中食物者當然是貴族，一般民家不可能有青銅鑄的烹具，而閩南人到今天仍沿用「鼎」來指主要烹器，難道今閩南人都是古代貴族的後裔？或者是出於「僭名」的一種誇飾，總之，不宜妄下斷言。大致上，從西漢以降，華夏中國不再以「鼎」作為烹器，其次，從王莽以後，華夏中國也已幾乎不再鑄「鼎」了，為何今天還有方言捨不得「鼎」字之名？

不過，另有一條線索倒可供參考，今閩南語用於「鼎」的量詞是「骹」（跤）字，相當於後起的「腳」字，比如「一跤鼎、兩跤鼎、大跤鼎」，放眼中國，未有此種用法，通常其他漢語用來形容烹器「鑊、鍋」的數量，不是「隻」就是「個」，唯獨閩南語用此一奇特的「跤」字作為量詞，正因為閩南語堅持用「鼎」，鼎本來就是有腳（足）的，試問在量詞上還有那一個字可以替代呢？

雖說「鼎」明明是三隻腳的（或四隻腳），畢竟腳只是附件而已，要計算有三隻腳的一×鼎，總不能用「三」吧！還得要用它整體的「一」（三合於一），而閩南語用「跤」作量詞另有兩種用意（義）——

一、它是有腳的（可支撐）。

二、它是著地的（比較重）。

於是，閩南語又由此衍生出下列同一量詞的用法：

一、一跤桶也：包括「飯桶、面桶、水桶、尿桶……」等等。

二、一跤箱也：無論「竹箱、柴箱、紙箱、皮箱、鐵箱……」等等。

三、一跤櫝也：諸如「壁櫝、書櫝、酒櫝、鐵櫝、白鐵也櫝……」等等。

四、一跤爐也：像「火爐、炭爐、烘爐、香爐、燒金爐」等，但是「ㄫㄚˊ ㄙ ㄌㄛˊ」（瓦斯爐）和「ㄏㄨㄣˊ ㄏㄨㄚˋ ㄌㄛˊ」（焚化爐）❶之類不用「跤」。

五、一跤眠牀和一跤椅也是早期說法，現在已逐漸改用一張眠牀和一張椅也或一隻椅也。

我們要注意的是，「桶也」也好，「箱也」也好，「櫝也」也好，甚至眠牀、椅也等等全都是著地的（架在地面上，如鼎）；而古代的「爐也」也都是三足（抓住地面支撐重量則不易偏傾，如鼎），廟宇的香爐（本字是「鑪」）在造型上本來就是仿「鼎」之外形而設計鑄製的。

根據以上的「量詞」之相關用法，我們不敢再懷疑閩南人用「鼎」字是半路殺出的程咬金，因為「鼎」在古代有三隻「跤」，而閩南話仍用「跤」作量詞，可見「鼎」是從古沿襲下來的用法。不過要補充說明的是，在閩南次方言漳州系中有些地方（本島亦有）不說「一跤鼎」而說「一口鼎」，因為鼎雖有三足，卻只有一「口」，用「口」計鼎則不會有「三、一」的混淆，這種說法也很有道理，在此一併提出。

此外，尚有令人困惑者，今閩南語稱「一只戒子」為「一ㄎㄚ手指」，以「手指」代替套在手

❶「焚」字念「ㄏㄨㄣˊ」是文讀音，口語白讀則念作「ㄏㆪˊㄚ」。

指頭上的飾物，此一「ㄎㄚ」究竟是否「跤」字？抑或是其他諧音的字？頗為費解，由於無關本文主旨，又苦無答案，於此不再贅言，尚祈高明作答。

第十三章

寧可去與「魚刺」「刺」　無願觸著「刺查某」

——談閩南語的「刺」字有四種念法和六種用法

本文標題當然是刻意編造的兩句閩南語順口溜，刻意也好，編造也好，溜得順口最重要。或許閩南話裡未必有這種（兩句）說法，但並不意味這種說法在閩南語的構詞、造句上有任何瑕疵。下面我們先對本文的標題作一番解說，因為有些用字會令人納悶困惑，勢必有所交代，不過這些字跟本文主角——「刺」字無關，我們只能略作解說，不便暢談細論：

一、「與」（ㄏㄛˇ）是閩南話口語的常用字，相當於今普通話的「給」或「被」，此處作助詞用。

二、「願」（ŋㄝˇn）(giãn) 也是口語常用字，例如「無願去」（不想去）、「願也卜死」（想得要死），另有「ŋㄨㄢˇ」的念法，像「甘願」或「情願」，都略帶文讀的意味。

三、「觸」（ㄉㄨˊ）（ㄉㄨˇ）（ㄉㄨˋ）也是口語常用字，例如「半路ㄉㄨˊ著伊」、「ㄉㄨˇ卵」以及「半路會相ㄌㄨˋ」❶。

四、「著」（ㄉㄧㄛˇ）更是閩南話極常用字，此處作助詞用，猶文言的「及」字，口語例如「寒著、驚著、怵（ㄘㄨㄚˋ）著」（一般訛作「到」）。

五、「查某」意謂「女人」，但絕非「女人」二字，究竟「ㄗㄚˊ bㄛˋ」是那兩個漢字，眾說紛紜，本文不擬贅論，姑且隨俗訛作「查某」。

將一些無關本文主旨的疑難雜字略作說明以後，我們再來談談「刺」字在閩南語（尤其幾乎是口語）中的多重念法和用法。

大凡光復以後曾在本島念過小學的「非閩南人」，除了在客家莊、山地村以及眷村小學（如新竹的「空軍子弟小學」和左營的「海軍子弟小學」）之外，一定都常聽到以下兩句閩南話：

「ㄑㄧㄚˋ查某　ㄑㄧㄚˋ　ㄅせˇ　ㄅせˊ」

這兩句是小男生用來罵小女生的（到了上初中就很少再聽到，因為以前初中皆採男女分校），小朋友（小女生也會用）口中的「ㄑㄧㄚˋ查某」跟成年人所罵的當然不同，還有一些伶牙利齒的小男生再添字湊成押韻的四句，念起來更為有趣（刻薄）：

「ㄑㄧㄚˋ查某也（ㄚ）　ㄑㄧㄚˋ　ㄅせˇ　ㄅせˊ　大家驚（ㄍㄧㄚ）也　無人卜（bせˇ）」

按此一「卜」字即「要」也，「無人卜」是指「沒有人要跟她玩耍」，若換成大人的口氣就變

❶「ㄌㄨˇ」字一般都寫作「拄」，本文以為是「觸」字，究竟是「拄」抑或「觸」？甚至另有他字？待考。

作「沒有人要娶她」了。

按「ㄑㄧㄚˋ　ㄅㄝˇ　ㄅㄝˊ」三字，本人數十年來每當無聊或遇到不可理喻的女人，立刻憶起童年所聽到的這幾句生動的童謠，然而百思不得其解，不知究竟是那三個漢字？「ㄑㄧㄚˋ查某」可以不予理會，「ㄑㄧㄚˋ　ㄅㄝˇ　ㄅㄝˊ」三字卻不可不予理會，直到近年來關注閩南語時，再三思索才恍然大悟，「ㄑㄧㄚˋ　ㄅㄝˇ　ㄅㄝˊ」者，原來是——「刺愎愎」也！

「刺愎愎」由於涉及閩南語連讀即有變調之慣例，所以「愎愎」便有「ㄅㄝˇ　ㄅㄝˊ」之差別。「愎」字相當古老，今已成純粹書面字，例如「剛愎自用」即是，奇怪的是，《說文》居然遺漏此字，因為《左傳》兩用此字：

一、「愎諫違卜。」（〈僖公十五年〉）

「愎，戾也。」（《左傳》杜注）

二、「君虐而愎。」（〈哀公二十六年〉）

「愎，很也。」（《左傳》杜注）

「很、狠」本係一字，古作「乖狠」用（今「乖」字又顛倒用），今作副詞「非常」之義。再看其他字書：

「愎，很也。」（《廣雅・釋詁三》）

「愎，很也。」（《廣韻》）

「愎，戾也。」（《集韻》）

綜合前引文獻，「愎」字的意思不出「乖狠」之外，用「愎愎」此一疊字來描述潑辣、蠻橫的帶「刺」之女人，可以說再妥貼也不過，可見「ㄑㄧㄚˋ　ㄅㄝˇ　ㄅㄝˊ」是「刺愎愎」三字，在意義上毫無問題，接著來看字音。

「愎」本來是一入聲字，今閩南語中有不少入聲字已逐漸式微「弱化」，尤其在疊字發音時，更有綿延拉長的普徧現象，像「复」家族的字中（「复」是「復」的本字）原先都是入聲字，今閩南語「復・ㄏㄛ」、「腹・ㄅㄚ」仍保留入聲念法。

「愎」字在今北京音念「ㄅㄧˋ」，其韻尾「ㄧ」跟閩南語的韻尾「ㄝ」之間，有很多對應整齊的字例，也許可以提供「愎」字在中古以前的漢語是念「・ㄅㄝ」的佐證，下面拈出一批例字供參考，北京音在前而閩南音在後，有些字在閩南音中有並行的兩讀，大致上是次方言如「漳、泉」音的區別，亦有文、白讀的不同（不再標注）——

一、「批」：（ㄆㄧ）——（ㄆㄝ）或（ㄆㄨㄝ）

二、「皮」：（ㄆㄧˊ）——（ㄆㄝˊ）或（ㄆㄨㄝˊ）

三、「迷」：（ㄇㄧˊ）——（bㄝˊ）
四、「謎」：（ㄇㄧˊ）——（bㄝˊ）
五、「糜」：（ㄇㄧˇ）——（bㄝˊ）或（bㄨㄝˊ）
六、「低」：（ㄉㄧ）——（ㄍㄝ）或（ㄍㄨㄝ）
七、「底」：（ㄉㄧˇ）——（ㄉㄝˋ）或（ㄉㄨㄝˋ）
八、「抵」：（ㄉㄧˇ）——（ㄉㄝˊ）
九、「地」：（ㄉㄧˋ）——（ㄉㄝˊ）或（ㄉㄨㄝˊ）
十、「帝」：（ㄉㄧˇ）——（ㄉㄝˇ）
十一、「題」：（ㄊㄧˊ）——（ㄉㄝˇ）或（ㄉㄨㄝˇ）
十二、「提」：（ㄊㄧˊ）——（ㄊㄝˇ）或（ㄊㄨㄝˇ）
十三、「體」：（ㄊㄧˇ）——（ㄊㄝˋ）
十四、「替」：（ㄊㄧˋ）——（ㄊㄝˋ）
十五、「倪」：（ㄋㄧˊ）——（ŋㄝˊ）
十六、「泥」：（ㄋㄧˊ）——（ㄌㄝˊ）或（ㄋㄞ）
十七、「逆」：（ㄋㄧˋ）——（˙ŋㄝ）
十八、「梨」：（ㄌㄧˊ）——（ㄌㄝˊ）或（ㄌㄞˊ）

十九、「犁」：（ㄌㄧˊ）——（ㄌㄝˊ）

二十、「禮」：（ㄌㄧˇ）——（ㄌㄝˋ）

二十一、「力」：（ㄌㄧˋ）——（˙ㄌㄝ）或（˙ㄌㄚ）

二十二、「勵」：（ㄌㄧˋ）——（ㄌㄝˊ）

二十三、「雞」：（ㄐㄧ）——（ㄍㄝ）或（ㄍㄨㄝ）

二十四、「吉」：（ㄐㄧˊ）——（˙ㄍㄝ）

二十五、「擠」：（ㄐㄧˇ）——（ㄎㄨㄝˇ）

二十六、「濟」：（ㄐㄧˋ）——（ㄗㄝˇ）或（ㄗㄨㄝˇ）

二十七、「祭」：（ㄐㄧˋ）——（ㄗㄝˋ）

二十八、「計」：（ㄐㄧˋ）——（ㄍㄝˋ）

二十九、「季」：（ㄐㄧˋ）——（ㄍㄨㄝˇ）

三十、「繼」：（ㄐㄧˋ）——（ㄍㄝˋ）

三十一、「妻」：（ㄑㄧ）——（ㄘㄝ）

三十二、「啟」：（ㄑㄧˇ）——（ㄎㄝˋ）

三十三、「溪」：（ㄒㄧ）——（ㄎㄝ）或（ㄎㄨㄝ）

三十四、「西」：（ㄒㄧ）——（ㄙㄝ）或（ㄙㄞ）

三十五、「攜」：（ㄒㄧ）——（ㄏㄝˊ）

三十六、「兮」：（ㄒㄧ）——（ㄏㄝ）

三十七、「係」：（ㄒㄧˋ）——（ㄏㄝ）

三十八、「洗」：（ㄒㄧˇ）——（ㄙㄝˋ）或（ㄙㄨㄝˋ）

三十九、「細」：（ㄒㄧˋ）——（ㄙㄝˋ）或（ㄙㄨㄝˋ）

四十、「繫」：（ㄒㄧˋ）——（ㄏㄝˋ）

以上抄錄了一大堆北京和閩南的韻尾對應字例，應可說明「愎」字是從古入聲的「·ㄅㄝ」音輾轉變成今書面音的「ㄅㄟˋ」。今北京的「ㄟ」韻(ei)係由「ㄝ」韻(e)延長而來。

最後我們來討論本文的主角——「刺」字。該字所以有討論的必要，是由於「刺」字在閩南語中的念法、用法之多，均非其他方言可比。按「刺」字本來寫為「朿」，其右邊所帶的一把「刀」(刂)是後來追加增添的，下面且看「朿」家族的系列字——「朿、茦、莿、棘、棗」(都是名詞)之來歷：

一、「朿，木芒也，象形，讀若刺。」(《說文》)

二、「朿，今字作刺。」(《說文》段注)

三、「茦，莿也，从艸，朿聲。」(《說文》)

四、「木芒曰刺，草芒曰朿。」（《說文》段注）

五、「莿，朿也，从艸，刺聲。」（《說文》）

六、「莿，芒也，草木針也。」（《玉篇》）

七、「棗與棘相類，皆有刺，棗獨生，高而少橫枝，棘列生，卑而成林，以此為別，其文皆從朿，音刺，本芒刺也……不識二物，觀文可辨。」（沈括《夢溪筆談・卷十五・藝文二》）

看了以上的分析解說，我們不得不驚嘆讚佩古代漢語造字的高明，清晰、條理又精細。像草本和木本植物之中皆帶尖銳芒刺者，古人就分開造兩個字以示區別；而棗樹跟荊棘一樣都是有刺的植物，但因外型、生態以及利用價值的不同（前者有益可食，後者有害傷人），又分別成為二字（結構相同，排列有差）。再說後人連用的「荊棘」，二者分明是不同之物，荊茅會割傷人，所以字中有「刀」有「矛」，而棘草只會刺痛人，所以字中帶「朿」（由「木」加「冂」合成，「冂」非文字，代表的是尖芒狀，故「朿」是古老的象形字）。

棘草的種類繁多，其中到處可見的一種，一般俗名叫「鬼針草」的，閩南話則稱之為「ㄑㄧㄚˋ查某」，正好一語雙關，何等生動有趣的命名，此草帶刺，雖小傷人卻無大礙，尤如「ㄑㄧㄚˋ女人」儘管潑辣、刁蠻，畢竟不是女賊、女匪，亦非娼妓蕩婦之流可比。

此外，今天口語也很流行的書面詞語「諷刺」，「刺」字帶「刀」，多麼傷人，可見用一「刺」字已失「諷」意，十分拙劣，其實古代漢語的「諷刺」本來是「諷諫」二字，「諫」字取其「言中帶束，委婉規勸」之義，「諷諫」合用的複詞，何等敦厚高雅，後來「刺」字成為常用字，「諫」字只好退休了。再看古書有一句說得多好——

「寧百刺以針，無一刺以刀。」（《淮南子・說山訓》）

「刺」字從「朿」（名詞）脫胎而來，本來專作動詞來用，後來兼併了「朿」字，便具有名詞的身分，另外還可轉用為形容詞，下面舉例說明其間的改換情形：

一、「魚刺」（名詞）——「刺魚」（動詞）。
二、「刺刀」（形容詞）——「刀刺」（動詞）。
三、「刺探」（動詞）——「探刺」（動詞）。
四、「強光刺眼」（動詞）——「刺眼的強光」（形容詞）。
五、「聒噪刺耳」（動詞）——「刺耳的噪音」（形容詞）。
六、「惡臭刺鼻」（動詞）——「刺鼻的臭氣」（形容詞）。
七、「麻辣刺口」（動詞）——「刺口的辣味」（形容詞）。
八、「寒風刺骨」（動詞）——「刺骨的寒風」（形容詞）。

回歸主題，「刺」字在閩南語中花樣更多，總計有四種念法和六種用法，這些不同的念法都跟「文、白」讀毫無關係，完全是由於詞性、用法不同的緣故（視之為「破音」字亦無不可），下面分別藉例字和例句並以簡單注音來加以說明——

「刺」念作「˙ㄑㄧ」是入聲字，當作名詞用，例如「魚刺」、「骨刺」，它應該是很接近古音的，到了中古音的《廣韻》、《集韻》系統裡，「刺」字已改念去聲的「七賜切」，所發的音是「ㄑㄧˋ」或「ㄘㄧˋ」，以及介於二者之間，今吳語念「ㄘㄧˋ」，而客家話念「˙ㄘㄧㄜ」仍然是入聲韻。

「刺」念作「ㄑㄧㄚˋ」是去聲字，當作動詞用，也許是從文讀引進的念法和用法，用於持續性的動作來完成某一工作，並無傷害或受害之義，跟另一突發偶而的動作截然不同，因而喪失原本短促的入聲韻，例如「刺花、刺鞋、刺繡、刺字」等等都念「ㄑㄧㄚˋ」。

念作「ㄑㄧㄚˋ」的「刺」字還可當形容詞來用，它原先是指「如刺」、「帶刺」、「有刺」之物，當然是名詞，可是，「束」（名詞）若不「刺」（動詞）人的話，「束」又有何「刺」的意義呢？「束」的存在意義就是要「刺」，除非「刺」它自己。所以，「刺查某」的「刺」字絕非動詞，而是由動詞衍生出來的形容詞，意謂「帶刺而能刺傷人的」，可見「ㄑㄧㄚˋ查某」的「刺」字還是形容詞，因省略簡化之故而逕稱為「ㄑㄧㄚˋ女人」。

打從「束」成為「刺」之後，即已由名詞轉作動詞來用，因此念作「˙ㄘㄚ」才是它的本音兼本義，此一入聲韻的音感絕對比「˙ㄑㄧ」更為明顯而強烈（短促迅急），可是，閩南語中念「˙ㄘㄚ」

的字例卻不多見（有些同音的是「插」字，二者頗有差別，不容混為一談），下面只談「刺」字（注音為「ㄘㄚp」則更正確）——

一、「食魚食傷（ㄒㄧu）緊，會與魚刺也刺著。」

二、「正衰！跤去刺著鐵釘也。」

三、「我若看著伊，著會刺目。」

以上前兩個「刺」字都是直接而具體的動詞，後一個「刺」字是間接而作譬喻的用法，所謂「刺目」也就是「刺眼」，除了指光線太強之外，通常用來指「看不順眼」，相當於書面語的「側目」，但「側目」很少用於個人。

可是，問題來了，本文由於力求簡單通俗，在文字的標音上常欠精確詳盡，舉凡漢語的入聲字，在北京話裡一律被扼殺，迎合北京官話的今「國字注音」，當然缺少標記入聲字的符號，尤其入聲字的特質在於促收的「輔音韻尾」（p、t、k），像前二「刺」字應標作「tsʽak」，後一「刺」字則變成「tsʽap」，從輔音韻尾來分辨，二者顯然不是同一個字。

不過，我們再換一個角度來看，閩方言之中普徧有一特性，當一個意義完整的詞彙在二字連讀時，前者的「韻尾」有時會受到後者的「聲母」影響，而念成另一種韻尾。當然這種「跳脫」情形也要看此二字的音韻而定，一般語音學家稱之為「向後同化」，反之，若後字的「聲母」也有時會受到前字「韻尾」的影響而改變，這就是「向前同化」。此一繁瑣複雜的變音念法，可以說福州話裡比比皆是，而且深奧莫測，閩南語其次，客家話又其次。

像「刺目」一詞，由於「目」字念「bㄚ」，其聲母是雙唇音「b」，「刺」的韻尾就「向後同化」，以雙唇音來作為其韻尾的「收音」，於是「刺」、「目」二字的接縫部分便有前後重疊的現象，此一「刺」字的韻尾就跟前二「刺」字有所差異，很容易使人以為是兩個音近而不同的字。更何況「刺」、「目」二字在閩南語是入聲字，入聲字本來就「短促急速」，連讀起來，二字所銜接的前韻後聲很難截然分割。

「刺目」既然是指「看不順眼」，引申便有「不屑理睬」之意（非「義」），因而此一「刺」字又從此衍生出另一種用法，其念法也是「·ㄘㄚ」(tsˋap)，例如：

一、「我無愛刺你。」

二、「無人卜刺伊。」

這兩句的「刺」字相當於「理」、「理睬」，書面語是「理會」、「理喻」，其用法根本上是粗俗而不登大雅的，稍有教養者也不會用，很可能起自於中下階層，而後廣散開來，今閩南後生輩的君子淑女也不知輕重地仿效使用此一「刺」字，它的正確涵義是指「戲弄、招惹、撩撥」，充滿輕蔑之意，套句北方俚俗語——

「他那（ㄋㄟˋ）個小子啊！老子（·ㄗ）甩（ㄕㄨㄞˇ）都懶得甩他！」

按俗字「甩」指的是「丟棄」，大凡可丟棄者，必屬細微小物，因此「懶得甩他」意謂對方渺小得連甩都不值得甩。閩南語此一「刺」字正有此義（意），只不過「刺」沒有「甩」那麼俗而已。

有人以為此一「刺」字應作「睬」字才對，理由是「柴」在北京話念「ㄘㄞˊ」，而閩南音是「ㄘㄚˊ」，所以，「睬」（ㄘㄞˇ）在閩南語中也念「˙ㄘㄚ」，其實，「睬」字跟「甩」一樣俗而晚出，而且罕有一字獨用，閩南話的俚俗用法又如何可能跟遙遠的北京市井相呼應。說得更粗一點，閩南話還有幾句小人的口頭禪，例如——

一、「我（bㄨㄞˊ）刺（ㄒㄧㄠˊ）你。」（注：「無愛」二字連讀念作「bㄨㄞˊ」，至於「ㄒㄧㄠˊ」係何字？留待另文。）

二、「我即（˙ㄐㄧㄚ）無愛（ㄍㄢˇ）你。」

三、「伊也人！無人卜（ㄍㄢˇ）伊。」

可見「刺」跟「ㄍㄢˇ」都是粗人常用的粗話，閩南話的粗話本來就豐富而多變，自成系統，不假外求，此二字在句中皆可解作「理睬」，加上否定詞就有非常「不屑」之義，其「ㄍㄢˇ」跟另一更粗的「ㄍㄢˋ」是同一字，它絕非「幹」而是「姦」（另有專文細論此二字），試想，為了表示強烈的不屑，用「刺」字是具有「暴力」性的，用「姦」字又充滿「猥褻」性，正顯示十足的粗鄙本色。

第十四章

「暗摸摸」要如何去摸 「死翹翹」又如何會翹

——略談閩南語中修飾形容詞的疊字狀詞之用法

「疊字」(同一字重複連續使用二次)在華夏中國有悠久的歷史,從《詩經》、《楚辭》、漢賦、古詩、樂府一直到宋詞、元曲、雜劇、傳奇、小說,其中疊字的出現堪稱琳琅滿目、無所不有,光是《詩經》三百又五篇的所有疊字,已經可以彙編成一本小冊子,再加上詮釋、考證、分析、比較,更可以寫成厚厚一本專書,如果硬要抽掉這些疊字,整部中國文學史上的所有作品勢必大為失色;同樣的情況,民間俗文學裡的一些童謠、俚語、歌訣、彈詞之所以生動傳神、膾炙人口,跟大量使用豐富而多樣式的疊字也有密切的關係。

通常我們很容易有一錯誤的看法,以為疊字複詞是專為牙牙學語的幼兒而設的,例如「吃吃、喝喝、瓶瓶、罐罐、杯杯、車車、尿尿、打打、怕怕、乖乖、壞壞……」其實,疊字衍生的複詞是一種最簡單省事的構詞語法，只要一字重複疊用，即可收到加強語氣的有力效果，像下面兩組例句的不同全在有否使用疊字，其對比及誇飾的效果，一看便可分曉——

「滿口的仁義道德，幹的盡是一些狗皮搗竈的事。」

「口口聲聲離不開仁義道德，卻偏偏幹的是鬼鬼祟祟、偷偷摸摸的事。」

又比如「在」字，無論在書面或口語都是很平常的字眼，但換作疊字「在在」一詞，書面口語上兩俱罕用，唯獨在閩南話口語裡，「在在」也是常用詞❶，例如「老神在在」，就是以「在在」來強調「在」字，外地人看到「在在」一語無不十分困惑，若翻開《詩經》一看，赫然可以發現在〈小雅・魚藻〉中有六次「在在」——

「魚在在藻，有頒其首。王在在鎬，豈樂飲酒。」

「魚在在藻，有莘其尾。王在在鎬，飲酒樂豈。」

「魚在在藻，依于其蒲。王在在鎬，有那其居。」

這些「在在」後人有將後一「在」字看成虛字，解釋為「於」，在這也可以說通，但是多少有望文生義之嫌，「在在」連用只是在強調「在」（存）而已，可見閩南口語仍沿用迄今。下面再舉三個其他漢語已絕跡或從未聽說過的用法以供參考——

---

❶ 客家話也常用「在在」一詞，例如「心在在」是指「心情穩定」之義，亦即「安心、放心」。

一、「我迭迭（ㄉㄧˊㄚ　ㄉㄧˊㄚ）看著伊。」（意謂「時時、常常」）

二、「伊也人，大家攏（ㄌㄨㄥˊ）知知（ㄗㄞ　ㄗㄞ）。」（意謂「清楚」）

三、「死死（ㄒㄧˊ　ㄒㄧˋ）也，免作兵。」（意謂「一死、死掉」）

用疊字來成雙組合為「強化複詞」，在各地漢語都相當普徧，其結構大致上不出下列幾種——

一、「甲甲」式在書面文言文使用得最多，例如「青青河畔草　緜緜思遠道」或者「磨刀霍霍向豬羊」之類。

二、「甲乙甲」式充斥於北京話中，吳方言也隨之跟進，其他漢語較為罕見，而閩、粵、客家方言則幾乎沒有，例如「看一看、聽一聽、試一試、搖一搖、想一想」之類。

三、「甲甲乙乙」式基本上是「甲乙」一複詞的擴充，例如文言文的「郁郁菁菁」、「踉踉蹌蹌」，北京話尤好此道，像「三三兩兩、家家戶戶、冒冒失失、冷冷清清、迷迷糊糊」等等不勝枚舉，其他方言雖有但不很作興。

四、「甲甲乙」式以狀聲詞居多，而疊字「甲甲」通常以動詞跟形容詞為主，副詞比較少。例如「揮揮手、剁剁碎、種種花、養養魚、散散步、毛毛雨、圓圓臉、比比看」等名目繁多。

五、「甲乙乙」式的疊字「乙乙」以副詞為主，例如「活生生、死沉沉、好端端、兇巴巴、冷冰冰、涼颼颼、綠油油、輕飄飄、亮晶晶」等等。

六、「甲甲甲」式似乎只見於閩、客方言，三字疊用有頂級形容的作用（閩南語的「開開開」是少數例外），例如「恬恬恬、嫷嫷嫷、新新新、荼荼荼」（以上閩南語，以下客家話也用），「白白白、紅紅紅、直直直、圓圓圓、扁扁扁、酸酸酸、甜甜甜」等等族繁不及備載。

以上六種疊字構詞法在各地口語仍以「甲乙乙」式最為吃香，本文即針對閩南語常用的「甲乙乙」式略加探討，並以尋覓正確漢字為主，同時先順便為北京話口語「甲乙乙」式的用字問題稍作一番商榷如下——

一、「硬ㄅㄤ　ㄅㄤ」被寫作「硬幫幫」或「硬梆梆」皆不可通，因為「幫幫」、「梆梆」不但是後起的俗字，也絲毫沒有「硬」的意思，若說是狀聲（敲擊硬物所發出的聲音）之疊詞，「ㄅㄥ　ㄅㄥ」比它更像；而且「幫」字由「封」得聲，「梆」字由「邦」得聲，古代「封、邦」通用，可見「幫、梆」照章來應念「ㄅㄥ」才對。再說今北京音「ㄤ」韻的字，有不少在中古及中古以前是從「ㄥ」韻而來的，今吳方言念「硬ㄅㄥ　ㄅㄥ」可供參考。古人要用文字來表示「硬」的性質，不外乎「金、石、土、刀、弓、革」系列，因此，「硬ㄅㄤ　ㄅㄤ」很可能是「硬弸弸」（ㄅㄥ）的音變為「ㄅㄤ」，而找「幫」或「梆」字來替代，「弸」字據《說文》解釋為「弓彊」，「彊」又是「強」的正字，正好以「弸弸」來形容「硬」，至於「緊ㄅㄥ　ㄅㄥ」寫成「緊繃繃」更妥，「繃」字據《說文》解釋為「束也」，又正好用來形容「緊束」的樣子。

二、「兇ㄅㄚ ㄅㄚ」寫成「兇巴巴」似乎有些莫名其妙，姑且不論「巴」字的本義如何，至少在北京話裡常用「巴」來形容「小」或「末端」並充當詞尾，例如「鹽巴、泥巴、鍋巴、尾巴、嘴巴」等等；因此，「兇巴巴」很可能是「兇霸霸」三字，意謂「很兇的樣子」，「霸霸」念得輕些就被同音不同調的「巴巴」二字所取代。

三、「乾ㄅㄚ ㄅㄚ」一般都寫成「乾巴巴」，照理說「巴巴」應該跟「乾」字有關的，其實不然，因為「巴」字除了充當「尾、小、末、端」之語助詞外，另有加強的作用，例如「巴結」是很想結交；「巴不得」是求之不得；「眼巴巴」是望眼欲穿，渴望之至；「猴巴巴」是形容急欲獲得，如猴性之急「猴急」。可見「巴巴」有「非常」的意思，當作副詞來用，形容其前一字的程度，所以「乾巴巴」即「很乾的樣子」，歸根究柢還是從「霸霸」而來，「霸」字本有「蠻橫、囂張、跋扈」之義，引申之即「非常、過分、甚很」的意思。

四、「瘦ㄅㄚ ㄅㄚ」跟前二條相同，一般寫成「瘦巴巴」，形容「很瘦的樣子」，仍從「瘦霸霸」而來，只不過用「巴巴」看來比較順眼而已。

五、「溼ㄉㄚ ㄉㄚ」常被寫成「溼答答」，按「答」字跟「溼」風馬牛不相關，若說是「狀聲詞」，摹擬水的滴滴答答，那又何不用「溼滴滴」更來得妥貼？可見另有他字，中古字書《玉篇》收有「涾」字解釋為「溼也」，「溼涾涾」正是「溼答答」的前身。再往前推，此「涾」（ㄉㄚ）字很可能從「沾」字而來，「沾」在北京音念「ㄓㄢ」，在閩南口語則念「ㄉㄚˊㄇ」(dam)，由於「ㄇ」(m)係一閉口收音的韻尾，很多方言沒有這一種發音的習慣，也可以說已經失落了此一閉口的收音念法，於是「ㄉㄚˊㄇ」便只好念它三分之二而成「ㄉㄚ」，後來北方官話再轉為「ㄓㄢ」。

六、「熱ㄏㄨ　ㄏㄨ」一般都寫成「熱呼呼」，真不知「呼呼」二字跟溫度有何相干？顯然是抓瞎認錯字。《說文》裡頭收錄有「昫」和「煦」二字，「煦」是從「昫」增添部首而來，兩字都指「暖和、微熱」(𥁕)，今北京音也都念「ㄒㄩˇ」，其中古音據《廣韻》的注音，都作「香句切」，在當時是念去聲的「ㄏㄨˋ」；閩音似乎更早些，念的是入聲的「˙ㄏㄨ」(hut)，像形容天氣暖和、食物燙熱以及小孩發高燒一律稱之為「ㄒㄧㄛ　˙ㄏㄨ　˙ㄏㄨ」，正是「燒昫昫」或「燒煦煦」三字，而且是口語非文讀，可見「呼呼」應該是「昫昫」或「煦煦」才對，再說得精確一點，凡指「日曬」之暖燠用前者，「烤火」之暖熱用後者，至於指食物之燙熱則二者皆可。正由於今北京音已一改再改而將「昫」字念成文讀的「ㄒㄩˇ」，而口語反而保留較古的「熱ㄏㄨ　ㄏㄨ」之音，在無字可寫的尷尬情況下，只好將就挪用音近的「呼呼」二字來替代了。

七、「胖ㄉㄨ　ㄉㄨ」一般都用「胖嘟嘟」三字，而「嘟嘟」是晚近的俗字，一看即可知是狀聲詞，像口中念念有詞北方土話叫「嘟嘟囔囔」，引申之後，指小孩撮口不悅的樣子叫「嘟個嘴」，此外「嘟嘟」也用來摹擬喇叭的鳴叫聲（通常指汽車），可見跟「肥胖」是渾不相干的。有關「胖」字被北方話誤作「肥」來用，本文姑且不論，念成「ㄆㄤˋ」也有問題，至少發音要跟著「半」（ㄅㄢˋ）字走，結果聲母、韻母無一相同。其實，「ㄉㄨ　ㄉㄨ」是「豬豬」二字的古音，錢大昕考證過說「古讀豬如都」，無論韻母如何，「豬」字的聲母在古代必然發「ㄉ」是毫無疑問的，中古音發「ㄗ」或「ㄐ」，北京音再轉為捲舌的「ㄓ」，可見一則「豬」字已改念「ㄓㄨ」而口語保留的古音「ㄉㄨ」便不知該用何字？二則嘲人「胖豬豬」有欠厚道，已失調侃之意，改用「ㄉㄨ」比較委婉，因而以「嘟」字來替代。

八、「烏ㄧㄚ　ㄧㄚ」被寫成「烏壓壓」也令人不知所云，漢語用來指black的只有兩系列，今北方用「黑」而閩、粵、客家多用「烏」，其他地區多二者混用，至於「玄」字是純書面字不論。「烏」來自於鳥類之名，「黑」本指煙囪內的滓垢，因此「烏ㄧㄚ　ㄧㄚ」應作「烏鴉鴉」才對，「烏」也好，「鴉」也好，都是全黑之鳥。

九、「紅ㄉㄨㄥ　ㄉㄨㄥ」在各地漢語方言幾乎都有此一說法，很可能是從古流傳下來的，而且其背後的文字也應該一致才對，但一般卻寫成「紅咚咚」三字，按「咚咚」明顯是後起俗字中的狀聲詞，以狀聲的疊字來修飾或強調色彩似乎說不通。「咚」字的前身在中古漢語裡寫成「鼕」，用來摹擬擊鼓之聲，再往前推，據《集韻》一書所載，「鼕」字即《說文》所收錄的「⿱隆鼓」字。由於「咚、鼕、⿱隆鼓」都跟紅色無關，有些比較嚴謹的辭典不收「紅咚咚」一詞，而寫成「紅彤彤」，「彤」字在今北京音念「ㄊㄨㄥˊ」，可是「彤」雖屬會意字，其中「丹」字一方面指出顏色，一方面也標示聲音，將它念作「ㄉㄨㄥ」也沒錯，更可能原本是發「ㄉ」音，所幸「ㄉ、ㄊ」乃一音之轉，差別有限。再說「丹、朱、紅」都是「赤」系列的字，因此，「紅ㄉㄨㄥ　ㄉㄨㄥ」寫成「紅彤彤」在音義兩方面應屬皆正確，問題是，「正確」未必是「精確」，若有比「彤彤」更精確的字可採信，「彤彤」勢必放棄。《說文》有一「赨」字，許慎解釋為「赤色也，從赤，蟲省聲」，《集韻》之中則改寫作「䞒」，因為「蟲」（虫）的古音是發「ㄉ」或「ㄊ」，像閩南語的「蟲」仍念「ㄊㄤˊ」，韻母姑且不論，聲母發「ㄊ」已是古音，到了中古以後，「蟲」的聲母已經改發「ㄘ」的音（例如客家話），後來北京音更變為捲舌的「ㄔ」了。比如代表中古官話音系統的兩大字書，《廣韻》和《集韻》都將「赨」字局限地解釋為「赤蟲」，而以另一後起的「䞒」字來表示「赤色」，因為「䞒」字要比「赨」字更清晰地顯示是念作「ㄉㄨㄥ」，有一聲符「冬」可以作證。總之，有關「紅ㄉㄨㄥ　ㄉㄨㄥ」的本字，「彤彤」不如「赨赨」來得精確。此外，所謂「滿面（臉）通紅」，此一「通」字固然有「全部、整個」以及「透」的意思，可是為何其他顏色卻不加此一「通」字呢？比如「滿山通綠」？可見此「通」字跟「紅」有特殊的淵源，其實「通」仍然是從「赨」字演變而來，若就文字的正確而言，應該寫成——滿面（臉）赨紅，如果因「赨」字帶「蟲」，用於臉上似乎怪怪，試問「狼」字帶「良」，難道不怪？而狼性兇殘豈是「良犬」？「赨」字不過由「蟲」得聲而已，跟「蟲」又有何干？

以上已列舉九條北京話常見的疊字狀詞之用法，令人驚喜的是，今北京話帶頭的官話普通話跟古漢語越走越遠，不料，在俚俗得不登書面大雅的口語，居然還保留如此高比率的古音。接著我們再換一完全不同系統的閩南語，來看看其口語常用的疊字狀詞究竟有那些漢字，至於次方言所用而稍冷僻者，本文恕未拈出探討。

㈠「白蒼蒼」

將「白ㄘㄤ　ㄘㄤ」寫成「白蒼蒼」三字已別無選擇可言，因為在閩南話中，要同時兼顧跟「白」的顏色有關，又跟「ㄘㄤ」的聲音符合，只有此一「蒼」字，雖說「蒼」字原先本無「白」的意思——

一、「蒼，艸色也。」（《說文》）

二、「蒼，青也。」（《廣雅・釋器》）

三、「蒼，即青也。」（《詩經》孔穎達疏）

四、「蒼，謂薄青色。」（《素問》王砅注）

五、「蒼，深青也。」（《正字通》）

按「蒼」字以「艸」為部首，顧名思義是形容「草」色，但草色並非永遠青綠，從初生、茁長、茂盛、衰老一直到枯死，其色常變，「蒼翠、蒼黃、蒼白」都可用來形容草色。再說草以青綠色為主，但在日光照映下，也會略帶白色的光澤，謂之「蒼白」應不離譜；「蒼白」又常用來形容面色，指的是「白裡帶青」，跟血氣通暢的「紅潤」正好相反，可見用「蒼」來形容「白」是說得通的。再看「蒼蒼」一詞最早出於《詩經》，下面抄錄原文以及兩家權威的注釋：

一、「蒹葭蒼蒼　白露為霜」（〈秦風・蒹葭〉）

二、「蒼蒼，盛也。」（《詩經》毛傳）

三、「蒼蒼然彊。」（《毛詩》鄭箋）

按「白露為霜」之時，蒹葭（蘆葦）的「蒼蒼」恐怕已非青翠茂盛，而是衰殘枯萎之貌，毛、鄭二人也許未加深究，一直到唐人陸德明在《經典釋文》中才提出：

「蒼蒼，物老之狀。」（〈卷六・毛詩釋文〉）

「物老」對草而言是莖葉枯黃，對人而言是毛髮灰白，所以韓愈在〈祭十二郎文〉中首先將「蒼蒼」用來形容頭髮：

「而視茫茫，而髮蒼蒼，而齒牙動搖。」

今閩南語用「白蒼蒼」一詞以人面、頭髮為主，其淵遠流長已不待言。至於「蒼」字在閩南語是否念「ㄘㄤ」？由於「蒼」係漢語的書面字，閩南口語除「白蒼蒼」之外，幾乎不用「蒼」字，像「倉」念「ㄘㄥ」，「創」念「ㄘㄨㄥˇ」，韻母都在「ㄥ」，而「蒼」念作「ㄘㄤ」應該是口語中保留的文讀音。像《詩經》以「蒼、霜」二字叶韻，「霜」在閩南口語念「ㄙㄥ」，而「蒼」卻念作「ㄘㄤ」，更可證明它是文讀音。何況，北京話「ㄤ」韻的字在閩南音念「ㄥ」韻的例子不勝枚舉，例如「光、長、當、牀、莊、唐、岡、章、商、狂……」。

㈡「白晢晢」

「白·ㄒㄧㄚ　·ㄒㄧㄚ」應該寫成「白晢晢」三字，它比「白蒼蒼」更古老，因為「晢」本來就是為「人面之白」而造的一個字——

一、「其民晢而瘠。」（《周禮・地官・大司徒》）

二、「有君子白皙、鬒鬚眉、甚口。」（《左氏春秋・昭公二十六年》）

三、「白皙疏眉目。」（《漢書・霍光傳》）

四、「皙，人色白也。」（《說文》）

五、「皙，人白色也。」（《廣韻・入聲三十三》）

按「皙」字係古代書面語，比如曾參之父名點，其字則取「皙」字，有掩飾「點」之意，可見「皙」是雅言。而「皙皙」疊用有強化的意思，閩南語的「白皙皙」亦即「白白白」之義，相當於章回小說常講的「白淨淨」，但很少指人面、膚色，多用來形容物之純白，像「漆得白皙皙」或「穿得白皙皙」。

至於在發音上，為什麼認定「皙」字是念「·ㄒㄧㄚ」❷，由於「皙」是入聲字，跟失落入聲韻的北京話在韻母上差異很大，但聲母仍同，我們試看下面的例子即可知（北京在前，閩南在後）

一、「壁」：（ㄅㄧˋ）——（·ㄅㄧㄚ）

二、「密」：（ㄇㄧˋ）——（·bㄚ）

三、「踢」：（ㄊㄧ）——（·ㄊㄚ）

---

❷「皙」字在閩南語中正確的標音應該是「·ㄒㄧㄚㄅ」(ciap)。

四、「屜」：（ㄊㄧˋ）——（·ㄊㄨㄚ）

五、「力」：（ㄌㄧˋ）——（·ㄌㄚ）

六、「曆」：（ㄌㄧˋ）——（·ㄌㄚ）

七、「屐」：（ㄐㄧ）——（·ㄍㄧㄚ）

八、「寄」：（ㄐㄧˋ）——（ㄍㄧㄚˋ）

九、「騎」：（ㄑㄧˊ）——（ㄎㄧㄚˇ）

十、「崎」：（ㄑㄧˊ）——（ㄎㄧㄚˊ）

十一、「漆」：（ㄑㄧ）——（·ㄘㄚ）

十二、「徙」：（ㄒㄧˇ）——（ㄙㄨㄚˋ）

十三、「蟻」：（ㄧˇ）——（ㄧㄚˇ）

十四、「液」：（ㄧˋ）——（·ㄧㄚ）

十五、「抑」：（ㄧˋ）——（·ㄧㄚ）

以上列舉十五條幾乎全都是白讀口語音，像「抑」（亦）字看似書面字，閩南話口語也常用，其中還有已經弱化的入聲字。總之，「白·ㄒㄧㄚ ·ㄒㄧㄚ」正是「白皙皙」三字，音義均無庸置疑。

㈢「白匏匏」

「白ㄆㄠ　ㄆㄠ」通常專用於形容人體膚色，尤其是女人、小孩，接下去的一句總不外乎「幼ㄇㄧˊ　ㄇㄧ」，甚至有人濃縮成「白ㄇㄧˊ　ㄇㄧ」三字，此一「ㄇㄧ」字因連讀而變調，當然是「綿」字，寫作「棉」字亦可，但以「綿」字較正統，它形容的是「白、細、柔、軟、嫩」。

至於「白ㄆㄠ　ㄆㄠ」究竟是那兩個字呢？如果我們從白色去思索探尋的話，那可能要像溪底摸針一樣困難。因為「ㄆㄠ　ㄆㄠ」根本不是形容「白」的，而是形容跟人身膚色白皙有關的。在華夏中國大凡勤苦力田者大都膚色黑黝、肌肉結實；反之，不幹粗活又少經曝曬的富豪地主、文弱書生，尤其是養尊處優的婦女人家，其皮膚白皙而肌肉鬆弛，更格外予人細嫩柔軟之感，因此才有「白ㄆㄠ　ㄆㄠ」的形容，卻絕無「黑ㄆㄠ　ㄆㄠ」的說法。

今北方土話也有「ㄆㄠ　ㄆㄠ」一形容詞，猶言「鬆垮垮」的意思，苦於無漢字可寫；其實兩者都是「匏匏」二字。按「葫、瓠、瓢、匏」係同一系列的蔓生草本瓜類植物，其所結之物汁少乏肉、難以果腹，棄之固然可惜，食之又不可口，因此將「匏」字疊用即有形容「虛而不實」的意思，所謂「ㄆㄠ　ㄆㄠ」正是「匏匏」二字，閩南話口語配上一個「白」字，在「虛大不實」之外更多添一層「細嫩」的附加形容。

或許有人會質疑道，「匏」在閩南話不是念「ㄅㄨˊ」嗎？怎麼會變成了「ㄆㄠ」呢？比方俗語有說——

「人若（ㄋㄚˇ）衰！種匏也（ㄚˋ）生菜瓜。」

此句俚俗順口溜中，「衰、瓜」二字押韻，意謂「人如果倒楣，做任何事都不順」，絕非指瓠瓜比絲瓜高級。坦白說閩南話所指的「ㄅㄨˊ ㄚˋ」的「ㄅㄨˊ」並非「匏」字，而是另一「蒲」（ㄅㄨˊ）字，「蒲也」就是北方人所說的「瓠瓜」，今浙江南方也都叫「蒲瓜」，至於其異名之由來，不在本文討論範圍之內，茲不贅言（詳另文）。

順便一提的，今北方土話有「鬆ㄆㄚ ㄆㄚ」一語，湊巧閩南土話也有「ㄆㄚ̃ˋ ㄆㄚ̃ˇ」一說，二者完全同義而音又很近（差在有無鼻音韻尾而已），究竟是那一個字呢？非常可能是「胖」字，「胖」在北京書面語念作「ㄆㄢˊ」，口語卻訛作「ㄆㄤˋ」。因為「胖」字由「半」得聲，而「半」字在鼻音弱化的北京話裡韻母是「ㄢ」，在鼻音濃厚的閩南話中韻母則是「ㄚ̃」，此二者跟「ㄤ」、「ㄚㄥ」系統頗為不同，其次，「胖」字用來形容人，有「虛大不結實」之義，遠非「精壯」可比，因此，胖者的肌肉組織一定是「ㄆㄠ ㄆㄠ」、「ㄆㄚ ㄆㄚ」或者「ㄆㄚ̃ˋ ㄆㄚ̃ˇ」。

(四)「紅絳絳」

閩南語形容某物的色澤很紅，或某人滿面通紅時常說「紅ㄍㄨㄥˋ ㄍㄨㄥˇ」（連讀變調），它應該是「紅絳絳」三字。「絳」在今天當然純屬書面字，一般口語幾乎不敢想像會用此「絳」字，其實，「絳」在古代是常用字，和「紅、紫」並為「朱赤系列」的三大主色；大凡帶「絲」（簡筆成「糸」）而跟色澤有關的字，其原先都來自於「染色」，亦即絲帛染過之後所呈現的色，例如「紅、紺、絑、緋、緗、緹、緺、縹、綠、綪、紫……」等等，其中有關「絳」字的解釋：

一、「絳，大赤也。」（《說文》）

二、「大赤者，今俗所謂大紅也，上文純赤者（指『絑』字），今俗所謂朱紅也，朱紅，淡；大紅，濃。」（《說文》段注）

三、「絳，赤色。」（《淮南子》高注）

四、「絳，赤色。」（《廣韻・去聲四》）

可見「絳」要比「紅」還紅，用「紅絳絳」正是在形容紅、很紅、非常紅，可以說用得既古典又正確。至於在聲音方面，今北京音發「ㄐ」的絕大部分在中古及中古以前都發「ㄍ」，其他分別發「ㄎ」、「ㄐ」、「ㄗ」的佔極小部分；其次今北京韻在「ㄤ」的，閩南韻也有很多在「ㄥ」，上述二者例字極多，本文不再列舉，凡略諳閩南語的外地人幾乎未有不知者。

(五)「紅艴艴」

閩南話口語還常用「紅ㄍㄧˋ ㄍㄧˇ」一語，跟「紅絳絳」不同的是，它專用來形容人面而罕及他物。大凡人面之所以會赤紅，除了天生本色之外，通常不外乎由於羞愧、發怒以及酒後，顯然此一「ㄍㄧˋ」字應該是跟顏色有關的字，其實它是「艴」字。我們先看「艴」字的來歷——

一、「赩，大赤也。」《說文新附》

二、「赩，色也。」《廣雅・釋詁》

三、「赩，赤也。」《廣雅・釋器》

四、「赩，怒皃。」《玉篇》

五、「赩，赤貌。」《一切經音義・十九》

六、「赩，大赤也，許極切。」《廣韻・入聲二十四》

綜合以上五本書的解釋，「赩」的意義完全符合「紅赩赩」的用法，它不但紅，而且比「紅」更紅，再說「赩赩」疊用在古代即有，南朝劉宋時的大詩人鮑參軍（照）在〈河清頌〉一文中有非常工整的兩句：

「赩赩嶺丹，渾渾泉黑。」

至於「赩」字由於《說文》並未收錄（其實毛萇在「詩、傳」裡面已經用過），我們只有從《廣韻》中去覓音，所謂「許極切」究竟該怎麼念？「極」是入聲字，作為「反切」的下一字，所切（注音）出來的也是入聲字，「極」字以介音充當韻母，它仍念短促的「・ㄧ」，而「許」字比較麻煩，先看字學大師許慎對他自己姓氏的解說：

「許，聽言也，从言，午聲。」《說文》

而「午」字今北京音念「ㄨˇ」，已失落聲母，閩南音則念「·ŋㄜ」是入聲字。從「許」字的聲符「午」再推測「許」字的聲母，它有不同的三個階段。

一、中古以前發「ㄍ」、「ㄎ」、「ŋ」之音，此三音是同一系列的。

二、中古時代是發「ㄏ」音，《廣韻》注音為「虛呂切」，「虛」在閩南、客家都發「ㄏ」音。

三、近代北方官音才發「ㄒ」音，但是較少用的字仍保留中古音，像「滸」字念「ㄏㄨˇ」而不念作「ㄒㄩˇ」。

釐清了「許」字的聲母發音之演變以後，我們可以知道「許極切」在中古是念「·ㄏㄧ」的入聲字，而「許極切」的閩南語念法則為「·ㄎㄧ」的入聲字，今閩南話的「艴」字念「·ㄍㄧ」，二者相差極微。所以，我們從音、義兩方面斷定「紅ㄍㄧˋ ㄍㄧˇ」正是「紅艴艴」三字。

再補充一點說明，「艴」字單用在閩南語中幾乎沒有，書面文讀音縱使有也不可信，但它確是入聲字，只不過短促的入聲韻尾在疊字連用之時，勢必要延長一些，一延長也就弱化了入聲原有的韻味（其實短促又何來韻味），因此，「艴」字疊用就念「ㄍㄧˋ ㄍㄧˇ」。

㈥「暗曚曚」、「暗暮暮」

「暗ㄇㄛˇ ㄇㄛ」通常都被寫成「暗摸摸」三字，好像「暗中摸索」一樣，那有兩個動詞去修飾一個形容詞的，除非倒過來用，像「壓壓扁」、「剁剁碎」、「煮煮熟」之類的結構（其實是「壓扁、剁碎、煮熟」的延伸而已，也可以看成是「壓壓、剁剁、煮煮」等疊字動詞的末尾再添加形容詞補充語）。

破解此一「暗摸摸」的用字之誤謬，我們不妨看看在閩南口語中跟「暗ㄇㄛ ㄇㄛ」所指完全相同的另一說法——「暗ㄇㄧㄥˊ ㄇㄛ」，假如「ㄇㄛ」果真是「摸」字的話，那麼「暗ㄇㄧㄥˊ ㄇㄛ」豈不是要寫成「暗暝摸」三字？其生硬牽強能說得通否？可見「暗ㄇㄛ ㄇㄛ」絕非「暗摸摸」三字。

我們從音義兩方面來加以考量，「暗ㄇㄛ ㄇㄛ」似乎比較有可能的是「暗矇矇」三字，因為「暗」跟「矇」都是指「光線黯淡，視覺模糊」（未到「黑漆漆」的地步），可是再細分的話，二者之間卻有一道鴻溝存在——

一、「暗」是指「日已落」。

二、「矇」是指「日未出」。

從「日已落」到「日未出」之間還有一段漫漫的長「夜」；以「夜」作為分界線，則「暗」可以算是「夜頭」，而「矇」就是「夜尾」，用「矇矇」來修飾「暗」豈不頭尾顛倒，而且「暗矇矇」在閩南語念「ㄚˇm ㄇㄨㄥ ㄇㄨㄥ」，「ㄇㄛ」跟「ㄇㄨㄥ」也略有出入，後者多一點鼻音，問題是今閩南人說「暗ㄇㄛˇ ㄇㄛ」也常走音為「暗ㄇㄨㄥ ㄇㄨㄥ」。接著我們再看兩個跟「暗、矇」分別等義的漢字——

一、「暮」也是指「日已落」。

二、「昧」也是指「日未出」。

「矇」跟「昧」二字所指相同，合用就是同義複詞，「矇」以「蒙」為聲符，也兼有「蒙蔽」之義，「昧」以「未」作聲符，更明示「日未出」，亦即「夜未盡、曉未明」，而閩南語所謂的「天暗」即「日暮」，用「暗矇矇」三字似乎欠妥。

綜合前述，我們不得不認定「暗ㄇㄛ ㄇㄛ」除了「暗暮暮」之外，別無其他音近的字可用，「暗」字可用來形容「暮色」，反過來「暮暮」也可以用來形容「天暗」，由於「暗」是口語常用字，「暮」是書面字（各地漢語無不如此），所以，「暗」字便成了主角，藉「暮暮」疊字來強化修飾它。

「莫、暮、墓、摹、摸、模、漠、寞」在閩南語中的發音幾乎相同，其聲母都介於「b」跟「ㄇ」之間，一送氣就念「b」，不送氣就念「ㄇ」，其中只有「板模」（普通話叫「模板」）的「模」字明顯念作「bㄛˊ」，其他大多偏近於「ㄇㄛˊ」。此一系列各字皆以「莫」作聲符，而「莫」不但是入聲字，更是「暮」的本字，照理說帶「莫」的各字也都應是入聲，或許「莫」字念起來比較輕柔，其入聲容易弱化甚至消失，以至於「莫」字在《廣韻》仍在入聲，而「暮」字則在去聲，閩南話也一樣地，原本「暗·ㄇㄛ ·ㄇㄛ」已念成「暗ㄇㄛˇ ㄇㄛ」了，我們當然不寫成「暗莫莫」，而用「暗暮暮」三字，何況，「莫」字早已另作他用，由「暮」字來接班了。

㈦「烏墨墨」

閩南話在口語上，用來形容黑、很黑、非常黑時常說「烏·bㄚ ·bㄚ」，由於入聲的弱化，加上連讀的變調而念成「烏bㄚˋ bㄚˇ」，再受到北京話的強烈影響，由於北京話沒有發「b」音的聲母（舉世罕見），因而又訛音成「烏ㄇㄚˋ ㄇㄚˇ」，結果烏來烏去不知是在「烏什麼」？

檢閱閩南語的常用字中，念作「bㄚ」音的大致不出下列五者之外——

一、白讀的「木」字念「·bㄚ」，它仍然保留濃厚的入聲韻。

二、白讀的「目」字念「·bㄚ」，也仍然保存濃厚的入聲韻。

三、白讀的「密」字念「·bㄚ」，還一樣保持濃厚的入聲韻。

四、白讀的「墨」字念「·bㄚ」，依然充滿著濃厚的入聲韻。

五、白讀的「肉」字念「·bㄚ」，其入聲韻已有弱化跡象，像「烏肉雞」念「ㄛ bㄚˋ ㄍㄨㄟ」。

其他當作形容詞的「麻」字念「bㄚˊ」，當作名詞時則念「ㄇㄨ̃ㄚˊ」。

經過以上的整理，我們一眼可以看出，「烏·bㄚ ·bㄚ」就是「烏墨墨」三字，再也找不到比「墨墨」更適合來形容「烏」色的字了。

(八)「黑皁皁」

「烏墨墨」在閩南話的口語中只用來形容並強化「烏黑」的程度而已，另有「烏ㄙㄜˇ ㄙㄜˊ」一詞在形容「烏黑」之外，又多添一層「汙穢」的意思，例如：

「歸身軀烏ㄙㄜˇ ㄙㄜˊ，緊去洗洗！」

我們要找一個在字義上既「烏」又「汙」，而且在聲音上還能符合閩南語念「ㄙㄜˇ」的漢字，的確煞費周章，再三斟酌似乎只有「皂」字。

按「皁、皂」係同一字，後者是俗寫字（跟「皀」字截然不同），和「草」也是同一字，今泛指非木本植物的「草」類，應該寫成「艸」字才對，由於「草、艸」在古代同音，「草」便叚借取代「艸」字，於是原先的「草」字就被「皁」來頂替。「皁」本來是指一種野生落葉喬木的果實，又名「皁莢、皁角」，由於色黑常用作黑色的同義字，據字書的解釋：

一、「皁，黑也。」（《廣雅・釋器》）
二、「皁，黑色。」（《集韻》）
三、「皁，亦黑繪。」（《廣韻・上聲三十二》）

在古籍裡頭，「皁」字頗不少見，像「皁衣、皁帽、皁袍、皁蓋、皁巾、皁裙、皁布、皁絹……」

等等都離不開黑色，「皁卒、皁役、皁隸」也都因穿黑衣而得名，「皁物」更是黑色染料之總稱，今口語尚有「不問青紅皁白」的說法，可見用「皁皁」來形容「烏黑」並無不妥。

其次，「皁」字在古代跟「槽」字音近（今北京音或閩南音也都很接近，吳方言更二字同音），也借作「槽」字來用，例如——

一、「皁，廄別名。」（《逸周書》孔注）

二、「皁，櫪也。」（《經典釋文・卷二十七・莊子釋文》）

三、「皁，槽也。」（《廣韻・上聲三十二》）

四、「與牛驥同皁。」（《史記・魯仲連鄒陽列傳》）

五、「牛驥同一皁。」（文天祥〈正氣歌〉）

「皁、廄、櫪、槽」都是指豢養畜牲的地方或食器，其汙穢可想而知，今閩南語「烏ㄙㄜˇ ㄙㄜˊ」一語兼有「烏」與「汙」的形容，正是「烏皁皁」三字。

至於「皁」字的閩南音，我們可從跟北京話的對應來看，今北京話中聲母在「ㄗ、ㄘ、ㄙ」系列而韻母在「ㄠ」的字，換作閩南話的話，大多聲母仍在「ㄗ、ㄘ、ㄙ」韻母卻在「ㄜ」，此類例字不少，比如「造、棗、曹、漕、槽、糟、操、糙、臊、騷……」等等，有這些他例可以對照並作佐證，像「皁」字在今北京音念「ㄗㄠˋ」，其前身在古音可能曾經念「ㄙㄜˇ」，又何足為奇，畢竟「ㄗ」

跟「ㄙ」只不過一音之轉。

有趣的是，「皁」字兼具「烏黑」和「汙穢」之義，該字原義卻又是「清潔去汙劑」的材料。今北方話所說的「肥皁」（吳方言則稱之為「油皁」），無論是天然植物或人工化學成品，都仍用此古老的「皁」字，此一野生之「皁莢」很可能是閩南話俗名的「bㄨㄚˇ ㄏㄨㆤ」，從字音去探索，似乎很像是「磨穢」二字，意謂用來「磨去汙穢」也，因為「皁莢」裡面有堅硬黑色的小果粒，比龍眼核略小，一沾水用力摩擦就會有白色滑潤的泡沫，可以用來清除汙垢（尤其是洗手），由該物之形狀功用看來，「bㄨㄚˇ ㄏㄨㆤ」正是「皁莢」。

(九)「嫷形形」

今閩南語最常用來形容美麗、漂亮的莫過於「ㄙㄨㄧˋ」，究竟是那一個漢字呢？有人以為是「水」字，也有人以為是「穗」字或「秀」字，更有人認為是有音而無字，不過大部分都同意是「嫷」字；試想，以「羊、大」構成的「美」字可以用來形容女人的姣好，有「女」字旁的「嫷」又如何不行呢？而且「嫷」字音、義兩均符合，通常用「ㄉㄤ　ㄉㄤ」來修飾「嫷」，例如童謠有兩句詼語曰：

「新娘嫷ㄉㄤ　ㄉㄤ　袴底破一孔。」

究竟「ㄉㄤ　ㄉㄤ」是那一漢字？有作「咚咚」，也有寫成「噹噹」，這些狀聲詞都不宜修飾形貌姿態上的「媠」字，其實，「媠ㄉㄤ　ㄉㄤ」是「媠彤彤」三字。按「彤」字相當古老，先秦古籍之中至少已有三見：

一、「貽我彤管。」（《詩經・邶風・靜女》）

二、「彤弓弨兮。」（《詩經・小雅・彤弓》）

三、「器不彤鏤。」（《左傳・哀公元年》）

以上三個「彤」字，訓詁家都注解為「赤」或「朱」色，本來任何顏色用在裝飾打扮上沒有比「赤、朱、丹、紅」更美的，閩南俗語也常說：

「紅媠黑大方（辮）。」

再看「彤」字由「丹」和「彡」合併而成，前者是鮮豔的「丹紅色」，後者是「文飾」（「文」是「紋」的本字），凡帶「彡」的字大多表示美麗出色，例如「彣、彰、彥、彫、修、彩、彪、彧、彬……」等等，所以《說文》將「彤」解釋為：

「彤，丹飾也，从丹、彡。」

可見將「彤彤」疊用來加強形容「媠」字再妥貼也不過了。「彤」字今北京音念「ㄊㄨㄥˊ」而閩南音念「ㄉㄤ」，「ㄉ、ㄊ」只是一音之轉，差別在是否送氣；至於韻母，今北京的「ㄥ」跟閩南的

「ㄤ」有大量的對應例字可供參考，像「東、冬、馮、工、紅、空、棚、夢、蜂、奉、董、重、動、筒、桶、銅、膿、籠、隆、共、蚣、訌……」，綜合音義的考量，「嫡ㄉㄤ ㄉㄤ」即「嫡彤彤」三字。

㈢「沾漉漉」、「沾淥淥」

相當於北京話「溼溚溚」的，閩南話通常說的是「沾·ㄌㄛ ·ㄌㄛ」，有關「沾」（ㄉㄚˇm）字的考證詳見本書另章，而「·ㄌㄛ ·ㄌㄛ」一眼即可看出是「漉漉」二字，也寫成「淥淥」，「鹿、祿」在閩南話都念作「·ㄌㄛ」，再看《說文》的幾條解釋：

「漉，浚也，从水，鹿聲，一曰水下皃也。」

「淥，漉或从錄。」

「瀝，漉也，从水，歷聲，一曰水下滴瀝也。」

可見「瀝」、「漉」二字都是指水往下滴的樣子，當人的頭髮、身體、衣褲、鞋襪或其他東西溼得水往下滴時，豈不是已到很溼、真溼、溼透的程度，今閩南話形容這種溼的情況不外乎下列兩種說法：

一、「沾·ㄌㄧ ·ㄌㄛ」正是「沾瀝漉」。

二、「沾·ㄌㄛ ·ㄌㄛ」正是「沾漉漉」。

今北京話還有「瀝乾」的說法，亦即「滴盡即乾」。「瀝、漉」二字在中古音中尚保留入聲韻，《廣韻》曰：

「漉，滲漉，又瀝也，盧谷切。」（入聲一屋）

「瀝，滴瀝，郎擊切。」（入聲二十三錫）

今閩南話也保持入聲韻，更可證明確是此二字。

㈡「熯涸涸」、「暵涸涸」

跟「沾漉漉」正好相反的，閩南話用來形容河川水道、湖泊池塘的乾涸，某物的乾枯或乾燥，甚至油耗光或錢用盡，常用「ㄉㄚ ·ㄎㄛ ·ㄎㄛ」一語，其中相當於一般所謂「乾」的「ㄉㄚ」，有人用「焦」，也有用「燋」或「礁」字的，其實應該是「暵」或「熯」字，此二字本可通用，若從文字的義符來細分，凡被「日」曬乾的用「暵」，而被火燒乾的則用「熯」。

有關「ㄉㄚ」是「暵」（熯）一字，可參看另文，本文以疊字追蹤為主。閩南語念「ㄎㄛ」的字很多，但要兼具「入聲」以及有「乾燥」之義的似乎不多，此一「ㄎㄛ」字正是「涸」字。此一「涸」字在今北京音或中古音念什麼？我們都可以不予理會，因為該字聲符非常明顯，「涸」字從

「固」得聲，「固」字又從「古」得聲，而「古」字在今所有的漢語無不發「ㄍ」的聲；雖說「ㄍ、ㄎ、ㄏ」三聲母是同一系統，畢竟「ㄍ、ㄎ」的關係比較密切（因為二者發音的部位及方法比較接近，只差在送氣與否），「ㄏ」似乎稍遠了一些，今「涸」字閩南音發「ㄎ」要比發「ㄏ」的今北京音或中古音接近古音。

再說「古」字是一會意字，由「十」跟「口」合成，意謂「十口相傳，所以年歲久遠」（「十口」是指「十代」而非「十人」），或許該「口」字在「古」字當中也兼有聲音的作用，今所有漢語的「口」字都一律發「ㄎ」聲，可見「涸」字發「ㄎ」是比較古老的。

至於韻母方面，今閩南語像「古、固、苦、罟、故、胡、姑」等字通通在「ㄛ」，「涸」字又何必例外呢？反觀今北京話前七字的韻母都已變成「ㄨ」了，偏偏此一「涸」字要念「ㄏㄜˊ」或「ㄏㄠˋ」，而且兩讀還平仄不同，字義又完全相同。

㈢「硬酷酷」、「鋌矻矻」

在聲音和意義上，跟「熯涸涸」關係最相近的莫過於「ㄉㄧ˜ˇㄥ ˙ㄎㄜ ˙ㄎㄛ」，從物理學的角度來看，凡堅硬之物必乾燥，乾燥之物必堅硬，因此「熯涸涸」本身已兼有堅硬之性質，要探究「ㄉㄧˇㄥn ˙ㄎㄜ ˙ㄎㄛ」是那三個字以前，我們必須先注意一個罕見的現象，閩南語以「ㄉㄧˇㄥn」來表示「堅硬」在所有漢語中是僅有的，猶如以「勇」（ㄧㄨˋㄥ）來形容「結實」一樣。

按「堅硬」二字合用可謂同義複詞，其中「堅」是書面字，「硬」是口語字，各地口語只用「硬」字；由於「硬」是中古俗字（始見於《玉篇》，《說文》未收），各地的念法頗有出入，約略列舉如下：

一、北方官話以及擴大之後的普通話都念「ㄧㄥˋ」

二、四川、湖北話大致都念「ㄣˇ」

三、湘方言念「ㄫㄧㄝˇ」

四、贛方言念「ㄫㄣˋ」

五、粵方言、客家話、上海話都念「ㄫㄤˇ」

六、浙江西南念「ㄫㄞㄧˇ」

七、浙江東南念「ㄫㄝˇ」

八、福州話念「ㄫㄧˇ」

九、閩南話念「ㄫㄝˇ」或「ㄫㄧˇ」

從上引資料我們一方面可以發現「硬」字在北方及上江官話裡已經失落聲母，其他方言一律發「ㄫ」的鼻音聲母；另一方面又唯獨閩南話有兩種念法，湊巧分別跟鄰近的溫州話、福州話完全相同，令人不得不懷疑「硬」字係由外引進閩南口語的，而且「硬」在閩南語中的用法跟其他方言大不同，尤其是沒有「堅硬」的意思，以及專用於「人」而非「物」，像「ㄫㄧˇ ˙ㄎㄜ ˙ㄎㄜ」

或「ㄫㆤˇ ˙ㄎㄜ ˙ㄎㄜ」（硬酷酷）通常用來指某人或某單位的「嚴苛、刻薄、僵硬、固執、絲毫不苟」。

另外兼指「堅硬」和「堅牢」在閩南口語則經常使用「ㄉㆪㄥˇ ˙ㄎㄜ ˙ㄎㄜ」一詞，它就是「鋌矻矻」三字，下面就來看看專家的解釋：

一、「鋌，銅鐵樸，从金，廷聲。」（《說文》）

二、「鋌，銅鐵璞。」（《昭明文選》李善注）

「鋌」字的本義是指尚未冶煉的金屬，當作名詞用，由於「鋌」的性質堅硬，改用作形容詞就有「堅硬」的意思，而且銅鐵的堅硬又遠非木、石、革、貝之類可比，這也許正是閩南語捨棄「硬」字（另作他用）而以「鋌」字來形容「堅」的誇飾之處，附帶一提的是，今北京話常用的「硬挺」或「硬挺挺」，嚴格說來都應寫作「硬鋌」或「硬鋌鋌」才對。

「鋌」字在今北京音念「ㄊㄧㄥˇ」，可是「鋌」字是由「廷」得聲，「廷」字以及相關的「庭、程、呈」等字在閩南音中都念「ㄉㆪㄥˇ」，不過「ㄉ、ㄊ」只是一音之轉而已。接著再來看「矻」的源頭字：

一、「硈，石堅也，从石，吉聲。」（《說文》）

二、「硈，鞏也。」（《爾雅・釋言》）

三、「硈，硈然堅固。」（《爾雅》郭璞注）

四、「硈，石狀，一曰石堅皃，或從乞。」（《集韻》）

從上述可知「矻」是「硈」的後起字，二字據《廣韻》都是入聲字；今北京音「矻」字念作「ㄎㄨ」，閩南音則念作「·ㄎㄜ」，有關北京「ㄨ」韻跟閩南「ㄜ」韻之間有大規模的對應例字，本書已有多章提及說明，此不贅言。以「矻矻」形容「鋌」的堅硬，「ㄉㄧ̃ㄥˇ ·ㄎㄜ ·ㄎㄜ」正是「鋌矻矻」三字。

㈢「活跳跳」、「活靈靈」、「活龍龍」

今一般普通話常用的「活生生」一詞，在閩南話則說成「活跳跳」，「跳」字用得當然要比「生」字更有生氣活力、更有勁，「活跳跳」也相當於北京話的「蹦蹦跳跳」，它不但可以指小孩子、年輕人以及健康者，也用來形容雞兔貓狗和魚蝦海鮮。

另有比較古老的說法是用「活ㄌㄧ̃ㄥˇ ㄌㄧ̃ㄥˇ」，它只形容人的眼神靈活和身手矯捷，乍聽之下，它當然是「活靈靈」三字，因為「靈」字在閩南語中確實念作「ㄌㄧ̃ㄥˊ」，捨「靈」還有何字可用？其實不然，它應該是「活龍龍」三字才對，湊巧閩南語中「靈、龍」完全同音（其他方言此二字很少同音），下面提出幾點佐證以供參考：

一、俚俗成語有「生龍活虎」一詞，若改成「生虎活龍」也可說通，因為它是將同義的「活、生」分別來形容「龍、虎」。

二、一般有所謂「手腳靈活、動作靈活、頭腦靈活」的說法，但在浙南方言中，「靈活」只用於頭腦，形容身手矯捷則用「龍活」。

三、就形容詞而來，用「活龍龍」要比「活靈靈」來得更生動、更精彩，甚至更「靈活」。

四、「靈」字在閩南口語中另有其特殊用法（詳見他文），不用來形容「生氣、活力」或動作。

綜合上述，「活ㄌㄧㄥˇ ㄌㄧㄥˇ」應該是其他各地罕見的用法——「活龍龍」。

㈣「死㱙㱙」、「死朽朽」

在所有漢語之中，用來形容「死亡」的沒有比閩南口語更奇特的用法，因為它用的是古老、典雅的書面字，今本文若不拈出，它將永遠「ㄎㄧㄠ 去」。按閩南口語的「死ㄎㄧㄠ ㄎㄧㄠ」或念「死ㄎㄧㄠˋ ㄎㄧㄠˇ」一般都寫成「死翹翹」三字，翻開任何字書，「翹」字絕無「死」義，「翹翹」疊用亦復如此，只有滿洲人死了才叫「翹辮子」，閩南人用的卻是「死朽朽」三字，而「朽」的本字又是「㱙」，《說文》二字兼收——

「𣦸，腐也，从歺，丂聲。」

「朽，𣦸或从木。」

按「朽」字今北京音念「ㄒㄧㄡˇ」，中古音是「許久切」（《廣韻》、《集韻》），它的古音是「ㄎ」，「丂」不但是漢字，也是今注音符號之一，試問「ㄍ、?、ㄏ」的中間一個念什麼?今北京音最令人不解的地方，明明拿「朽」字的右旁「丂」作注音符號，又將「朽」的注音聲母定於「ㄒ」。漢字裡頭「丂、朽、𣦸、疞、巧」是發同音的，閩南口語「朽、巧」都念「ㄎㄧㄠˋ」，「朽去」因連讀變調念「ㄎㄧㄠ ㄑㄧˇ」，正是此「𣦸、朽」字，再細分則「人死曰𣦸」而「木腐曰朽」。而「朽」字文讀念「ㄏㄧㄨˋ」，正是中古音的「許久切」。

總之，「死ㄎㄧㄠˋ ㄎㄧㄠˇ」絕對是「死朽朽」三字，書面的「朽」字能「不朽」於口語全賴閩南話的白讀。

第十五章

從「太陽」不是「東西」談新舊漢語的迥然不同

——兼論閩南語中有關「時間區分」的獨特用法

在本文標題之中，關於「太陽不是東西」容後再談，先談「新舊漢語」一詞，本文所以不用「古今」而用「新舊」，因為語言一分「古、今」就是一種斷絕，今天那來的「古漢語」？明明是今人在使用的漢語又如何能稱「古漢語」？像閩南話頂多也只能說是一支保守「舊詞彙」較多的「老漢語」，跟湘語被分為「老湘語」、「新湘語」一樣（前者仍有古代楚方言的成分，後者則官話色彩較濃）。其次，北京話是一千年來北方官話的代表，稱之為「今漢語」或「現代漢語」都不適宜，目前任何一支活的漢語方言又何嘗不是「今漢語」？然而北京話（廣義的）無論發音、用詞、語法都跟其他漢語方言有相當的差距，同時也跟中古官話甚至目前可知的古漢語扞格不入，如果逕謂之為「胡漢語」，似乎又找不出那些是由「胡」而來的證據，只好名之為「新漢語」，畢竟其中古、老、舊的成分比較淺薄是無庸置疑的，所以本文才用「新舊漢語」一詞。

本來在任何同一語系中都有方言差異的現象，如果差異的只是腔調、發音的出入，那無關緊要；問題是差異若不僅於音，而涉及用字、構詞、語序、句法，那就不易溝通了。比方泉州人碰到潮州人，彼此各說各話，只要講慢一點，雙方可以聽懂十之八、九，其他方言裡的次方言也大致如此；若換作閩南人碰到客家人儘管講再慢，可通曉的不會超過十之二、三；再換作閩南人跟河北人講話，加上比手畫腳也完全不知所云，姑且看下面一句很普通的「普通話」——

「今天我們頂著大太陽，跑到街上去買東西。」

這一句話中，「今天」、「我們」、「太陽」、「跑」、「東西」等字詞，閩南語從來沒有這種構詞（說法），而「跑」字根本沒有這個字，也不必用到它（有「走」字即可，北京話「弱化減速」了「走」字，才另用一後起而冷僻的「跑」字來頂替）。今天我們站在官話的立場來看閩南話，後者的用字造詞固然令人莫名其妙，反之，換從閩南話的角度來看北京話，北京話裡有更多扭曲漢字原義的胡亂用法（諸如「吃、喝、拉、怕……」等等），以及一些不知從那裡冒出的俚俗怪字（諸如「綁、站、傻、呆……」等等）。

如果要將北京話跟閩南話之間所指相同而用字用詞不同統統作一番對比分析，恐怕可以編成一本字典，本文僅就最常用的兩個詞語來作比較。

按「日」是漢語裡頭非常古老而重要的象形字，像《甲骨文集釋》一書中即收錄四十三塊甲骨上的「日」字，而絕大部分的北方官話以及上江官話偏偏要用「太陽」，殊不知「太陽」合用顧名思義即可知是形容詞，古人、古書究竟有沒有當「日」來用的呢？且看下面的資料——

一、「太陽者，南方。」（《漢書・律曆志上》）

二、「日，實也，太陽之精不虧。」（《說文》）

三、「冬為太陰，夏為太陽，其氣長養，祀之於竈。」（蔡邕《獨斷》）

四、「遂人以火紀，火，太陽也。」（應劭《風俗通義・皇霸第一》）

五、「遠而望之，皎若太陽升朝霞。」（曹植〈洛神賦〉）

以上使用「太陽」者從班固一直到曹植都是東漢人物或生於東漢，東漢不但是兩千年來儒家經學最興盛的時期，同時也是「陰陽五行」學說最流行的年代。原始儒家（孔子、孟子、荀子）不要說毫無「陰陽對立」的觀念，連「陰、陽」二字在當時很可能尚未出現，因此，此一可用來形容「日、火、夏、南」的「太陽」原本是相對於「太陰」而來的，唯一相等於「日」，也許是中國歷史上第一輪「太陽」，是曹子建筆下的「皎若太陽升朝霞」，李善注引「正曆曰」：

「太陽，日也。」（《昭明文選・卷十九》）

當然，將該句的「太陽」解釋為「日」在文義上是說得通的；不過文人作賦用辭常有不同的解釋，若將該句的「太陽」解釋為「陽氣壯盛」來形容「天日」也一樣可以說通。此外，還有一條酷似指「日」的用法：

「九月丁卯朔，日有食之，詔曰：『……太陽虧光，饑饉薦臻。』」（《後漢書・桓帝紀》）

此一「太陽虧光」，乍看之下，簡直就是在指「日蝕」絕無問題，「太陽」正是指「日」；倘若細察，其實不然，漢朝（尤其是東漢）皇帝皆篤信「天人感應」之說，每逢水旱災禍及天文異象，無不以為是上天在「示警」人君，於是循例頒行充滿自責的「罪己詔」以昭告天下，意謂係由天子不修德（自謙詞）之故，而導致五穀歉收，上天乃以「日蝕」警惕之，從此看來，此一「太陽」明顯是象徵天子皇帝而非指「日」，而「虧光」亦即「缺德」。

假如〈洛神賦〉中所用的「太陽」果真是指「日」的話，我們就據此以為今天到處都用「太陽」二字是曹子建首開的先例，而後仿效沿用，那又錯了，因為曹子建以後一千六、七百年來，「太陽」一詞在古籍、史書、詩文、辭賦，甚至更口語化的語錄、詞曲、小說裡也都極為罕見，倒是在一些醫書之中比較常見，指的卻是人身的經脈穴道（如「太陽穴」之類），見載於《素問》，然該書係後人偽託黃帝所撰，真正的著書人及年代均無從查考，因此「太陽」一詞最早出現者仍屬《史記・扁鵲倉公列傳》中記淳于意之言曰：

「臣意見其色，太陽色乾。」（卷一百零五）

可見「太陽」原先就是指人身部位的醫學術語，跟「日」是毫不相干的。

另有一條線索可以參考，今天以北京話為代表（基礎）的普通話酷好使用「複詞」，除了動詞還有不少用單一個字的，名詞則幾乎非用複詞不可，像「漿糊」、「牆壁」、「倒楣」、「麵條」、「顏色」、「聲音」、「名字」、「鍋子」、「筷子」、「粽子」、「鞋子」……等等，換作閩南話通通可以用單字來表示，而且意思完整、對方也能聽懂，例如（對照前例）——「黏」（糊）、「壁」、「衰」、「麵」、「色」、「聲」、「名」、「鼎」、「箸」、「粽」、「鞋」……等等。雖說所有的漢語都有逐漸邁向複詞化的趨勢，只不過北京話在程度上尤其強烈而已，這又跟北京話的「音素」貧乏有關，大凡一支音素貧乏的語言，隨便念一個字，立刻有一大堆跟它同音諧聲的字，如果不添加詞頭、詞尾、語助，很容易和其他字混淆不清，像「雞、狗、貓」等常見的，還可單字獨用，「虎、鷹、鴿」等不常見的，光用單字，聽者不知所指，勢必添字說成「老虎、老鷹、鴿子」……諸如此類的例子極多，但最無聊的是，連吃的鹽也竟然要用複詞「鹽巴」，真令人莫名其妙。

毫無疑問，「太陽」一詞是從北方開始流行，然後向西向南延伸；究竟是否因為「日」是單字而改用複詞的「太陽」，這個問題誰敢輕易回答？不過，「日」是單字要改用複詞，總不能丟掉「日」字吧？接著我們來看看華夏中國裡「太陽」跟「日」的對峙情況——

一、凡跟北京話可以互通的廣大區域（廣義的「官話區」）一律使用「太陽」，但也偶有一二地區仍未放棄「日頭」。

二、南方漢語的閩、粵、贛、客四支方言統統使用「日頭」而絕不用「太陽」。

三、中間地帶則一方面保留「日頭」的舊用法，一方面被新興的「太陽」侵入，結果造成兩者混用的情形（大致上用於農事多用「日頭」，其他則用「太陽」），例如吳語、湘語即屬中間地帶。

其中最值得注意的是，各支閩南語除了使用「日頭」，有時也單用一「日」字，這是所有漢語中僅有的現象，下面舉常用的兩例子來證明：

一、「ㄙㄝ ㄐㄧㄛˋ 日」（西照日）——意謂「西曬的太陽」。

二、「·ㄆㄚ 日」（暴日）——意謂「曬太陽」，可以指人，也可指衣物或其他。

單用一個「日」字正是古代漢語所遺留的痕跡，後來才加詞尾而成複詞的「日頭」，從此又可見閩南話的古老一面。

還有一個北京話的奇怪用法也要在此一併討論，按「天」與「日」雖都在人的頭頂上，卻分明是不相干的兩者，孔子曾經說過：

一、「孔子曰：『天無二日，民無二王。』」（《孟子・萬章上》）

二、「孔子曰：『天無二日，土無二王。』」（《禮記・曾子問第七》）

基本上，「天」是泛稱而「日」是專指，前者虛而後者實，不容混為一談，可是後代史家為了文字的駢偶求工，乃將二者並舉——

一、「雖未指鹿為馬，移天徙日……」（《北史・廣平王傳》）

二、「趙庶人聽任孫秀移天易日。」（《晉書・齊王冏傳》）

此二條都是以「天」和「日」來比喻政權或帝位，其實並無「天」即等於「日」的意思，後人不察，從此衍生出「偷天換日」一語，「天」跟「日」之間也就更無界限可言了，難怪北京話裡處處（時時）以「天」代「日」（猶如「太陽」一樣），比方像下列北京話的常用詞，古人絕無此種構詞（用法）——

一、「白天」——古人用「晝日」偶而用「白日」。

二、「整天」——古人用「終日」。

三、「三天」——古人用「三日」。

四、「天天」——古人用「日日」或「逐日」。

五、「春天」——古人用「春日」。

六、「冷天」——古人用「天寒」或「天寒日」。

今人習焉而不察，不知「天」是用於空間（如「天下」），而「日」也可以用於時間，只有「年、月、日」，那來「年、月、天」的說法，所以該說「一年三百六十五日」，絕不可用「一年三百六十五天」；除非講「天氣」不妨用「天」，否則少用為妙，以免貽笑大方。又比如今人常用的一句話：

「那一天，隨你便，那一天，隨你挑。」

嚴格說來，「天」並非「日子」，「天氣」由天決定，「天氣」豈能隨你方便？如何由得你來挑選？反觀閩南語不但「天、日」分得一清二楚，而且都可只用單字，十分簡潔，例如：

「好天敢是好日？」

「天」後面根本不必添加一「氣」字，沒有人會會錯意，「日」後面也可以不加詞尾的「子」，加亦無妨；換作北京話，六個字那能交待清楚，「天、日」更不能單字獨用，比方說——「天氣好，難道日子也好？」不太容易叫人聽懂，勢必要用下列的說法（依序是文、白）：

「晴空萬里也未必是黃道吉日？」

「天氣好的日子，難道就是黃曆上的好日子嗎？」

「天」在閩南語中基本上只有兩大用法，形容「天氣」或指「神明」，並不像北京話一樣用來指時間、日期、季節。譬如「變天」一語的「天」，本來是指天色（天氣），引申則用於人事；至於「出頭天」的「天」字，乍看之下，似乎是「時機」或「日子」的代名詞，其實所指的仍不出

「天氣」之外，是「好天」的省略，人一旦熬出了頭，所處的自然是「好天」，它隱含有「天理昭彰，公道降臨」之義，以及「洗盡冤曲，獲得平反」的結果，一般膚淺地解釋為「時來運轉，好運當頭」，那是望文生義，倒不如說是「雨過天晴，重現青天」還比較妥貼。

閩南語單用一「日」字，不僅「好日」一詞，凡涉及民間迷信陋俗而特別講究吉日良辰時，有用「看日」或「看日子」的（後者中國到處都用，前者則十分罕見）。其次，男女雙方「文定」之後，男方要挑選吉日以便迎娶完婚，通常在禮貌上必須提示日期以徵求女方同意，此一步驟在整個婚禮中是不可缺省的，古人稱之為「請期」，《儀禮・士昏禮第二》曰：

「請期用鴈，主人辭，賓許告期，如納徵禮。」

今各地常將這樁事說成「送日子」，例如浙江、江西、客家話，唯獨閩南語用「乞日」，跟古語的「請期」如出一轍，簡潔又典雅，因為「請」字的本義正是「祈、乞、求」，當作「宴客、款待」是後起的引申義。

閩南話的書面、口語都常用「日」字，至於念法則漳、泉有異，而文、白無殊。可是在口語之中，「日」字常被另一「工」字取代，猶如「年」被「冬」取代一樣，不過「工」跟「冬」只在計算「日」和「年」的單位時才用，例如「半工、一工、歸工、幾也工」或「半冬、一冬、兩三冬」。其他漢語方言也用「工」來指「日」，只是沒有閩南話用得如此普及而已，比如浙江諺語有一句是——

「早起三日當一工。」

可見以「工」指「日」是在強調從日出到日落的所謂「一日」(白天)，是最適合人們「工作」的時間，這正是典型農業民族的標準用語。「一日不工作，一日即虛度」，所以閩南語常用「工」字正足以代表農耕漢民族的勤勞精神。至於用「冬」代「年」在其他漢語並不多見，說穿了仍跟農業民族有關，因為農民終歲勤苦，只有「冬」時收成才可稍微休息，一年是否有「成」？要到年「冬」方知，年冬若無收成，一年也就泡湯，辛勞也就白費，「冬」正是「年」的關鍵所在，試想沒有「好冬」又那來的「豐年」呢？閩南語「冬、年」二者平行並用自有其傳統深遠的一面，「好年冬」才是農業民族能存活下去（過年）的唯一希望，此一「冬」又豈可省略？

從「日」字我們不妨再順便討論一個跟它有關的古老漢字——「暴」（「曝」字不但後起，而且是多餘的，因為「暴」已經有一「日」，不必再多加一「日」）。「日光」也好，「陽光」也好，它的另外一種額外功能就是使洗滌好的溼衣物提早變乾，有關此一動詞在今天各地漢語裡不出下列三者之外：

一、「暴」最古老，唯有閩南話跟福州話迄今仍用此字，閩南話念「·ㄆㄚ」(p`ak)，福州話念「·ㄆㄨㄛ」(puɔ)，都是入聲字。

二、「曬」是絕大部分漢語都在使用的，連吳、贛、湘、粵、客家等方言也不例外，簡作「晒」

字。

三、北方話除了用「曬」，也用另一後起的俗字「晾」（ㄌㄧㄤˋ），湊巧吳語也用「ㄌㄛˋ」，從韻母來看，北京話的「ㄤ」跟吳語的「ㄛ」之間頗有規律性的對應，例如「邦、旁、忙、方、當、湯、狼、缸」等「ㄤ」韻字在吳語都念「ㄛ」韻，所以吳語的「ㄌㄛˋ」應該也是「晾」字，究竟何者先用已無從查考。不過，「晾」是有「風乾」、「陰乾」之義，跟烈日暴曬並不相同。

要說「暴」字比「曬」字古老而典雅，可能有人不服也不信，所幸有歷史文獻可以作證，在《漢書》（西元後完成）以前沒有任何一本古書裡出現過「曬」字，而「暴」字在先秦古籍中比比皆是。問題是「暴」字有多重意義，其用法以「暴曬」、「暴露」、「暴虐」三類為主，但本義仍是「日曬」，亦即北京話念「ㄆㄨˋ」而非念「ㄅㄠˋ」的，閩南語不分文、白都念「˙ㄆㄚ」正是古音本義，猶如「縛、敷、父、腹、木、目、讀……」等入聲字的韻母都念「ㄚ」一樣，閩東、閩南話堅守「暴」字而不用「曬」字，可以追溯古籍的用法——

一、「一日暴之，十日寒之。」（《孟子・告子上》）

二、「江漢以濯之，秋陽以暴之。」（《孟子・滕文公上》）

三、「偓佺之論，暴於南榮。」（司馬相如〈上林賦〉）

意義相同而比「暴」字更古老典雅的漢字只有「晞」字，《詩經》有「白露未晞」跟「匪陽不晞」兩句，但是「晞」是純粹文學書面語跟生活口語化的「暴」字又不能相提並論，不料，後來「暴」字又被「曬」字取代，也成為純粹書面語，難能可貴的是，有些閩方言迄今仍在口語中使用此「暴」字。

有關「天日太陽」以及「暴曬晾乾」的討論已告一段落，接著來看看另一個到處流行而閩方言照樣拒絕使用的詞彙——「東西」。若「東西」一詞是指兩個相反的方向，那毫無討論的必要，但今天絕大部分的漢語無不將各種商品、雜物、貨類泛稱為「東西」，這種構詞命名的方式相當奇特，要從古語中尋出源頭也不容易，我們先看最可疑的一個出處，《南齊書・豫章王嶷傳》中引述齊武帝蕭賾對其弟蕭嶷的一段答話（上謂嶷曰）：

「百年亦何可得，止得東西一百，於事亦濟。」

後人考證「東西指物」的源頭常引此一段話，像明末方以智著《通雅》一書，在引此段後接著說：

「則謂物曰東西。」（〈諺原篇〉）

清人翟灝在《通俗編》中亦引齊武帝之言後接著說：

「已謂物曰東西，物產四方而約言東西，正猶史紀四時，而約言春秋焉耳。」（〈卷二十六・器用〉）

此外，《通雅》之中又曰：

「稱男子曰南北，猶稱物曰東西也。」（〈稱謂篇〉）

按「稱男子曰南北」不知出於何書？何時？何方？恐係傅會之說，而以「春秋」代表一年四時，自古即有；以「東西」來代表四方物產則從來未聞，不宜比照推論。再說蕭賾、蕭嶷兄弟貴為帝、王，富甲天下，位極人臣，雖然百年長壽不可得，也不至於希罕人世間的什麼「東西一百」，可見該段話中不是筆誤字錯就是有所脫漏，否則「東西一百」既不成詞又不知所云，以為它就是指「物」，未免失之武斷。清初有無名氏撰《兔園冊》記一段事曰：

「明思陵謂詞臣曰：『今市肆交易，止言買東西而不及南北，何也？』輔臣周延儒曰：『南方火，北方水，昏暮叩人之門戶求水火，無弗與者，此不待交易，故惟言東西。』思陵善之。」

這當然是一段急就章的機智問答，果真照「五行」之說，「南北」若代表「火水」，那麼「東西」就應該是比喻「木金」，可見純屬無稽之談，不過從這一段敘述之中，我們可以得知兩個訊息：

一、以「東西」來指「物」，在明朝末年已經非常普遍，至少京城甚為流行，天下多少受其影響。

二、當時尚未有「南北貨」之名，否則今所謂的「東西」早已被「南北」一名所取代了。

以上各家對「東西」一詞的來源探究都不無牽強之處，比較可信的是，西晉人東晳（廣微）的〈貧家賦〉中有兩句曰：

「債家至而相敦，乃取東而償西。」（嚴可均《全上古三代秦漢三國六朝文・全晉文・卷八十七》）

按「敦」字是指「敦請、敦促」，亦即「催討」的委婉用法，「取東償西」顯然是說以「物」償還債主——「取東鄰（張三）之物來償還所欠西鄰（李四）之物」，根據此一線索，我們可以獲致一初步的結論：

一、「東西」一詞是從「不定詞」或「泛稱詞」簡化而來，跟兵法上的「聲東擊西」和俚俗語的「東張西望」、「東拉西扯」以及「想東想西、東想西想」等等在句法上都是一致的。

二、本來「事物」兩字是分別各有所指，中古以後，「事物」之「物」已經虛化而成為「事」字的襯字，亦即「事物」等於「事務」，湊巧「物、務」二字在今北京話裡又完全同音（在中古音的《廣韻》即大不相同，「務」是去聲字而「物」是入聲字），既然「物」不再指

「物」，於是「東西」一詞便頂替了「物」字。

「東西」一詞究竟是否起於北京已無從查考，目前在北京話裡，「東西」一詞不但普遍使用，另外還有一些外地沒有的用法，比如「好東西」是指佳物良貨，而「爛東西」是指劣物惡貨，「壞東西」則通常用來罵人而非指物，跟「賤貨」專用於辱罵女人又有所不同。

從西晉到明代有一千多年的漫長歲月，書面語中很少看到用「東西」二字來指「物」，可見「東西」之成為常用名詞（泛稱的，接近代名詞）是漸進而只限於口語的，今天，華夏中國使用「東西」來指「物」的情況大致是：

一、所有的「泛官話」（普通話）地區，在口語上一律採用「東西」一語，絕不用「物」字。

二、湘語、贛語以及客家話也都已引進「東西」一詞用於口語。

三、吳語仍然不用「東西」而用「物事」一語（「事」是襯字），但各次方言的發音差異不小。

四、福州話、廣州話絕不用「東西」，而單用一個「物」字。

五、閩南語絕無用「東西」，而「物」、「物也」、「物件」三者兼用。

綜合前述，「太陽」也好，「東西」也好，凡是古代漢語所不曾見過的普通詞彙或用法，今閩南語幾乎也都「恕難奉陪」，這種新、舊漢語的不同例子，如果全面清查，數量非常之多；至於有些是閩南方言自成系統的用字構詞，以及應付新事物的轉譯方式，那又另當別論，不在古漢語之列。

最後，我們要從「天、日、太陽」順便來討論有關閩南語在時間方面的一些特殊用法（其中有少數也跟鄰近其他漢語方言相同），下面都以口語為主——

一、用「即也」（ㄐㄧ ㄇㄚ）（「也」字為何要念作「ㄇㄚ」，詳見另文說明），而不用「現在、現今、目前、眼前、當前」之類的說法，「即」是古漢語中相當於「現在」的標準字，今北京話只有書面上才使用它，例如「立即」、「即刻」，指的是跟速度有關的「立刻」（馬上），口語那用到「即」字。其次古漢語只有「見」字而無「現」字，閩南口語也根本沒有此後起的「現」字。後來引進的「現在」是逐字翻譯北京話的，還有「目前」雖也用於口語，但是念的是文讀音，像「目」字念成「·bɔ」而不念「·bㄚ」，所以，「即也」是自古以來的用語，可見其用字古典文雅。

二、「連眠」（ㄌㄧㄚˊm ㄇㄧㄣˇ）是一誇飾用法，跟「連夜、連宵」一樣有「火速」之義，相當於北京話的「馬上、立刻」；由於收口鼻音再加上連讀的緣故，很少人知道表示「趕緊來」的正是「連眠來」三字，而「連」字在文讀時念「ㄌㄧㄢˊ」，例如「連姓、連續」，「眠」字也有人在「連眠」中念成「ㄇㄧ」或「ㄇㄝˊ」。

三、用「舊年」（ㄍㄨˇ ㄋㄧˊ）而不用「去年」，因為「舊年」是對「新年」而言，凡「新年」（狹義的指春節）一過，「新年」便叫「今年」，所以「舊年」正是指「今年」之前的那一年，至於一般所謂的「去年」，是指「已過去的年」，係一泛稱，不知是「過去了幾年」？兩相比較，何者較清晰精確已不言可喻，今南方各方言都用「舊年」而不說「去年」。

四、凡「冬天、夏天」則說「寒人、熱人」，因為「冬、夏」雖然常用，終究是書面語，比不上「寒、熱」那麼具有生活化的切身（膚）感，這正是口語生動的一面。再說，古代單用「冬」、「夏」一字，中古則用「冬日、夏日」，那裡有用「冬天、夏天」來指季節的，只用來指「氣溫」，閩南也用「寒天、熱天」，但非指季節。此外，古人一年分「四時」，今人卻說「四季」，「季」是順序之名，比方「夏季」是農曆六月而已（季夏），豈能代表整個「夏」？這又可見新漢語的胡用，閩南語文讀才有「春天」、「夏季」的說法，口語絕無。

五、用「歇寒」、「歇熱」來取代（放）寒假、（放）暑假，因為寒暑放假是現代教育體制下的新花樣，閩南語不跟潮流走，另有自己的造新詞方式，再說，「暑」在書面字中也是冷僻字，其本義是「溼熱」，也跟一般的「熱」不同。「歇」是常用字，念作「·ㄏㄧㄜ」，是入聲字。

六、「晝」字的本義就是整個日間（從日出到日落），而日落天黑到次日日出叫「夜」，今普通話口語幾乎不用「晝」字。閩南話將晝間之中段叫「中晝（ㄉㄠˇ）」或「中晝時」，亦即「中午、正午」，此一用法既古老而文言，客家話叫「當晝」或「當晝頭」，浙江話說「日晝」或「日晝頭」，似乎「中晝」比較分明（晝之中也）。

七、用「日時」而不說「白天」，「日時」係指「有日照之時」，客家話則說「日時頭」，浙江話用「日底」，也似乎是閩南話比較文些。

八、用「下晡」、「下晡時」或「下晡時也」來指中午到黃昏之間的「下午」，「晡」字念「ㄅㄛ」，本指「申時」（午後三至五時），係一時間的專用名詞，「歸晡」亦即「整個下午」（半日），漢語的「半日」絕非十二小時，而是從日出到日落的一半（約六小時，夏日則有七小時），用「下」是表示「中晝以後」的意思。

九、用「下暗」、「暗時」或「下暗時」來指從天黑到就寢之間的一段時間，而不用「晚上」二字，像「晚」字在閩南語的語感跟用法是和「下」字有關的，居然「晚」字後面還可以添一「上」字，未免令人困惑；其實，普通話的「晚上」是針對「早上」而言的，「上」是語尾字並無什麼作用，聊供湊成複詞而已。此外，「晚上」在浙江話叫「黃昏」，客家話則叫「暗晡頭」。

十、今普通話所指的「昨日」，閩南話念作「·ㄗㄜ ·ㄌㄧ」，指的卻是一般所謂的「前日」（「天」與「日」的不同先不管它），同一個漢字，兩者所指卻相差一日，此是則彼非，彼是則此非，究竟「昨日」是指今日的前一日或前二日？實在難下定論。若依《說文》的解釋，這個「昨」字指的是「今」之前二日，今各地漢語唯獨閩南語的用法跟《說文》所說一致；不過許慎是東漢汝南人，該地跟今閩南人的原鄉重疊，再說今全中國姓「許」者，論密度比例，以閩南為最大（以上聊供參考而已），或許「昨日」指今之前二日只是少數地區之用法也說不定，按「昨」字從「乍」字得聲（兼義），「乍」字有「迫、促」之義，所以，「昨日」未必是今之前二日，可能是更近的前一日，總之，由於證據不夠堅實，還是少妄下斷言為妙。

十一、用「今也日」（ㄍㄧㄣˊ　ㄋㄚ　˙ㄌ二）而不用「今日」，更不用「今天」，這是閩南語的獨特用法，由於涉及「也」這個非常敏感又重要的語助詞，留待另文再詳加說明，此處無暇贅述。可是非先提不可的，閩南語在連讀時常會產生「音變」，音變之後根本不知是那一個漢字，像「今也日」三字若念得稍快就變成「ㄍㄧㄚˊ　˙ㄌ二」，試問此「ㄍㄧㄚˊ」究竟是何字？是「驚」或者「行」？通通不對；還有人將「今也日」省略念作「今也」（ㄍㄧㄣˊ　ㄋㄚ），既精簡又頗有書面文言的味道，至於「也」字為什麼會念成輕聲鼻音的「ㄋㄚ」，也一併詳見另文。

以上已將閩南語對「時間區分」的常用語作一番簡述，遺漏之處，在所難免，明顯可以發現到，相當於今普通話所指的「昨天」、「明天」以及「早上」，前述均未提及，大家天天在用卻很少注意到該如何寫才正確，由於閩南語中此三者的說法用詞迥異於其他漢語方言，所以留在本文末尾來作討論。

今一般研究閩南語的行家學者對閩南話裡的「˙ㄗㄜ　˙ㄌ二」一語多有所闡發，不但指出是「昨日」二字，還強調是「今之前二日」，相當於一般所指的「前天」，並引「字聖先師」許慎的權威解釋來壯聲勢，卻不曾將一般所指的「昨天」（今之前一日）轉換成閩南語，閩南話指「今之前一日」是念作「·ㄗㄚ ㄜn」，它到底是那兩個漢字呢？

本人不知以多少心血苦思默察之後，才恍然大悟，「·ㄗㄚ ㄜn」（前者入聲，後者輕聲帶鼻音）原來是「暫昏」二字，今人乍看之下，或許十分驚訝，其實，「暫」、「昏」二字皆帶「日」，與時間有關，我們先看《說文》的解釋：

「暫，不久也，从日，斬聲。」

「昏，日冥也，从日，氐省，下也。」

可知一為形聲字，一為會意字（又可見閩南話的「下晡、下暗」之「下」字有「日低」之義，「晚上」才用得可笑），結合以上二字的解釋，「暫昏」一詞是指——

「不久之前的日冥（天黑）時。」

它所表示的時刻不正是普通話所指的「昨晚」（跟「昨夜」不同）？「暫昏」跟「暫暗」在閩南話中的意思，照理來說是完全相同的；可是，語言的用法常受「習慣」的支配，「理」（法則）反而在其次。閩南話在習慣上一直將「昨晚」說成「暫暗」，於是另一同義詞「暫昏」便擴大詞義移作代表整個「昨日」，湊巧閩南語中沒有和「昨日、昨天」完全相等的詞彙（解釋詳後），因此要轉換今普通話的各種「昨日時段」，外人看來相當吃力——

一、「昨天一大清早」（暫昏透早）

二、「昨天早上（晨）」（暫昏天光）

三、「昨天上午」（暫昏再起）

四、「昨天中午」（暫昏中晝）或（暫昏中晝時）

五、「昨天下午」（暫昏下晡）

六、「昨天傍晚」（暫昏暗頭）

七、「昨天晚上」（暫昏下暗）或（暫暗）

八、「昨天夜晚」（暫昏暗冥）或（暫冥）

九、「昨天深夜」（暫昏半冥）

可見「昏」字已成「暫」字的詞尾，其本義亦隨之消失，「暫」在省稱時仍保留，「昏」則可省略而不能獨用。或許有人會奇怪，像「暫昏天光」明明是指「天光」，還加此「昏」字作何用？反觀像「昨天深夜」明明是指「深夜」，加此「天」字作何用？「天」即「日」、「晝」（白天、白日、白晝），跟「夜」截然兩端，豈不是一樣？閩南話此一構詞語法跟其近鄰方言有異曲同工之妙，像客家話有關「日期時段」的用法也自成體系——

一、「昨天早上」（昨晡朝晨）或（昨晡日朝晨）

二、「昨天」（昨晡日）

三、「昨天晚上」（昨晡夜）

四、「今早上」（今晡朝晨）

五、「今天」（今晡日）或（今日）

六、「今天晚上」（今暗晡）

七、「明天早上」（天光朝晨）

八、「明天」（天光日）

九、「明天晚上」（天光暗晡）

可見客家話用在時間上的詞彙比閩南話更豐富，「晡」字也用得較多。我們再看浙江東南溫州話的時間用法，比前述兩種方言還要規律整齊，下面依例跟普通話來作一番對照——

一、「昨天」（昨夜）

二、「今天」（今日）

三、「明天」（明朝）

四、「昨天早上」（昨夜天光）

五、「今天早上」（今日天光）

六、「明天早上」（明朝天光）

七、「昨天中午」（昨夜日晝）

八、「今天中午」（今日日晝）

九、「明天中午」（明朝日晝）

十、「昨天晚上」（昨夜黃昏）

十一、「今天晚上」（今日黃昏）

十二、「明天晚上」（明朝黃昏）

十三、「昨天白天」（昨夜日底）

十四、「今天白天」（今日日底）

十五、「明天白天」（明朝日底）

十六、「昨天夜晚」（昨夜夜底）

十七、「今天夜晚」（今日夜底）

十八、「明天夜晚」（明朝夜底）

從這些資料裡，我們一眼可以看出，溫州話凡用「昨」字一定咬住「夜」字不放，凡用「明」字後面又一定緊接著「朝」字，不論是用來指稱什麼時段；不過，話又說回來，普通話在書面上一律用「日」，在口語上一律用「天」字也自有其一貫性。

閩南話、客家話以及溫州話是三支各自獨立而彼此無法對話的漢語方言，其差異之大，尤在山東、山西，河南、河北，甚至湖北、湖南之間以上，但是在時間稱謂的用法上又有一致之處——

一、三者都沒有相當於「昨日、昨天」和「明日、明天」的詞彙，亦即不必以「天」或「日」字為骨架，而改用他字來代表概括。

二、三者以「今」為基準，凡追溯過去必強調「夜晚」，因為「昨晚」是離今最近的時刻（當然扣掉睡眠的時間）。

三、三者以「今」為基準，凡預述未來必強調「清晨」，因為「明晨」也是距今最近的時刻（睡眠的時間除外）。

或許這一種用語構詞的時間邏輯，不是講普通話的同胞所可覺察體會，尤其是溫州話以「昨夜」代表昨天的一切時段，又以「明朝」概括明天的所有時刻。

言歸正傳，今閩南人不敢認「今之前一日」為「暫」字，又明知絕非「昨」字，結果用來指稱「前日之後一日」跟「今日之前一日」的便成了「真空」——會講不會寫，有音卻無字。造成此一窘境的主要原因是，優勢官話的南下「侵入」，閩南語文讀的「暫」字已被扭曲地念成「ㄐㄧㄚˇm」，例如「暫時」念「ㄐㄧㄚˇm ㄒㄧˊ」，今「暫」字在閩南不分文、白讀只念「ㄗㄚˇm」，跟「暫」字的口語念「．ㄗㄚ」非常接近，這正是「文讀」攪亂模糊「口語」的典型例子，常用的「．ㄗㄚ」卻不知是「暫」字，從本島來看，「暫」（．ㄗㄚ）在泉州腔系統裡有逐漸念成「．ㄗㄤ」的趨勢，也許「暫冥」（．ㄗㄚ ㄇㄝˊ）好念，而「暫暗」（．ㄗㄚ ㄚˇm）不太好念，使得前者音變為「ㄗㄤ」。

再來，我們要討論「明日、明天」在閩南語中該怎麼說？怎麼寫？用那些漢字？連帶地一併會談到「早上」的問題。通常比較後起的用法是「bㄧㄥˊ ㄋㄚ ˙ㄌㄧ」，亦即「明也日」三個字，不過這似乎是一種半文半白的講法，真正在口語上應該是「ㄇㄧㄥˊ ㄋㄚ ㄗㄞˇ ㄎㄧˋ」才對，寫成「明也再起」四字。其次，閩南語中「冥、瞑、瞑、眠、明」等五字發音相近容易混淆，再加上聲母「b」跟「ㄇ」（m）之間也差別很小，像「明也再起」若寫作「眠也再起」或「瞑也再起」於音、義皆可說通。

要特別強調的是，「再起」一詞幾乎都被誤作「早起」，從字音來分辨，「再」念作「ㄗㄞˋ」而「早」則念「ㄗㄚˋ」，二者有明顯不同，從字義來推敲，如果「明天早晨」是「明也早起」的話，這個「起」字根本是多餘的，因為閩南話也有「明也暗」（明晚）的說法，所以「明天」在閩南話是以「睡了一覺以後再起床的那一天」來表示，亦即書面字的「次日」、「翌日」。

「明也再起」一語顧名思義是指「明天早晨」，前面所以說它是指「明天」，必須加一但書——「省略」，「明也再起」省略為「明也再」之後，就不再僅指「明天早晨」，而是泛指整個明天的各個時段，比方說：「明也再我無容（閒）」，是說「明天一天我沒空」。

在閩南話的實際口語上，「明也再」更經常被連讀為「明再」，它不是省略「也」字，「也」字向前併入「明」字，使「明」字產生音變，試看「ㄇㄧㄥˊ ㄋㄚ ㄗㄞˇ」三字連讀，前二字的音結合在一起後就念成「ㄇㄧˊㄚ ㄗㄞˇ」，此一「明再」在本島非常流行，「明」的聲母也更像「ㄇ」而不太像「b」了，下面我們再將「明再」分十二種時段——

一、「明天天亮」（明再透早）（注：再、早同用）
二、「明天早上」（明再再起）（注：泛指上午）
三、「明天中午」（明再中晝）
四、「明天午後」（明再下晝）
五、「明天下午」（明再下晡）
六、「明天傍晚」（明再暗頭）
七、「明天晚上」（明再下暗）
八、「明天夜晚」（明再暗時）
九、「明天深夜」（明再半冥）
十、「明天白天」（明再日時）
十一、「明天半天」（明再半工）
十二、「明天全天」（明再歸工）

以上所有的「明再」有部分可以用「明也」（ㄇㄧˊㄥ ㄋㄚ），其實，「明」的本義是指「日照」或「月照」，當然以「日光之照」為主，所以「明」就是「天光」（天亮），所謂「明日」本來就在強調「次日天亮」，「天」若不「光」，如何有「明」可言？從這一層來看，閩南話、溫州話的「天光」只有指「早晨」而已，客家話以「天光日」來指整個「明天」的白天（有日光），可以說很有道理。

用來形容日子順序的「明」字，閩南話念作「bㄧㄥˊ」或「ㄇㄧㄥˊ」，但用在「年」上就念作「ㄇㄝ」或者「ㄇㄝˊ」，二者都是輕聲字而非入聲字，因為「明年」念成「ㄇㄧㄥˊ ㄋㄧˊ」很不好念，前者韻尾有「ŋ」音跟「年」字的聲母「ㄋ」（n）易含混，所以才音變。

還有「明年」也被念成「ㄇㄨㄚˇ ㄋㄧˊ」又是為何緣故呢？下面就以兩點推測，一方面請教高明，一方面結束本文的「河洛時光之旅」——

一、「明年」比較像書面語，口語也許是「明也年」，前二字「ㄇㄧㄥˊ ㄋㄚ」一促讀就變「ㄇㄨㄚˇ」了。也許有人會質疑「ㄇㄧㄥˊ ㄋㄚ」之間沒有介音「ㄨ」的音，不可能合成「ㄇㄨㄚˇ」的音，問題是「明也年」若促讀成「ㄇㄧㄚˊ ㄋㄧˊ」又很拗口，所以改念「ㄇㄨㄚˇ」或「ㄇㄨㄚˊ」。

二、也可能「ㄇㄨㄚˇ ㄋㄧˊ」是「滿年」二字，按「滿」有「足、盡」之義，「今年已滿」當然是指次年、翌年的「明年」，此說亦可通。

第十六章

從「番也火」到「綿也紙」略窺外語的入境隨俗

——順線討論閩南語中為什麼不用「橄欖」二字

任何一個民族只要跟異族有所往來接觸甚至衝突對峙，勢必或多或少地引進一些新鮮的外來詞語，像東、西兩大洋邊邊的兩個小國——「日本」和「英國」（縱使後來再富再強，原先仍是小邦），其外來語之多，多到駭人聽聞的地步，此一現象正足以反映出他們原先的生活是何等地貧乏、文化是何等地落後。

大致說來，凡是涉及精緻層面的文化詞語，早期的英、日兩國可以說是一片空白，日本的外來語在「明治維新」以前通通襲取自華夏中國，連國名也用純粹漢字打造，不敢用支離殘缺的「假名」，近代則大量引自於強勢的西洋。至於英國（不列顛與北愛爾蘭聯合王國）原先是離家出走的一小撮日耳曼部族，除了基本生活層次的語言之外，其他都來自歐洲原鄉大陸，以法文、拉丁文為主，以及一些三手貨的希臘語。俗語說：「樹高千丈，葉落歸根」，同樣地套句話說——「島國再旺，難離大陸」。

以上的敘述似乎有傷「勿道人之短」的君子風度，但是句句都是實話，只是當前本島「媚美媚日」之風極盛，聊供備忘而已；何況，英、日帝國主義在過去種種暴行罪惡，可以說是全世界文明人類的共同敵人（無論有否遭受其荼毒）。

所謂「外來語」是一中性名詞，嚴格來說應該再區分為下列兩種：

一、和平引進的外來語，比方像「梵語」隨著佛教傳播而登陸華夏。

二、強勢侵入的外來語，比方像「英語」挾著帝國威力而橫行天下。

古代華夏中國在文物教化各方面遠遠超越四鄰，當然不屑引入蠻夷的語言，頂多只是一些音譯的異族之名，以漢字命名的還不能包括在內，例如「葷粥、玁狁、匈奴」等（因為對方未必以此發音自稱），「橐駞」（駱駝）也不能算（因為那是以漢字來解釋）。所以，在種族、文化、事物上的所謂「外來語」，首先進入華夏而成為書面語的應在漢武帝通西域、伐匈奴之時，強大如匈奴（自稱「天之驕子」）所傳入漢土的語言也屈指可數，只不過「撐犂」（天）、「孤塗」（子）、「單于、閼氏、谷蠡、屠耆」等身分稱謂，再加「甌脫」（邊界）以及「頭曼、冒頓」等人名而已。基於文化背景、政治體制的懸殊，像「單于」一名，漢人自不甘心譯為「天子、皇帝」，因為「至尊無二」，又不敢貶之為「諸侯」，只好採用下策的音譯，其他對華夏不構成威脅的「東胡、西羌、南蠻」更沒有翻譯其語言的必要。

張騫通西域以後，帶來很多中土沒有的蔬菜、瓜果、樂器、食物，諸如「葡萄、苜蓿、笳、酥」等等，漢語只好一面音譯，一面另造專用的新漢字，後來這些外來物日益增多又名目繁雜，乾脆一律冠以「胡、番」之名，像「胡瓜、胡豆、胡蔥、胡蒜、胡琴、胡餅……胡臭」以及後期的「番椒、番薑、番薯、番茄、番瓜、番麥」云云。

姑且以常見的早餐食物為例，東漢漢靈帝有「燒餅皇帝」之稱，漢靈帝酷愛各種「胡物」，諸如——啖「胡餅」、臥「胡牀」、坐「胡椅」、用「胡桌」、聽「胡笛」、觀「胡舞」，偶而還著「胡服」再學一兩句「胡語」，上行下效，一時風靡，東漢末年光是京都洛陽一地就有兩百家「胡餅專賣店」，其盛況已非今兩岸「雙北」（北京、臺北）的「美利堅餡餅」可比，因而各式「胡物」也就提早在「五胡亂華」之前，越過長城、闖進關塞，像「燒餅」之名曾經一波多折而後定名。

一、最早是叫「胡餅」，因為此物係胡人所作、胡人所常吃（此「胡」可能無關匈奴，而是泛稱西域之「胡」）。

二、在西晉滅亡以後，羯人石勒君臨華北，建國「後趙」，忌此「胡」字而改名「搏鑪」（以手捏麵，不經烹器、直接放在鑪中焙烤），石勒之子石虎一面禁止用「胡餅」之名，一面再改稱「麻餅」（餅上滿布芝麻）。

三、後代又有胡人君王（不詳）因滿臉長麻子（天花後遺症），又禁「麻餅」之名，於是「燒餅」之名沿用迄今。

佛教傳入中夏，帶來了不少天竺梵語，大致上以宗教性的詞彙為主，比方像「般若、涅槃、菩薩、羅漢、閻羅、比丘、和尚……」等莫名其妙的音譯漢字組合，也有一些尚不太離譜的舊字新詞像「淨土、地獄、眾生、苦海、懺悔、解脫、彼岸、慈悲、智慧、投胎、輪迴……」之類，但也扭曲了不少漢字並賦予新義，例如：「佛、尼、因、果、孽、業、戒、悟、禪、緣、劫……」等等以及形容詞改作名詞用的「香」；此外，又重新編造幾個從未見過的嶄新漢字——「僧、缽、塔、魔」，尤其最具威力的，當「世界」❶一詞隨著佛經而來，立刻跟傳統的「天下」二字平分整個華夏宇宙，甚至後來居上。

在「清英鴉片戰爭」（一般都作「中英」），對方更無恥地竄改為「商務戰爭」，以掩飾強售毒品之醜名）之後，又有大量西方世界的新事物、新名詞以及新術語由海路涌進華夏天下。其中跟日常生活有關的新事物，只要是從那一個口岸登陸，其漢字的翻譯權就被那一個口岸及其腹地的方言所掌控，大致說來，外來語的漢字化有下列四支系統：

一、從廣東沿海進來的當然是「粵語」，以廣州話為代表，汕頭面海卻不佔分量。

二、從福建沿海進來的是「閩南話」，以廈門話為代表（泉州的時代已經過去），福州是省會

---

❶「世界」一詞係佛經之梵語的漢譯，始見於《大佛頂如來密因修證了義諸菩薩萬行首楞嚴經》（簡稱《楞嚴經》）之卷四引佛說：「阿難！何名為眾生世界，世為遷流，界為方位。」

卻不佔分量。

三、從長江口搶灘的外來語，自然是「吳語」捷足先譯，而吳語又支系繁多，長江口是「新吳語」的天下，以上海話為代表，上海話中又有很高比例的寧波話成分，寧波商人更經商走遍海外，也帶回不少外來語以及洋涇濱英語。

四、從渤海灣直窺京畿的外來語，由北方官話中的優勢平津話來主譯。

以上所述尚遺漏幾支外來語的次要轉播站也一併補述如下：

一、香港殖民地以轉譯英語為大宗，其方式有別於同屬粵語的廣州話。

二、澳門殖民地以轉譯葡萄牙語為主，但侷限一隅。

三、海南島因地利之便，引進不少南洋外來語。

四、臺灣島是唯一轉譯荷蘭外來語（殘存語）之地。

由於漢語方言本來就南腔北調、東吳西川，差異很大，加上外來語的進入路線不同，因此翻譯出來的新漢詞也隨之顯得五花八門，不過，這也正好可以藉著俚俗口語來表現出每一方言的個性以及適應外來語的能力，甚至構詞邏輯的特色。

至於進入書面字的外來語，經手者大多是飽學的文士，其用字之典雅、下筆之審慎，自然毋庸置疑，轉譯之後，較統一而差異小，相對地也生硬而欠生動。書面外來語的漢譯有兩種管道，其一為國人自譯（有直接譯自原文，有輾轉透過另一國文字，通常以英文為主），另一為撿現成地接受日式的漢譯，這些例子非常之多且無關本文之主旨，此不贅述。

本島閩南語跟大陸原鄉的閩南語是勢難盡同的，其最大差異可分為下列幾方面：

一、它是閩南語次方言以不勻稱的比例混合之後的新閩南語，主要的成分是漳州系和泉州系，而有所謂「偏漳腔」跟「偏泉腔」的區分，再折衷於「廈門系」，廈門系本來就是比較後起的閩南語次方言，湊巧也以泉、漳兩系為基礎，同時，廈門市的地理位置正好又在泉州府和漳州府之間。

二、它不像原鄉閩南話那樣多少受到福建官話（以「福州話」為代表）的影響，反而受到並不純正的北方官話的不小影響。

三、它還保留一些殘存的荷蘭外來語，這不但是原鄉閩南話所沒有的，放眼全中國也幾乎未見。此外又混雜了少許由日本殖民統治所帶來的外來語（日本語）以及日式的漢字用法，還有日本所翻譯（音譯）的其他外來語二手貨。

接著我們就將本島閩南語所翻譯的外來新事物之新詞語略加說明，來看看「新閩南語」在創造新詞語時，是如何同時保存著漢語的風格，以及如何呈現俚俗方言的特色，這一方面的詞例非常之多，下面只挑一些跟日常生活有關的淺顯詞語——

所謂「民生基本需求」，一般都以「穀物」為主，其實，「水」、「火」比穀物更重要，像農業民族吃穀類、游牧民族吃肉類、海洋民族吃魚類、熱帶民族吃芋類和果類。人若無「水」即不可活，若無「火」則穀、肉、魚、芋類皆不得熟食。從近代物質文明來看，論及「取火之法」的迅速方便，自然非西洋莫屬，西洋人發明一種新式快捷的「瞬間取火器」或「摩擦燃火物」，這種很管用的新玩藝由於從外引進，各地漢語的命名也就大不相同：

一、北方官話一律稱之為「洋火」，「洋」字是指外洋、遠洋的「西洋」，跟「洋布」、「洋槍」、「洋傘」、「洋燭」、「洋房」以及「洋墨水」等等構詞如出一轍。

二、附庸於北方官話而使用更廣的普通話，除了也用「洋火」之外，同時也使用「火柴」或「火柴棒」之名。

三、代表「新吳語」的上海話不用「洋火」也不用「火柴」，另稱之為「自來火」，剛好跟「自來水」天生一對、相映成趣，而其他「老吳語」也通通叫「自來火」。

四、本島客家話通常有兩種說法，其一為「擦得火」(·ㄘㄨ ㄉㄟ ㄈㄛˊ)，也可能是「擦也火」(·ㄘㄨ ㄋㄟ ㄈㄛˊ)；另一種說法是「番也火」(ㄈㄢˊ ㄋㄟ ㄈㄛˊ)，說不定是從閩南語而來。

五、其他原鄉的閩方言大致叫「·ㄑㄧ ㄌㄚ ㄏㄝˋ」，應該是「拭也火」三字，但也有倒過來叫「火拭也」。

本島閩南語一律稱為「ㄏㄨㄢˊn ㄋㄚ ㄏㄝˋ」，「ㄏㄝˋ」也念「ㄏㄨㄝˋ」(係泉、漳腔之不同)，當然是「番也火」三字，不過乍看此三字似乎很像是指本島山地同胞所用的火，其實，「番」字固然可指文化懸殊的異族，它也一樣可用來指遠方異域。此處「番也火」的「番」字跟我們原住民完全無關，純粹是由於遠方外來之故。

既然「番」與本島無關，究竟是何種異族？何處異域呢？或許有人會以為「番也火」這種洋玩藝當然是西洋番引進的，而跟本島最有糾葛的西洋番只有「紅毛番」❷，亦即強佔本島三十八年的荷蘭人❸；問題是，此「火」若果真係由此「番」引進，何以不名之為「紅毛火」呢？何況本島閩南語中以「紅毛」命名者大有所在，諸如「紅毛土」、「紅毛田」、「紅毛城」、「紅毛港」、「紅毛井」……

再說英文 match 一物係西元一八〇五年首先發明於巴黎，後來經過一段歲月的改進才有今天這種安全有效之產品，而輾轉傳入本島恐怕要晚到西元一八五〇年以後，距離紅毛人被國姓爺逐出本島幾乎有兩世紀之久，顯然可見「番也火」的「番」字是泛指遠方異域，並非特定之異族異國。

凡可知之特定異族，本島閩南語必有一專名來指稱，像前述之「紅毛城」係紅毛所築，「紅毛港」係紅毛船舶所出入，「紅毛田」係紅毛僱用先住民（漢人）所開墾再霸佔，至於「紅毛土」（水

❷ 最早稱呼本島「紅毛番」的書面語係來自清人蔣毓英所撰之《臺灣府志・卷一・沿革》中的「紅彝荷蘭人」。按「彝」字係「夷」的同音段借。

❸ 「荷蘭人」在早期《福建通志》之中都寫作「和蘭人」。

泥洋灰）更是紅毛所引進本島方有此名。諸此「紅毛」即指荷蘭人，所謂「紅毛」者，係由外貌所見之「金髮」民族也；閩南人自古以來接觸之異族不少，在外形上未有如荷蘭人與華夏漢人差異如此之大者，遠非什麼匈奴、鮮卑、蒙古、滿洲以及羌、苗、僮、畲……等四夷異族所可比，而荷蘭人之體貌特徵計有：

「長身、白皙、金髮、碧眼、深目、隆鼻、狹面、薄唇、雀斑、小頭、多毛、多鬚……」

以上的特徵一眼看去最明顯者莫過於「金髮」，而閩南語向來以「毛」指「髮」，所以稱之為「紅毛」非常生動妥貼，此種形容命名也是漢語中所僅見的。

其次，我們談談「牛仔褲」，按「馬」是西班牙人帶進美洲大陸，北美也不例外；但是特製一種便於騎馬而耐磨之厚質窄管長褲，卻是北美原住民族（一般訛稱「印地安」人）。後來美國擴充十三州殖民地，大舉西侵，開拓牧場，凡騎馬牧牛者皆被稱之為「cowboy」，這是美式英語，翻譯為「牧童」或「牧人」皆不妥貼，因為這些傢伙具有一股狂放不羈的粗野氣息，非歐洲原鄉的傳統牧人可比（反而比較像古代北亞草原的強悍牧者，從匈奴到蒙古），因此不妨稱之為「牛仔」，牛仔所穿之工作褲便叫「牛仔褲」（這又是國人拼湊而非直譯的名詞，美式英語只有「牛仔帽」一名）。普通話翻譯成「牛仔褲」（「仔」字受粵語影響，有輕蔑之義），閩南話也仿造而稱之為「ㄫㄨˊ ㄚ ㄎㄛˇ」（牛也褲）。

可是道地的閩南口語卻不叫「牛也褲」，而叫作「打鐵也褲」（ㄆㄚˋ ㄊㄧ ㄚˋ ㄎㄛˇ），「ㄆㄚˋ」

並非「打」❹字，在此姑且不論而借用它。「打鐵也」是口語說法，亦即書面語的「鐵匠」，照閩南話念法，「打鐵也」三字應念「ㄆㄚˋ ㄊㄧˊ ㄝˇ」，像李某人念「李也」（ㄌㄧˋ ㄝˇ），按「也」字作形容詞詞尾或姓氏、人名詞尾都念成「ㄝˇ」，用於一般名詞詞尾則念「ㄚ」（受前字韻尾而音變則另當別論），此處「打鐵也褲」的「也」字和「牛也褲」的詞性用法完全相同，因此念「ㄚˋ」而不念「ㄝˇ」。

「牛仔褲」被閩南口語翻作「打鐵也褲」是由於自古以來鐵匠在工作時都穿較厚的衣褲，一則較易隔火反而不熱，二則避免火花的灼傷，我們試問這種厚棉織成的美國西部牛仔褲，還有比古老的「打鐵也褲」更恰當的翻譯嗎？「牛仔褲」之所以暢銷成為世界性的穿著或打扮有下列三點值得注意：

一、跟美利堅國力膨脹有關，亦即「崇洋」尤其「崇美」。

二、它能夠展現出年輕、冒險、開拓、狂野、豪放的美國西部精神（其負面部分暫略），因而隨著美國好萊塢的西部片一起走紅大半個天下。

三、它也的確是耐穿耐磨損又冬暖夏不熱的最佳質材好褲料，凡是踏實苦幹而不重外表的人幾乎都很能接受它。

---

❹ 閩南語最常用的動詞「ㄆㄚˇ」絕非「打」之一字，而是古老的「攵」（攴）字，今「攵」字早已不用，但仍為部首之一。

今閩南話的口語以「打鐵也」來對應「牛仔」，而在用字的質樸厚重上尤有過之，同時也顯示一種轉換外來語的獨特風格，不像其他漢語方言那樣一窩蜂地跟著優勢官話後面走。

再其次，我們來看看人人都用的「衛生紙」（比它更晚出的另有「衛生棉」）。今人常用的「衛生」二字，古代即有但和現今的用法不同，古人是指「養生長壽」之道，而現在所用的應來自英文的 health，其本義比較偏向於「健康、健全」，但我們常用的「衛生」幾乎是指與健康有關的「清潔」，這是日本式的翻譯而採用漢字之古語，所幸兩者仍有關係，尚不太離譜。

毫無疑問地，今所謂「衛生紙」無論名稱或東西，都是舶來品（名），可是若將「衛生紙」再翻譯成英文的話——「health paper」，英文裡根本沒有這種說法，英文是 tissue paper，也直接用 tissues，光是 tissue 的本義就是指「棉紙」、「薄紙」或「薄絹」，可見翻譯作「衛生紙」已經略為失真。

原先「衛生紙」引進之時，它幾乎就是舊式「草紙」、「手紙」的高級品代名詞，只用於盥洗室，後來用途較廣成為一種免洗用完即廢棄的新式「紙巾」、「紙抹布」。各地方言通通有「衛生紙」之名，本島客家、閩南話也不例外，閩南語的雅稱是「ㄨㄝˇ ㄒㄧ̃ㄥ ㄗㄨㄚˋ」，完全從普通話的對音拼湊而成，可是道地的口語又另有一說，稱之為「ㄇㄧˊ ㄚ ㄗㄨㄚˋ」，亦即「綿也紙」三字，「綿、棉」二字同音卻非一物，「綿」字古老來自蠶絲，「棉」字後起專指木棉及更晚的草棉；「綿」字有「細、軟、白、嫩」之義，例如閩南話形容年輕女人的皮膚叫「幼綿綿」（ㄧㄨˋ ㄇㄧ ㄇㄧ），所以不可能是「棉也紙」。

按一般所用的「衛生紙」一詞係著重於其功能，而閩南口語的「綿也紙」則強調其材質之不同於普通用紙。其實早期從國外進口的「衛生紙」跟國產的粗黃紙張截然不同，故閩南話稱之為「綿也紙」頗有道理，乍看之下，又有幾分跟書法國畫專用的「宣紙」相似，二者只差厚薄、精粗、貴賤之不同而已，試想我們華夏中國是「紙」的創始地，早已能製造出精緻、潔白、細膩的高級「綿也紙」，又何苦用「衛生紙」來翻譯 tissues 呢？

再來我們挑一個跟「軟紙」極端相反的「硬鐵」來看。「鋼」字在《說文》之中並無此字，但古代就有，春秋時代的名劍都有「鋼」的成分，否則不會削鐵如泥，所謂「百煉成鋼」以及俗語的「恨鐵不成鋼」，而且「鋼」字從「岡」得聲，其「剛硬堅強」可知。也許古代中國之「鋼」以「硬」跟「利」為特色，礙於成分的因素，從未聽說過「鋼」能煉到「不鏽」的地步。

不容諱言，所謂「不鏽鋼」是近代西洋冶金煉鐵術的高級產品，論堅硬耐用及光澤奪目均非「中國鋼」可比，尤其在「不易生鏽」這一方面。問題是「不易生鏽」並非「不鏽」，而是「很難生鏽」，當然科技進步也幾乎是「不鏽」。英文 stainless 一字的原義是「純潔的、無汙點的、無瑕疵的」，省掉後面的 less 詞尾，意思就完全顛倒了。因此，stainless 一字也引申用來形容「不生鏽的」、「不鏽鋼製的」；它的名詞是 stainless steel。

對於「stainless」一字，閩南語絕不用一般的所謂「不鏽鋼」，它另有兩種翻譯的方式，其一是直接音譯，念作「司顛內斯」（要用北京話來念），此一念法跟英文原字發音非常接近，只不過原文是形容詞，而被改作名詞來用。

第二種更普偏的說法是稱為「ㄅㄝˇ ㄊㄧ ㄚˋ」，亦即「白鐵也」，因為鐵的原色在黑和褐之間，天下那來白色的鐵？鐵若能長久保持白色，正表示它加了其他成分而光亮不鏽的意思，用「白鐵也」來指「不鏽鋼」，既有古意又獨具一格。

古代漢語常以色澤來作為辨別金屬的標準，而且「金」字本來不是專指「黃金」，乃泛稱一切可治煉的金屬（今「五金行」之名可以作證），《漢書·食貨志》中有一段「金」的品級分類——

「金有三等，黃金為上，白金為中，赤金為下。」（卷二十四）

《說文》也拿五種色澤來稱呼「五金」——

一、「金，五色金也，黃為之長。」

二、「銀，白金也。」

三、「銅，赤金也。」

四、「鐵，黑金也。」

五、「鉛，青金也。」

以上的「白金」、「赤金」、「黑金」、「青金」都另有一專屬之「字」為名，唯獨「黃金」沒有，於是，「金」字便升格成為「黃金」的代名詞以及其簡稱；而「鐵」之所以有「黑金」之名，一方面是它的色澤本來就很接近黑色，另一方面則是它所生之鏽也一樣很接近黑色，五金之中沒有比「鐵」更容易氧化生鏽的。今閩南語為了給此一新合成、新出現的鐵類金屬命名，只好將「黑鐵」顛倒叫「白鐵」，這正是一種化腐朽（生鏽）為神奇（不朽）的變通方式，可見閩南口語在應付外來新事物的翻譯上，自有其生動又犀利的一套；況且，（顏色）＋（金屬）的構詞，更是遵照古代漢語的慣例如法炮製。

談到黑色，使人聯想到一種又黑、又臭、又髒、又黏的「pitch」，這種令人作嘔的穢物是西方近代新產品，用途極廣，通常多用於鋪路的材質。按英文的 pitch 一字用作動詞時另有他義，當作名詞是指一種油礦的渣滓，中文一般都翻譯作「瀝青」或「柏油」，先說句笑話：「沒看過柏油，也總該走過柏油路。」

將 pitch 翻譯成「瀝青」或「柏油」，坦白說既莫名其妙又不可思議，因為漢語本來就有此二詞，而且意思不同，用處差得更遠——

一、「松脂別名松膏、松肪、松膠、松香、瀝青。」（《本草・松》）

二、「附方：『黃水溼瘡，真柏油二兩，香油二兩熬稠，搽之如神。』」（《本草・柏》）

可見此二者分別是松樹、柏樹的油脂，呈金黃透明色，充滿一般濃厚的油香味（沒有「樟腦油」那種強烈的刺鼻氣味），松脂又有「松節油」之名，常用於敷抹治療手指關節的扭傷，成固狀時叫作「松香」，是毛筆頭跟毛筆桿之間的一種老式黏劑。不料，卻在近一百多年來被用作翻譯新外來物 pitch，而且松脂、柏油皆取自於高山植物，pitch 則來自於地底下的礦物，二者更不宜混為一談。在本島的閩南童謠裡有一段有趣的順口溜：

「ㄉㄚm　ㄇㄚ　ㄍㄚ　黏著跤（腳）」

「叫阿爸　買豬跤（腳）……」

此一「ㄉㄚm　ㄇㄚ　ㄍㄚ」正是閩南話口語對於 pitch 一物的翻譯，亦即「沾也膠」三字（「也」字因前字韻尾有「m」的收口音而念作「ㄇㄚ」），「沾也膠」可譯成一般普通話的「瀝膠」或「瀝的黏膠」，普通話不像閩南話，「膠」字不能單用，必須添加詞頭或詞尾而成複詞，正因 pitch 看起來要比其他的膠更瀝些，所以閩南話才叫它「沾也膠」。

可是，王華南先生在《實用臺語詞彙》一書中將「沾也膠」三字寫作：

「黕也膠（瀝青、柏油）——dam → a → ka」

按「黕」字意謂「黑色滓垢」，用來指 pitch 相當適合，《說文》也收錄「黕」字，《廣韻》注音為「都感切」，正符合閩南音的「ㄉㄚm」，問題是，「黕」字太過冷僻，閩南話口語連「黑」字都不用，不可能用此「默」字來形容烏黑色，縱使叫「烏膠也」、「番也油」（「煤油」就曾經有此譯法），也輪不到「默」字，對於pitch一物，閩南話在翻譯時著重於該物的「溼」而非其「色」。

今北京話以一個「ㄕ」字溼遍中國天下，「溼」也好，「濕」也好，更早是用「溼」字，三者都是以「絲」作聲符，「絲」在北京音念「ㄙ」，而「溼、濕」二字卻偏偏要捲舌去念「ㄕ」，這不是「胡」音亂「漢」，就是莫名其妙。凡形容「潮、溼、潤、濡、沾……」在閩南語最常用的念「ㄉㄚm」，標記作「ㄉㄢm」亦可，究竟是那一個漢字呢？有人以為有音無字，也有行家以為應該是「湛」字，「湛」字雖在音義兩方面皆可說通，不過，像「ㄉㄚm」這種生活裡常用的口語字，不可能會有音而無字，也不可能是比較少見的「湛」字。像「溼」字在閩南口語亦屬常用，念作「·ㄒㄧ」是入聲字，它的使用範圍遠不如北京話，只用於地面、低處以及空氣中含水分較高，舉個例子來說：

「土跤（腳）ㄉㄚˇm　ㄉㄚˊm　敢是·ㄒㄧ氣重？」

顯然「ㄉㄚm」是肉眼可見、腳踩可知的，而「·ㄒㄧ」是要敏銳感覺的，二者豈能混用？閩南語用「溼」字完全符合該字的原義、本義——

一、「溼（溼），幽溼也，从一，覆也，覆土而來水，故溼也。」（《說文》）

二、「下者曰溼。」（《爾雅・釋地》）

三、「是猶惡溼而居下也。」（《孟子・公孫丑上》）

所以「溼」字的正統用法應該只限於「溼地、溼氣、溼熱、低溼、卑溼、潮溼……」等等，「溼」字怎麼樣也不會跟「屋頂、人身、衣服、器皿、眼淚」之類扯上關係，到了中古時代，「溼」字的空間才逐漸擴大，《廣韻》的解釋可以作證：

「溼，水霑也，失入切。」（入聲二十六）

從此以後，凡一沾到「水」幾乎都用「溼」，其實，華夏中國自古以來，河川多，水災也多，跟今所用「溼」字同義的字很多，像「潤、澤、濡、沾、霑、⿱雨桼……」其中「霑」字本來專指「雨淋溼」，後來引申有「受惠、受益」之義，而「沾」字更泛指一切「弄溼、被弄溼」，直到今天，不濫用「溼」的東南方言還不在少數，如果「坐北京之井，觀漢語之天」，以為凡沾到水都非用「溼」不可，那未免太以偏概全而孤陋淺薄了。

基於多方面的審慎考量，本人深信閩南語相當於普通話「乾溼」的「溼」字，正是「沾」（ㄉㄚˇm）字——

一、「落大雨，沃（・ㄚ）也歸身軀ㄉㄚˇm　・ㄌㄧ　・ㄌㄛ（沾瀝漉）。」

二、「衫褲ㄉㄚˇm　ㄉㄚˊm（沾沾），緊去袒（ㄊㄥˇ）起來換。」

三、「手若ㄉㄚˊm（沾），莫去觸（˙ㄉㄨ）著電。」

四、「番也火若ㄉㄚˊm（沾）著，著（ㄉㄧㄜˇ）未著（˙ㄉㄜ）。」

以上聊舉四個例子，似乎可見「ㄉㄚm」都跟「人、身、衣、物」有關，正好在古籍之中，早期「沾」字的用法也都跟這些有關，例如：

一、「泣涕沾襟，以告壺子。」《莊子・應帝王》

二、「反袂拭面，涕沾袍。」《公羊春秋・哀公十四年》

三、「汗出沾背，愧不能對。」《史記・陳丞相世家》

至於在發音方面，今北京音聲母發「ㄓ」的在閩南音有很多是發「ㄉ」的，例如「中、直、質、竹、知、止、豬、珍、著、丈、追、卓、張、鄭、趙……」不可勝數（清代古音專家錢大昕有一文討論「舌頭」、「舌上」音）。其次在韻母方面，今北京話「ㄢ」韻的字在閩南韻是「ㄚm」和「ㄚn」以及加入介音的「ㄧㄚm」和「ㄨㄚn」，例如「暗、顏、嚴、般、潘、滿、含、千、歡、鹽、鹹、兼、店、鍼、詹、彈、誕……」。

本島閩南語也有人將「ㄉㄚm　ㄇㄚ　ㄍㄚ」念成「ㄉㄧㄚm　ㄇㄚ　ㄍㄚ」的，「ㄉㄚm」跟「ㄉㄧㄚm」之間的差別只在有無時介音「ㄧ」而已，在閩南話當中念「ㄉㄧㄚm」的常用字很少，似乎只有「砧」、「點」、「店」以及表示沈默的「恬恬」（也用單字），其中有三個字跟「沾」一樣以「占」作聲符，可見是「一音之轉」，試問「ㄌㄧㄚm」用於「膠」可通嗎？應該是「ㄌㄚm」的走音訛讀。

總合前述，本文討論五個外來物（語）在閩南話口語中的說法，並尋覓其所用的正確漢字，此處再排列一下，並加上附注，或許可以更醒目地看出閩南語不模仿、不傅會的獨特構詞風格——

一、「洋火、火柴」（番也火）（強調「外來」）

二、「牛仔褲」（打鐵也褲）（強調「厚而牢」）

三、「衛生紙」（綿也紙）（強調「質地細薄」）

四、「不鏽鋼」（白鐵也）（強調「亮麗嶄新」）

五、「瀝青、柏油」（沾也膠）（強調「特殊」）

本文最後要討論的還是一個外來語（物）的翻譯問題，「橄欖」在閩南語該如何說？用的是那些漢字？最重要的是，為什麼絕大多數的漢語各方言都說「橄欖」（儘管各地念法不同，都是此二字），而閩南語卻偏偏不用此二字呢？下面先簡略介紹一下該植物及果實。

「橄欖樹」是一種亞熱帶的闊葉常綠喬木，屬於「木樨科」，品種繁多，對人而言可分兩大類，一為「食果橄欖」，另一為「榨油橄欖」，有趣的是，前者略苦卻榨不出什麼油來，後者多油卻苦得難以入口。

「橄欖」從何時傳入中國已不可考，至少要比「葡萄、苜蓿」晚得很久，何以見得？《說文》

之中沒有「橄」跟「欖」二字，或許有人會質問道，許慎還吃過葡萄、看過苜蓿，《說文》裡頭也沒有「葡、萄、苜、蓿」四個字，問題是，「葡萄」原先叫「蒲桃」；「苜蓿」本來寫成「目宿」，但是「橄欖」一進入華夏就用此二字，其他別名俗稱都更晚些才有。無名氏所編撰的《三輔黃圖》一書中有如下的記載：

「漢武帝破南越，得橄欖百餘本。」

此段文字若屬實，則橄欖登陸跟葡萄傳入係同一時期，可是，《三輔黃圖》是一後人編撰而偽託為漢人之著作，後代又有增添竄入，其中所述頗不足採信，可信的是，中國植物學權威兼草藥學泰斗李時珍，在其巨著《本草綱目》中提到：

「橄欖，名義未詳，此果雖熟，其色亦青，故俗呼『青果』，其有色黃者，不堪病物也。王禎云：『其味苦澀，久之，方回甘味』，王元之作詩比之『忠言逆耳，亂乃思之』，故人名為『諫果』。」（〈釋名篇〉）

可見橄欖又叫「青果」是世俗所取的別名，而稱之為「諫果」當然是文人雅士用心良苦的傑作。我們再往前追溯，《廣韻》已收錄此二字：

「橄、橄欖，果木名，出交阯，古覽切。」（上聲四十九）

「欖、橄欖，盧敢切。」（同前）

「橄、欖」二字既疊韻又共生不可分開單字使用，這種緊密的關係猶如「葡萄」二字，顯然是刻意為了音譯某一外來物而新造的漢字，亦即本來有音無字，再依音造字。令人好奇的是，為什麼此物會叫「橄欖」？因為「葡萄」來自西域中亞的「大宛國」，南方鄰近「安息國」（古波斯），據云古波斯語「葡萄」念「Bãtak」❺，今漢語跟它不太離譜，古漢語也許更接近些，而「橄欖」無論那一支漢語方言的念法大致相差有限，而且都跟原產地的發音相差懸殊，那麼我們又如何知道原產地是念什麼呢？所幸有跡可尋。

按「橄欖」原產於希臘半島、小亞細亞、巴勒斯坦等比較旱熱而貧瘠之地，在古代「地中海文明圈」是到處可見的重要經濟植物，迄今仍是。古希臘人以橄欖葉編成冠飾來頒贈各種競技的優勝者，基督教《聖經》以橄欖枝象徵和平，耶穌在「橄欖山」佈道，也在該山被逮問罪，因此基督徒視之為聖山，也視橄欖油為聖油，諸此種種，再加上希臘文化和基督教更是整個歐洲文化的兩大源頭，於是「橄欖樹（果）」在六種歐洲語文中發音非常接近（其他小系語文應無出入），顯然是系出一源——

---

❺ 見王力著《漢語史稿》第四章第五十五節西域借詞和譯詞之附註❶（頁五一八）。

一、義大利文 (oliva)

二、西班牙文 (oliva)

三、葡萄牙文 (oliva)

四、法蘭西文 (olive)

五、德意志文 (olive)

六、英格蘭文 (olive)

以上除了英、德之外，其他四國都是全世界橄欖油的主要生產國，加上土耳其、阿拉伯和北非，正好是環地中海。此一「oliva or olive」不是來自古希臘語、拉丁語，就是古希伯來語或「阿拉姆語」（耶穌的母語），很可能古代希臘、約旦、猶太一帶稱「橄欖」之名很接近，然後迢迢重洋輾轉曲折從閩、粵登陸中國而大為走音。

有趣的是，今本島閩南語一律不念「橄欖」，應該說閩南語中根本沒有此二字，要勉強念它（亦即刻意模仿再依自己方音予以對應的所謂「文讀」），只有照「敢覽」去念。我們可聽到的有以下三種念法：

一、全島最常念的是「ㄍㄧㄚˇm　ㄍㄚˊn　ㄋㄚˋ」，主要是指果，樹也一樣，它是「鹹甘也」三字。

二、南部也有人念「ㄡ　ㄌㄧㄣˋm　ㄇㄨˇ」，無漢字可寫，它是音譯，換用北京音可作「歐林」

或「歐林母」(「林」字的閩南音韻尾有「m、ㄇ」音而加一「母」音），這種念法跟前述六種歐洲語相差有限，亦全中國僅有。

三、偶而也有人說「ㄘㄜˋ ㄍㄚˊn ㄋㄚˋ」，它應該是「臭甘也」三字，但「臭」的口語音念「ㄘㄠˇ」，恐係走音，也有可能是「臊甘也」三字，「臊」本念「ㄙㄜ」，仍係走音，總之，橄欖初入口時苦澀難吃，而有「臭、臊」之名，久之又有甘味❻。

另有人分辨說，「鹹甘也」是兩頭尖，核也尖的一種，而「歐林」是橢圓形，核也橢圓又帶裂紋的另一種。

閩南語稱橄欖為「鹹甘也」，其構詞法跟本文前述五例是一致的，用直捷生動的語言來轉譯外來語（物），由於該果食之苦澀，棄之可惜，若經鹽漬，再以甘草等香料汁浸泡，便味佳可食。即使不加，生橄欖初嚼之時，苦澀之餘確實帶一股鹹味，久之回味漸甘（「甘」是微甜，而「甜」是極甘），可見不管加不加鹽，用「鹹甘也」一名都很妥貼，換成北京話等於在指「又鹹又甜的」（省略了名詞）。

或許有人會以為「ㄍㄧㄚˇm ㄍㄚˊn ㄋㄚˋ」是「鹹橄也」三字才對（「甘橄」二字同音），姑且不論「橄」字離不開孿生的「欖」字，光看「鹹」字，它是指該物之「處理」（使它鹹），而非用來「形容」該物本來的味道，它不像「番茄」那樣可以借「柿子」形色相似而叫「臭柿子」，因此

---

❻ 王華南氏於《實用臺語詞彙》中寫作「草橄也」，用「草」字音、義均不合。

若果真有「鹹橄也」之類的說法，也該說成「橄也鹹」，尤其在食物方面，下面略舉數例：

一、「李也鹹」（ㄌㄧˋ　ㄚ　ㄍㄧㄚˊm）（鹽漬李）

二、「鮈也脯」（·bㄨ　ㄌㄚ　ㄅㄛˋ）（鮈魚乾）

三、「檨也干」（ㄙㄨㄞˊ　ㄚ　ㄍㄨ（ㄚ））（芒果乾）

四、「芋也餅」（ㄛˊ　ㄚ　ㄅㄧˋ（ㄚ））（芋頭餅）

我們乍看「鹹甘也」三字來指橄欖，難免會吃一驚，連用兩個形容詞（隱含兩道加工手續，先使之鹹，再使之甘，可除去苦澀之味）指一物而放棄原物之名，更妙的還有，閩南話泛指一切水果「蜜餞」（水果製成蜜餞，不是原味欠佳就是收穫過盛）叫「ㄍㄧㄚˇm　ㄙㄥ　ㄌㄧ」，亦即「鹹酸甜」，連用三個形容詞來當名詞用。

或許有人會再質疑，「甘、橄」都念「ㄍㄚm」，而「ㄍㄧㄚˇm　ㄍㄚˊn　ㄋㄚ」的「甘」字卻變成「ㄍㄚˊn」，怎麼可能是「甘」字？不錯，「甘」字的確不念成「ㄍㄚn」，可是，閩南語的字音常隨前後字的音而改變，像「奸」（ㄍㄚn或ㄍㄢ）跟「甘」（ㄍㄚm）都以鼻音作韻尾，二者所不同全在於前者念完可以不馬上閉口，而後者念完非立刻閉口不可，姑且稱之為「閉口音」，今漢語之中僅剩閩、客、粵方言才有，其他方言不是原本即無，就是日久消失。像某人叫「林兼俠」（ㄌㄧㄣˊm　ㄍㄧㄚm　·ㄍㄧㄚp），用閩南話念非常吃力，連續要念三個閉口音，除非專用名詞或書面文字不得已之外，通常在口語上碰到兩個收閉口音的字即可音變來調適，比方「橄欖」（ㄍㄚˇm　ㄌㄚˇm）以及「鹹甘」(ㄍㄧㄚˇm　ㄍㄚm),結果,「橄欖」念成「ㄍㄚˇm　ㄌㄚn」,像什麼(詳後)?「鹹甘」卻正因此而念「ㄍㄧㄚm　ㄍㄚn」,那裡有錯?

為什麼閩南話不說「橄欖」?除了「鹹甘也」也不錯以外,既湊巧又尷尬的是,「橄欖」在閩南語的對音是「ㄍㄚm　ㄌㄚm」,減去後一個閉口音就要念成「ㄍㄚm　ㄌㄚn」,正好跟「含卵」完全諧音,而「卵」字相當於北京話的「蛋」字(按「蛋」字最為荒誕,東南各方言絕無此字)❼,「卵」字在閩南語中有三種念法,所指皆不相同——

一、念作「ㄌㄥˇ」是指家禽、飛禽類所產之卵,例如「雞卵、鴨卵、烏也卵、粉鳥也卵(鴿卵)。」

二、念作「ㄋㄨ̃ㄚˊ」是指雌禽體內未成熟之卵胚,無字可記,作「卵」亦可,只因跟有殼之卵不同,而改念他音。

三、念作「ㄌㄚˇn」或「ㄌㄢˇ」本指雄性動物之外顯生殖器,與「卵」相同,並有續種之功能,仍應視為「卵」之異讀,用於人身則為假借比喻。

就粗話而言,閩南人用「卵」字比較古老,也比北方人用後起的俗字「屌」要含蓄一些,終究隔了一層未直指。在本島中下階層最常聽到的粗話(非髒話,像「屎」、「屁」是既髒又粗),莫過於「ㄌㄚˇn　ㄆㄚ」或「ㄌㄚˇn　ㄐㄧㄠˋ」,亦即「卵脬」或「卵鳥」,也經常省略單用一個「ㄌㄚˇn」(卵)

❼「蛋」字晚出,迄《字彙補》中方出現,其前身係「蜑」字,《說文新附》以為係「南方夷也」,跟「卵」渾不相干,而且跟另一「蜒」字結構相似。

字，這三種粗話並非用來罵人，而是在交談中用來否定對方所說的話。

照此類推，「含卵」一語之粗鄙惡劣更在前三者之上，不要說稍有教養者絕不出口，淑女婦人又何堪入耳。比方一句很普通的普通話「給你橄欖」，換作閩南話就等於——「與（ㄏㄛˇ）你含卵」，意謂「卵給你含」，試問還能聽嗎？正因諧聲巧合之故，「橄欖」二字連用在閩南語中自然消聲匿跡，此一忌諱，閩南人觸犯者很少，但知道其中祕密者卻更少。

「覽、攬、欖」三字在閩南語都只有文讀，本來跟「卵」音相近而不太相同，前面再添一「含」字，聽來就不太妙，妙的是「含」字在絕大多數的漢語中，其聲母都離不開「ㄏ」音，唯獨福州、建甌、閩南三系方言一律發「ㄍ」音；前者儘管人多勢眾，後者才是漢語正音，何以見得？試看「含」字的結構即可知——

一、「含，嗛也，从口，今聲。」（許慎《說文》）

二、「含，合也，合口亨之也。」（劉熙《釋名》）

三、「嗛，口有所銜也，从口，兼聲。」（《說文》）

按許、劉皆東漢文字訓詁大師，可見當時「含、兼、合」三字的聲母相同，今閩南語此三字也都發同聲「ㄍ」，只有「合」作他義時發「ㄏ」。其次，「含」字以「今」為聲符，今浙、閩、粵所有方言以及客家話的「今」字通通發「ㄍ」音，北方話則發「ㄐ」音，所以閩音「含」字發「ㄍ」

正是古音，而北京話的「含」（ㄏ）已經跟「今」（ㄐ）脫節斷線了。如果閩南話不堅持「含」發「ㄍ」音的話，「橄欖」也就無可尷尬了。

附帶再討論一個外來語（物），「水泥、洋灰、水門汀、士敏土、三合土」以及對後起的「混凝土」，所指的都是同一外來的重要建築材料，全中國唯獨本島閩南話有一別緻的稱呼「紅毛土」，因為首先帶進本島的是荷蘭人，荷蘭人生得滿頭紅毛（金髮或赤髮），所以叫「紅毛土」。但是同樣是荷蘭人帶來的「豌豆莢」（非「豌豆 Pea」），閩南話卻不叫「紅毛豆」，這是什麼命名邏輯呢？

答案很簡單，「紅毛土」遠在「紅毛豆」之前引進本島，當本島閩南人使用「紅毛土」時，尚不知「紅毛」是荷蘭人，只好因人名土叫「紅毛土」；到了會吃「紅毛豆」時，已知原來「紅毛」即荷蘭人，當然不必再叫什麼「紅毛豆」了，那麼要如何稱呼呢？叫「番也豆」如何？「番」是不知那一種族才用的泛稱，而此豆跟其他外來的「番豆」吃法大大不同，最老實的名稱還是「荷蘭豆」。

不巧的是，「荷蘭」（Holland）的發音在閩南話中跟「虎卵」（ㄏㄛˊ ㄌㄚˇn）完全一樣，「卵」音本即不雅，「ㄏㄛˊ」又是口語的常用字──「虎」，儘管本島無虎，福建原鄉的丘陵山野卻大有虎在，因此之故，閩南話單用「虎」字在各地頗為少有，一般多用「老虎」（如北方、客家），也有用「大貓」（如浙江）。「虎」字在閩南語中除了用作名詞之外，更常用作動詞，例如：

一、「ㄨㄝˇ ㄏㄛˊ ㄌㄚˇn」（話虎卵）指誇大渲染所言不實，寫作「畫虎卵」也說得通。

二、「ㄏㄛˊ ㄌㄚˇn ㄒㄧㄢ」（虎卵仙）指言辭誇大常欺騙人者，原先係指江湖郎中或賣膏藥的人，寫作「虎卵先」可能更正確，「先」是「先生」的省稱，「仙、先」皆語帶挖苦。

三、「ㄏㄛˇ ㄌㄤˊ ㄏㄛˋ ㄎㄧˇ」（與人虎去）意謂「被人家騙了」，「虎」作動詞而改調。

「虎」作動詞用不是只有閩南話才有，北京話也有，北京話受元曲雜劇的影響而改成「唬」（ㄏㄨˇ）字，以及「諕」（ㄒㄧㄚˋ），但都不指「欺騙」而指「驚嚇」，其實，「唬、諕」二字《說文》兼收，前字指「虎吼」，後字通「號」字，所以用「虎」本字方正確，下面仿古代漢語的句法造句如下即可知——

一、「以虎虎人」——拿老虎來嚇人（北京用法）。

二、「以虎虎人」——拿老虎來騙人（閩南用法）。

綜合前述，「荷蘭豆」既然跟「虎卵豆」諧音，非但不雅，恐怕菜販還會因而滯銷也說不定，所以「荷蘭豆」不得不將「ㄏㄛˊ ㄌㄚˇn ㄉㄠˇ」的第二個字略變一下改念「ㄏㄛˊ ㄌㄧㄣˊ ㄉㄠˇ」，以避免諧音誤會而產生不必要的尷尬。

順便要再補充說明的正是「順便」二字，閩南語沒有「順便」此一說法，而另有「ㄙㄨㄣˇ ㄙㄨ~ㄚˇ」（順線）一語，「順線」可以有兩種解釋，結果是一樣的意思：

一、「線」只要一拉，必然是「直」的，凡事順著直線去走（作），不必拐彎抹角，也就省力方便。

二、順著「線」路去穿針來縫製衣物，自然事半功倍而省事方便。

不過「ㄙㄨㄣˇ ㄙㄨㄚˇn」真的是「順線」嗎？由於「順、循、巡❽」三字在閩南話裡完全同音，意思也略有可通之處，唯有詞性不同，「順」字是形容詞或副詞，而「循、巡」則本作動詞，例如：

一、「ㄙㄨㄣˇ ㄍㄧ̃ㄚˊ」（順行）

二、「ㄙㄨㄣˇ ㄉㄨㄚ ㄌㄛˇ ㄍㄧ̃ㄚ ㄎㄧˇ」（循大路行去）

三、「ㄙㄨㄣˇ ㄘㄚˇn ㄗㄨˋㄧ」（巡田水）

從順勢趁便來看，「ㄙㄨㄣˇ ㄙㄨㄚˇn」應是「順線」❾二字，兩千年來，閩南語一直循著自己語言的線路——傳承、發展、適應，無論華夏優勢官話如何興替更換，仍然順行自己的線路，固守自己的風格。

---

❽ 吳登神先生居然在〈談閩南音〉（《南瀛文獻・第二十三卷》）一文中曰：「又如『巡』字讀ㄕㄨㄣˊ，羅馬字拼音 sun。」按閩南語那來捲舌的「ㄕ」聲母？

❾ 方南強先生在《大家來說臺灣母語》一書中用「順續」二字，標音為「ㄙㄨㄣ[7] ㄙㄨㄚ[3]」，按「續」字已有爭議，所標之音又缺「鼻音」。

第十七章

閩南客家牽手「也」共同對抗北京「的兒子」

——兼談古代漢語裡頭最常用虛字「也」之下落

今天我們以漢字來書寫閩南語（當然是指口語白讀），有人以為百分之九十五有字可寫，也有人較保守地認為只有百分之九十；既然有字可寫佔的比例如此之高，為何不簡單地反過來說——有百分之五、十或百分之五到十無字可寫。再進一步來看，無字可寫只佔極小的比例，卻從未見我們研究閩南語的專家學者對這一小撮閩南語的「認字」問題逐一加以認真地探討，然後再斷定是否的確有音無字。

有關閩南語的研究工作，當務之急莫過於先將「語言」和「文字」二者聯繫起來，因為閩南語在「語、文」之間的脫節現象相當嚴重，我們必須正視下列四種困境：

一、「失讀」——明明有音可念，卻不知該如何念。

二、「失寫」——明明有字可寫，卻不知該如何寫。

三、「訛讀」——明明有正確的讀法，卻念錯了音。

四、「訛寫」——明明有正確的本字，卻寫錯了字。

問題是上述的「明明」由誰來認定？而所謂「正確」又以何作標準？以及「錯誤」又從何論斷？正由於當前閩南語文的學界一方面人材濟濟，一方面又山頭林立；凡有一立，必有一破；若沾沾於一愚之得，終難免於井蛙之見。不過，更重要的是，千萬不可忽視閩南語「失讀、失寫」的日益惡化，它背後反映的絕非某一方言的式微，而是整個古、今漢語的斷層危機。

我們姑且略舉一例，像古漢語常用的「之、亦、也」等熱門字，在今漢語（口語）之中不是消失就是萎縮；反之，在古漢語之中極為罕用的「的、這、吃」等冷僻字，今漢語不是大為流行就是完全扭曲其原義來使用。因此，也難怪從閩南語的角度來看，今滿天飛揚、到處橫行的新式漢語詞彙如「我的、你的」或「大的、小的」以及「鍋子、碟子」和「花兒、鳥兒」之類，無不莫名其妙，「的」、「子」、「兒」等字不要說古代漢語絕無這種用法，連中古漢語也沒有先例可尋。可是，今天閩南語經過文字書寫之後，諸如「舅仔、姨仔、竹仔、椅仔、芋仔、蟳仔、蝦仔、蛤仔、貓仔、狗仔、老歲仔、外甥仔、外省仔、銀角仔、白鐵仔、菜鳥仔、菜市仔、店頭仔、柑仔店、賊仔市、瘟仔水、番仔火、擔仔麵、蚵仔煎、李仔鹹、魩仔脯、會仔錢、桌仔骹、亡仔埔……」成百上千、不勝枚舉的「仔」字，其氾濫充斥、荒謬絕倫卻很少看到專攻本島本土語文的專家提出糾正，不知是默認苟同此「仔」，抑或無可奈何此「仔」？甚至有些行家對於閩南語的文字辨認考證精確，唯獨縱容此一由粵語誤寫而蔓延至閩南，再波及本島的「仔」字。

本人一直懷疑閩南口語中所被安置「仔」的，其實都是「也」字，由於「也」字失讀（不僅訛讀），再加上各種語中助詞（語助）和語尾助詞（詞尾）的失字，「仔」字遂由廣東乘虛而入，而粵語本來也無此「仔」字，今廣東語中「仔」字多得浮腫也是無辜的。

按「仔」字古老冷僻，其本義跟今一般之用法差得十萬八千里，其發音跟用在閩南語中的念法也完全不同，我們先看古代的「仔」字——

一、「佛時仔肩，示我顯德行。」（《詩經・周頌・敬之》）

二、「仔肩，克也。」（《詩經》毛傳）

三、「仔肩，任也。」（《毛詩》鄭箋）

四、「仔，克也，從人，子聲。」（《說文》）

五、「仔，克也，子之切。」（《廣念・上平聲七》）

六、「仔，《說文》：克也，本又音茲，即里切。」（《廣念・上聲六》）

以上「仔」字的用法後代早已失傳，後代「仔」字是從「子」字傳會而來，而最先成詞於「仔細」一語，不過早期都還用「子細」二字，例如：

一、「為貴人當舉綱維，何必太子細也。」（《北史・源思禮傳》）

二、「野橋分子細，沙岸繞微茫。」（《杜工部集・觀李固請司馬弟山水圖三首之三》）

三、「明年此會知誰健？醉把茱萸子細看。」（《杜工部集・九日藍田崔氏莊》）

按以上的「子細」兼含「瑣碎、細微、認真」的意思，它原先是北方俚俗用法，後代逐漸流行開來而被改寫成「仔」字，由於「仔」字無論書面口語均已絕跡，於是借屍還魂，以新義登場。

今天各地漢語幾乎都有「仔細」一語，也當然不再用「子細」二字；然而閩南語中根本沒有「仔細」的說法，真不知這個「仔」字如何竄入而成為一個極普偏的語助詞？「仔細」一語在吳方言中還略帶「挑剔」的意思，在客家話則作為禮貌用語的「客氣」之代名詞，在使用「仔細」的吳、客方言，反而不見有此「仔」字充當語助詞尾。

本來「仔」字一離開「仔細」就毫無用處，它之所以倔起是由於粵語凡指細小之物或語帶蔑稱的名詞詞尾常用「ㄗㄞˇ」(tsai)，有音無字，跟北京話常用名詞詞尾「子」（˙ㄗ）稍微接近，因而被北方人寫成「仔」字，其實，上江官話跟湘語早有一俚俗的「崽」字，音義更接近粵語的「ㄗㄞˇ」。再追究「仔」字所以走紅，民初北洋政府的曹錕以賄選當上總統，廣東革命政府大罵那些受賄的國會議員為「豬ㄗㄞˇ」，平津各大報章都寫成「豬仔」，「仔」字便一發不可收拾。

所謂「城門失火，池魚遭殃」，湊巧閩南語的常用語助詞尾也無字可寫，「仔」字就乘虛而入，可笑的是，閩南語不但絕無此「仔」字，加上同音義近的「子」字在口語中也都幾乎不用，豈可如此「仔」來「仔」去，任外人亂「仔」一通。至於本島的「仔」火起於光復之後，民間「歌ㄚ戲」被寫成「歌仔戲」，於是凡用「ㄚ」及其音變的語助詞尾一律貼上「仔」籤。

有鑑於此，近年來本島有王華南先生在《實用臺語詞彙》一書中，一面痛斥「仔」字的無聊，一面又盛讚「也」字的文雅，該書幾乎以「也」字為主題招牌字，而該書之中收錄帶「也」之詞例也幾乎佔全書之半。對於王先生此一破妄顯真的卓見及闡發，本人深深表示敬佩，也完全認同王先生的論證；若僅就此一閩南話的重要語助詞尾而言，王先生不愧本島「四百年來第一人」。

可惜王先生的大著偏重於「也」字的詞彙、語法以及變調，卻未提及「也」字在閩南語中的「音變」情形，以至於該書仍用五個「仔」字，分別是「番仔火、番仔油、番仔油燈」以及「賊仔市、賊仔貨」，難道「仔」字也有華、夷之分？或專用於宵小？今本人不慚學淺，也提「也」字來討論閩南口語的頭號嚴重之「失字」例子，並援引其他方言作佐證，來一窺漢語方言的「音變」之奧祕。

從古以來，凡是韻書大著都可視之為「靜態的聲韻學」，因為其所考訂的對象是單一個別的文字，不涉及詞彙、句子的念法，不要說古漢語常見的「促讀、緩讀、合讀、連讀」很少涉及，「連讀音變、連讀韻變」更付之闕如。尤其當道已久的北京官話只有「連讀變調」而已（此乃各漢語所皆有），我們要跟飽受官話教育的後生一代大談什麼「輔音同化」、「韻尾離位」、「順同化」、「逆同化」，就好像在介紹古代梵語、希臘文一樣。

在當今漢語之中，只有吳、閩、粵、客家方言尚「保留」也許是古漢語的音變念法，其中最複雜深奧而令外人嘆為觀止的首推福州語系，其次是閩南語系，最簡單的正是離北京較近，受影響較深的吳方言。

漢語裡頭凡是某字不具有實在具體的意義即稱之為「虛字」，這些虛字原本也是不虛的，只因音近被叚借才「虛化」，虛化之後，該字的本義也就消失了，像「雖」字已非「大蜥蜴」，「然」字不再「燒狗肉」，「焉」字更不用來指「雜色鳥」。古代漢語曾經使用大量虛字，據清儒王引之《經傳釋詞》一書的收錄共有一百六十字，中古以後的書面文言文已經保留得有限，白話口語裡所剩的更寥寥可數，再加上歷來作為政治語言的官話一直在變聲改音，跟古漢語越走越遠，於是「的、這、呢、嗎、啊、兒、子、掉……」等新式虛字便「應聲」而起。

在古漢語虛字中使用最頻繁的莫過於「之」字，而「之」字可作動詞、代詞來用，其虛字的純粹性遠不如「也」字，我們只要翻開古籍，尤其是以當時口語記載的《論語》一書，其「也」字之多，多得篇、章、段、句俯拾皆是，細察其用法又跟今閩南語中失字的「ㄚ」、「ㄟ」彷彿相似，下面扼要拈出「也」字在閩南口語中的用法——

一、作為名詞詞尾念「ㄚ」，例如「羊也」、「草也」、「桶也」、「箱也」……用得極廣，相當於北京話的「兒」跟「子」，但又不僅於指細小之物。

二、作為特稱名詞詞尾念「ㄝ」，例如「吳也」、「周也」、「許也」、「趙也」等姓氏類，又如「阿雄也」、「阿文也」、「阿美也」、「阿香也」等名字類；此外用於親戚稱呼詞尾則念「ㄚ」，例如「阿叔也」（小叔）、「大舅也」（妻舅）以及「姪也」、「外甥也」等（稱長輩不可添加「也」），部分相當於北京話的「子」。

三、作為形容詞詞尾念「ㄝ」，例如「肥也」、「短也」、「歪也」、「舊也」、「大漢也」、「少年也」、「古意也」、「狡怪也」、「汗漫也」、「夭壽也」等等，也用得很廣，相當於北京話的「的」。

四、作為三字式名詞而帶形容詞意味的語中助詞念「ㄚ」，例如「芋也粿」、「筍也干」、「李也鹹」、「骨也湯」、「亭也跤」、「切也麵」以及「蝨也水」和「亡也埔」（墓地）等等，此類獨特語法，無從翻譯成北京話。

五、作為表示「領格」作用的歸屬性語助詞念「ㄝ」，例如「我也」、「你也」、「大家也」、「公家也」、「頭家也」、「別人也」以及「我也皮包」、「我也手錶」、「我也車」或「我也車也」等等，相當於北京話的「的」。

六、作為有副詞性的語助詞念「ㄚ」，例如「笑也腹肚痛」、「哭也無聲」、「輸也叫毋敢」等等，相當於北京話的「得」。

七、作為有介詞性的語助詞念「ㄚ」，例如「搏也天光」❶、「行也臺北」、「透早作也暗」等等，

---

❶ 閩南話稱「賭博」為「搏爻」（ㄅㄨㄚˇ ㄍㄧㄠˋ），但「搏」、「爻」二字皆可分開單獨使用，前者係動詞，而

相當於北京話的「到」。

八、作為數字詞尾念「ㄝ」，例如「兩也」、「三也」、「兩三也」、「五百也」、「千餘也」以及「幾也」、「無幾也」等，因為數字單一不成詞，必須添一詞尾，它本身沒有意義，配上數字幾乎只用於「人」（有些例外詳見另文），但它並非「量詞」，因此不等於普通話的「個」字。

九、作為數量形容詞的語助詞念「ㄝ」，例如「三也人」、「十餘也人」❷、「幾也人」、「無幾也人」，跟前條的「也」一樣都是閩南語所保留既古老又獨特的用法。

十、「也」字連用卻又不是疊字，這是閩南口語的奇妙之處，例如「一半也也」（ㄝ ㄚˋ）、「無幾也也」（ㄝ ㄚˋ），其實前「也」是詞尾，而後「也」是句尾，再細說前者是形容詞詞尾，而後者是結束語氣詞。

十一、沿用古代書面語的詞語念文讀音「ㄧ～ㄚˋ」，例如「知也」、「毋知也」（但「ㄗㄞ」是古音，仍留存而為口語音），一般都跟「有影」（真的）或「無影」（虛、假的）之「影」混為一談而訛作「知影」、「毋知影」（王華南先生有詳盡說明可參考）。

以上「也」字的各種用法，有傳承古漢語的，也有閩南方言所特有的，都發最簡單的基本母音，很可能保留的是古音。由於「也」在閩南話不用於詞、句的開頭，亦即「也」字前面一定有

後者是名詞。

❷「十餘也、百餘也、千餘也」的「餘」念「ㄫㄨㄚˇ」，常被誤作同音的「外」字。

其他的字，若該字的韻尾跟「也」字銜接連讀時，發音不太方便順暢，或所發之音不太好聽，「也」字就只好以「音變」來遷就前字；正好「也」字具有兩個適合音變的特質：

一、「也」是很普偏常用的語助詞尾，它本身毫無意義可言（虛字、虛詞），音變之後不至於影響（混淆）前一字或上下文所要表達的意思。

二、「也」字無論念「ㄚ」或「ㄝ」，它都是一個「零聲母」字，亦即缺輔音的字，可以添加其他輔音，或讓前字的「韻尾移位」作為「也」字的輔音聲母。

下面我們先來看看範圍比較狹窄、音變不太明顯的姓氏詞尾，比方通常一般所謂的「吳某、吳某人、姓吳的」，在閩南語中，當面可以用「吳也」（只限於較熟稔的對象），而背後提及則說「姓吳也」（當面如此說就失禮了），有關姓氏詞尾只有幾種念法（連讀變調暫不討論），以下略作說明：

一、絕大多數的姓氏詞尾仍念「ㄝ」，例如「洪也、黃也、張也、李也、王也、蔡也、楊也、劉也、許也、何也、蕭也……」（聲調因前字有異❸）。

二、凡收鼻音「m」韻尾的姓氏，「ㄝ」要念「ㄇㄝ」，例如「林也」（ㄌㄧㄣˊㄇ　ㄇㄝ）、「秦也」（ㄎㄧㄣˊㄇ　ㄇㄝ）、「金也」（ㄍㄧㄣㄇ　ㄇㄝ）以及「甘也」（ㄍㄚㄇ　ㄇㄝ）。

---

❸ 閩南話鼻音很豐富，像「洪、黃、張、王、楊」等字都帶鼻音，但跟鼻韻尾和鼻化韻又大不相同，由於只略帶鼻音而已，因此不必添加符號；至於其他如「藍」（ㄋㄚˊ）字是舌尖鼻音字，跟「拿」字的北京音「ㄋㄚˊ」一樣，當然不必再添加符號。

三、凡收鼻音「n」韻尾的姓氏，「せ」要念「ㄋせ」，例如「陳也」(ㄉㄚˊㄋ　ㄋせ)、「顏也」(ㄫㄚˊㄋ　ㄋせ)、「韓也」(ㄏㄚˊㄋ　ㄋせ)以及「譚也」(ㄊㄚˊㄋ　ㄋせ)；以上「ㄋ」跟前條「ㄇ」的發音都要稍輕些，所以通常不細聽就以為是念「せ」。

四、屬於入聲字的姓氏原本就相當有限，再扣除稀見的姓氏以及閩南人幾乎不姓的，剩下更寥寥可數，還有入聲韻已弱化的像「郭也、麥也、卓也」仍然念「せ」。此外，收「P」尾的例如「葉也」(．ㄧㄚㄅ　bせ)；收「t」尾的例如「葛也」應念「．ㄍㄚㄉ　ㄌせ」；而收「k」尾的例如「駱也」念成「．ㄌㄛㄍ　ㄫせ」、「陸也」則念「．ㄌㄧㄛㄍ　ㄫせ」，唯獨「薛」姓的閩南音有多種念法，本文不敢妄加擬測。

整理了有關姓氏詞尾的音變之後，其他形容詞詞尾的音變其實也同出一轍，比如「直也」念「．ㄉㄧㄅ　bせ」，「鹹也」念「ㄍㄧㄚˇㄇ　ㄇせ」，「新也」則念成「ㄒㄧㄣㄋ　ㄋせ」，「綠也」要念「．ㄌㄧせㄍ　ㄫせ」，只要有「m、n」鼻音韻尾或某些入聲字在前，「也」字勢必要增添輔音。我們再看閩南口語從一數到十之中，共有五個入聲字，其詞尾的「也」字念法分別是：

一、「一也」念「．ㄐㄧ　ㄌせˊ」

二、「六也」念「．ㄌㄚㄉ　ㄫせˊ」

三、「七也」念「．ㄑㄧ　ㄌせˊ」

四、「八也」念「．ㄅせ　せˊ」或「ㄅㄨˋせ　せˊ」

五、「十也」念「·ㄗㄚㄅ　bㄝˊ」或「·ㄗㄚㄅ　ŋㄝˊ」或「·ㄗㄚㄅ　ㄝˊ」

我們很明顯可以看出，像短促摩擦音的入聲數目字「一、七」，其詞尾的「也」字發「ㄉ」的聲母比較順暢；而「六也」由於「六」字已發「ㄌ」音，再加上收「t」尾，「也」字便配合發「ŋ」的顎塞音（「六」的文讀及「陸」皆如此）；至於「八也」的「八」是「ㄝ」韻字正好接著「也」（ㄝ）字；還有「十也」的「十」收「ㄗ」尾，下接近似的「b」音也很順口，以上的分析或許例字太少，是否正確尚有待高明指正。

前面說過「也」字不是「量詞」，放眼天下只有我們漢語有量詞，然後擴散到藏、越、韓、日本，嚴格說，所謂「單位詞」不能算是量詞，它是計算度量衡所必須的，例如「鐘、鎰、錙、銖、斛、升、斗、丈、尺、斤、兩……」，量詞的起源是由於在漢語的發展上，同音字日漸增多，不加量詞來區別所指之物的性質也就容易混淆不清，我們試看越古老的典籍就越找不到量詞，例如：

一、「牛一、羊一、豕一。」（《書經．召誥》）

二、「一言以蔽之。」（《論語．為政》）

三、「二人同心，其利斷金。」（《易經．繫辭》）

四、「殷有三仁焉。」（《論語．微子》）

五、「駕彼四牡，四牡奕奕。」（《詩經．小雅．車攻》）

六、「子墨曰：請獻十金。」（《墨子．公輸第五十》）

七、「齊為衛故，伐晉冠氏，喪車五百。」（《左傳．哀公十五年》）

可見「量詞」並非必不可缺的，古漢語以精簡著稱，到今天漢語竟有此種說法：

「各位觀眾們！大家好！」

上句有一個多數的「眾」字，再添加的「各、們、大家」等字都是多餘，而「位」字是禮貌語，尊人為「有位、在位者」（古代是指貴族）。

從漢語的發展來看，用於「人」的量詞出現得較晚，像客家話借同輩的「儕」（ㄙㄚ）字來用❹可謂相當文雅，以便跟「隻」字的客家音「·ㄗㄚ」有所區別，北京話也只有「個」或「位」二字可以選擇而已，而閩南口語還沒「進步」到將量詞用在人身之上，仍然保留古老的詞尾「也」字（ㄝ），此一「也」字若在數字或姓氏、名字之後，它指的當然是「人」，由於它跟形容詞尾，甚至動詞詞尾的發音完全一致，所以，我們不認為它是量詞，下面的例子可以一目瞭然——

一、「我有三也（ㄝˇ）姊妹也（ㄚˋ）。」

二、「講著朋友，我櫳（ㄌㄨㄥˊ）無半也（ㄝˊ）。」

---

❹ 海陸豐系客家話以「儕」字作為「人」的專用量詞，既典雅又罕見，但是並非各地客家話也都如此用，其他客家話仍以「ke」為主。

三、「舊年底，許也（ㄝˇ）去標著我也（ㄝˊ）會也（ㄚˋ）。」

四、「大家作夥來坐新也（ㄋㄝ）遊覽車，四界去看看也（ㄝˇ）。」

五、「緊食食也（ㄝˇ），來去外口街也（ㄝˋ）路行行也（ㄝˇ）。」

在閩南口語中跟「也」字發音相同而又常用的是「下」字，用於句中由於「也」是虛字不妨音變，而「下」是實字不可音變。下面的例子分別是「一個人打三下」和「一個人打三個人」的閩南語句子，可以看出「下」字的音調兩俱固定，以及閩南口語一句話有多種說法——

一、「一人攴（ㄆㄚˋ）三下（ㄝ）。」

二、「一也（ㄌㄝˊ）攴三下（ㄝ）。」

三、「一也（ㄌㄝˇ）人攴三下（ㄝ）。」

四、「一也（ㄌㄝˊ）攴三也（ㄝˊ）。」

五、「一也（ㄌㄝˇ）人攴三也（ㄝˊ）。」

六、「一也（ㄌㄝˇ）人攴三也（ㄝˇ）人。」

可見數目字以「也」作詞尾用於「人」，而接量詞則用來指「非人」（禽獸、草木、蟲魚等及物類），至於極少數例外的用法，例如「一也（ㄌㄝˊ）盒也（ㄅㄚˋ）」或「兩也（ㄝˊ）袋也（ㄚˋ）」，我將有另文專論閩南語量詞。

前述的十一個例子已囊括了閩南口語「也」字的所有用法，但在音變方面的僅限於以形容詞尾為主的「せ」部分，下面要討論的是體積更龐大的名詞詞尾「ㄚ」的音變問題。此二者儘管發音有別，其性質都由詞尾而來，再往上追溯仍係蛻變自古漢語的虛字語氣詞，加上漢語在發展的歷史上一直有單字複詞化的趨勢，凡是單一個字的名詞，其所指稱的在文字上一看即可曉得，但在聲音上卻非一聽便可分辨，何況同音諧聲字又日益增多，正因此之故，書面尚可以容納簡潔的單字，口語則勢必添加詞尾以示區別不可，而此一詞尾字當然要用無意義的虛字，放眼漢字，非「也」莫屬。

大致上古代漢語的名詞是以單字為基礎，凡物必有名，依名而造字，一字足矣！後來社會逐漸複雜，物品種類也隨之增加，在單字不敷使用的情況下，各種「質未變而量變」的衍生性複詞乃應運而生，在名詞上最普徧的就是單字加一詞尾湊成複詞。儘管閩南口語所保留的單字名詞要遠比北京話口語來得多，若就現況來清查的話，那多得相當有限，而閩南話中還有不少原先只用單字，後來跟著大潮流也添「也」字成為複詞，比如「碗、盤、鼎、爐、刀、桌……」，要說名詞仍常用單詞的，當今漢語恐怕要以吳語居冠，像「刀、桌、椅、碗、盤、釜、桶、帽、傘、袋……」之類絕不加詞尾，這是題外話。

閩南話的名詞詞尾絕大部分都可以加用「也」字，它不像北京話要再分「兒」、「子」兩類，而且加「也」之後也不僅限於指較小之物，其本音一律念「ㄚ」，下面分類各舉數例以見一斑——

一、人物類：「舅也、姨也、嬰也、兵也……」

二、傢俱類：「桌也、椅也、櫃也、屜也……」

三、用具類：「網也、索也、袋也、籠也……」

四、工具類：「刀也、鋸也、鎚也、鉤也……」

五、器皿類：「甕也、甌也、杯也、盤也……」

六、器材類：「棉也、麻也、布也、鐵也……」

七、農作類：「蔥也、豆也、瓜也、芋也……」

八、蔬果類：「桃也、李也、柿也、茄也……」

九、動物類：「鳥也、貓也、兔也、猴也……」

十、家畜類：「雞也、豬也、牛也、狗也……」

十一、水產類：「蚵也、蝦也、鯉也、魚也……」

十二、其他類：「藥也、旗也、骰也、炮也……」

緊接著我們要討論的是有關「ㄚ」的音變情形，它跟前述的形容詞尾「ㄟ」又略有不同。大凡詞尾前字是收鼻尾韻的「m、n、ŋ」，此一「ㄚ」字必須音變，亦即前字「韻尾移位」或「韻尾延長」而使「ㄚ」字增添「輔音」，因為「鼻尾韻」本來就是「輔音」之一，有人稱之為「輔音韻尾」；不過，「ŋ」當作輔音跟鼻尾韻用之間就不像「m、n」那麼一致，大致上輔音「ŋ」帶有濃厚的牙喉音，而鼻尾韻「ŋ」又比「m、n」來得清揚些（不太濁），因此「也」（ㄚ）在「ŋ」

尾韻之後的音變就不太明顯，例如「甕也」念「ㄚŋ　ㄚˋ」而不念作「ㄚŋ　ŋㄚˋ」，下面且看「m、n」韻尾的「也」字音變情況，我們換用「ㄇ」、「ㄋ」的符號來標記——

一、「柑也」（ㄍㄚˊㄇ　ㄇㄚˋ）

二、「金也」（ㄍㄧˊㄣㄇ　ㄇㄚˋ）

三、「蟳也」（ㄐㄧˊㄣㄇ　ㄇㄚˋ）❺

四、「店也」（ㄉㄧㄚㄇ　ㄇㄚˋ）

五、「蛤也」（ㄏㄚˊㄇ　ㄇㄚˋ）

六、「杉也」（ㄙㄚㄇ　ㄇㄚˋ）

七、「梅也餅」（～ㄇˊ　ㄇㄚ　ㄅㄧˋ(ㄚ)）❻

八、「沾也膠」（ㄉㄚㄇ　ㄇㄚ　．ㄍㄚ）

九、「盆也」（ㄆㄨˊㄣㄋ　ㄋㄚˋ）

十、「毯也」（ㄊㄚㄋ　ㄋㄚˋ）

十一、「鍊也」（ㄌㄧㄚㄋ　ㄋㄚˋ）

十二、「甌也」（ㄍㄚㄋ　ㄋㄚˋ）❼

---

❺「蟳」係一種青色之螃蟹，浙江人謂之「蝤蛑」。《本草綱目》以為「蝤蛑」一名「蟳」。

❻即一般所指的「山楂片」。

十三、「罐也」（ㄍㄨㄚㄋ ㄋㄚˋ）

十四、「裙也」（ㄍㄨㄣㄋ ㄋㄚˋ）

十五、「秤也」（ㄑㄧㄣㄋ ㄋㄚˋ）

十六、「船也」（ㄗㄨㄣㄋ ㄋㄚˋ）

十七、「蒜也」（ㄙㄠㄚㄋ ㄋㄚˋ）

十八、「筍也」（ㄙㄨㄣㄋ ㄋㄚˋ）

十九、「孫也」（ㄙㄨㄣㄋˊ ㄋㄚˋ）

二十、「印也」（ㄧㄣㄋ ㄋㄚˋ）

二十一、「丸也」（ㄨㄚㄋˊ ㄋㄚˋ）

二十二、「番也」（ㄏㄨㄚㄋˊ ㄋㄚˋ）

二十三、「番也火」（ㄏㄨㄚㄋˊ ㄋㄚ ㄏㄟˋ）

二十四、「番也油」（ㄏㄨㄚㄋˊ ㄋㄚ ㄧu）

二十五、「番也薑」（ㄏㄨㄚㄋˊ ㄋㄚ ㄍㄧu（n））

二十六、「筍也干」（ㄙㄨㄣㄋ ㄋㄚˋ ㄍㄨㄚ（n））

二十七、「今也日」（ㄍㄧㄣ ㄋㄚ ˙ㄌㄧ）

❼「瓴」即一般所指的「瓶」，閩南話常書寫成「矸」，其實是「瓴」才對。

二十八、「明也暗」（ㄇㄧˊㄣㄋ　ㄋㄚ　ㄚˇㄇ）（明晚）

以上二十八條例子中，唯一在構詞法上例外的是「沾也膠」（柏油、瀝青），因為「沾」字相當於普通話的「溼」，是一形容詞，「沾也膠」應念作「ㄉㄚˊㄇ　ㄇㄟ　·ㄍㄚ」才對，但是閩南語三音節（三字）的名詞中「也」的原音一律念「ㄚ」，畢竟「沾也膠」也是一種膠的名稱，而且配合下字「ㄍㄚ」而念「ㄇㄚ」比較順口；再說三字式的名詞像「蚵也煎」，雖以「煎」字（動詞）墊底，它仍指一種食物（名詞），還有「李也鹹」（蜜餞）的「鹹」是形容詞，它還是名詞，這三種構詞不同的名詞都跟「勻也行」或「穩也行」（ㄨˊㄣㄋ　ㄋㄚ　ㄍㄧˊ~ㄚ）又完全不同。

當詞尾「ㄚ」碰到入聲字時（弱化除外），其音變情形跟形容詞詞尾「ㄝ」一樣的分為「p、t、k」三種，下面用「ㄅ、ㄉ、ㄍ」來標記——

一、「盒也」（·ㄚㄅ　·bㄚ）

二、「粒也」（·ㄌㄧㄚㄅ　·bㄚ）❽

三、「夾也」（·ㄍㄧㄚㄅ　·bㄚ）

四、「田蟈也」（ㄘㄚˊㄋ　·ㄍㄚㄅ　·bㄚ）❾

---

❽ 指「癬子」，狀如米粒，常長在面上。

❾ 「蟈」係入聲字念「·ㄍㄚㄅ」，一般常誤作「蛤」（·ㄏㄚㄇ）字，音有出入，義又不合。按「蟈」係「蛙」之別稱，見於《禮記・月令》取其「國國」鳴叫之聲而作「蟈」，但亦有可能是「蛙」字。

五、「鮈也」（·bㄨㄉ ·ㄌㄚ）❿

六、「桔也」（·ㄍㄧㄝㄉ ·ㄌㄚ）

七、「窟也」（·ㄎㄨㄉ ·ㄌㄚ）

八、「鯽也」（·ㄐㄧㄉ ·ㄌㄚ）

九、「拭也」（·ㄑㄧㄉ ·ㄌㄚ）⓫

十、「卒也」（·ㄗㄨㄉ ·ㄌㄚ）

十一、「竊也」（·ㄘㄚㄉ ·ㄌㄚ）⓬

十二、「竊也市」（·ㄘㄚㄉ ·ㄌㄚ ㄑㄧˊ）⓭

十三、「竊也貨」（·ㄘㄚㄉ ·ㄌㄚ ㄏㄟˇ）⓮

十四、「鯽也魚」（·ㄐㄧㄉ ·ㄌㄚ ㄏㄧˊ）

十五、「鮈也魚」（·bㄨㄉ ·ㄌㄚ ㄏㄧˊ）

---

❿ 一種海產的透明小魚，熟後呈乳白銀色。

⓫ 指「橡皮擦」。

⓬ 指「小偷」，非「賊」字（詳見另文）。

⓭ 指「黑店」。

⓮ 指「贓貨」。

十六、「鰂也脯」（·bㄨㄉ ·ㄌㄚ ㄅㄜˋ）
十七、「骨也肉」（·ㄍㄨㄉ ·ㄌㄚ bㄚˇ）
十八、「骨也湯」（·ㄍㄨㄉ ·ㄌㄚ ㄊㄥ）
十九、「竹也」（·ㄉㄧㄝㄉ ·ŋㄚ）
二十、「落也」（·ㄌㄜㄍ ·ŋㄚ）
二十一、「鹿也」（·ㄌㄜㄍ ·ŋㄚ）
二十二、「竹也店」（·ㄉㄧㄝㄉ ·ŋㄚ ㄉㄧㄚˇㄇ）
二十三、「切也麵」（·ㄑㄧㄝㄉ ·ŋㄚ ㄇㄧˇ）

綜合前述，「也」字在閩南口語中是一個很常用又很重要的字，如果少了「也」的話，有些詞不易成詞，有些句難以成句，可是它的本身依然是一個沒有意義的虛字（詞），可見「虛」之為用，實在大矣！「也」字作為單字的詞尾可以湊成複詞，作為句尾是結束性的語氣詞，而作為句中語助詞又有使語氣停頓、延緩、舒徐的作用；由於它的功能多、彈性大，在發音上可「ㄝ」可「ㄚ」，還可以配合前字而作音變，難怪今閩南人在「也」字發音變來變去之下，雖每日口口聲聲的「ㄝ」、「ㄚ」，卻不知究竟是那一個漢字，長此以往，最後必難逃「有音無字」的厄運，所幸王華南先生拈出「也」字來驅逐由外竄入的「仔」字，再經本文疏通闡釋，使古代漢語最常用之一的「也」字得以重見天日，證明它在閩南口語中的重要地位絕不遜於文言書面之中，而堅持此一「也」字來對抗源出北京卻盛行全華夏的「的、兒、子」三個胡用之漢字。

為了證明古代漢語常用的「也」字並非閩南語的「禁臠」，我們檢閱中國偏南方的一些漢語方言（浙南、福州、廣州話），尚未發現有何語助詞尾像「也」字在閩南話中如此活躍，唯獨客家話例外。

我們只要稍微注意到，在客家話中各種不同詞性的詞尾都發同一音，面對如此龐大又整齊的情形，該音似乎也不再可以拿「有音無字」來搪塞敷衍，儘管該音在客家話的「海陸」和「四縣」二者頗多歧異，前者接近「ㄜ」而後者類似「ㄝ」，不過我們仍相信二者系出一元，其音異或許是受到不同的鄰近方言影響，因為客家各次方言在音異上最紛歧的是「聲調」而非「音韻」。根據袁家驊等著《漢語方言概要》一書的第八章〈客家方言〉所載——

> 「梅縣話連變音的例子要多些（註：此係針對『變調』而言），如：『名詞詞尾「e」讀輕音（跟去聲差不多），時常受前一音節的韻尾的影響而起變化。在開尾韻或「i、u」尾韻後面讀「e」，如「蓋 e」、「杯 e」、「帽 e」。前面一個音節收「n」尾時讀作「ne」，如「棍 ne」、「碗 ne」、「盆 ne」。前面一個音節收「m」尾時讀作「me」，如「金 me」、「柑 me」、「點 me」。前面一個音節收「ŋ」尾時讀作「ŋe」，如「缸 ŋe」、「釘 ŋe」、「公 ŋe」。前面一個音節如果是入聲韻，收「p、t、k」尾，也起類似的變化，如「夾 pe」、「缽 te」、「桌 ke」等等。』」（變調和變音、15）

就本人粗淺之所知，有關漢語虛字詞尾的音變之介紹，很少有比上述一段文字更清晰扼要的，雖說其音變之複雜繁瑣遠不如福州語系，然而後者偏重於兩個實字的複詞，而且該書在「福州音系」的「輔音同化」一節之所述，就解釋得稍微深奧。古代漢語常用虛字詞尾「也」字，在當今漢語方言之中沒有比客家話保存得更完整、更規律、更統一的，下面眾多的例子可以充分顯示，名詞單字的詞尾清一色使用同一字，本文根據當代客家語文權威羅肇錦教授在《客語語法》一書「附錄」中的註音（四縣音）列舉如下（為了方便對照，原文的聲調標記恕未加註）：

一、「孻也」(lai e)
二、「啞也」(a e)
三、「跛也」(pai e)
四、「馬也」(ma e)
五、「雞也」(kie e)
六、「龜也」(kui e)
七、「鵝也」(ŋo e)
八、「豬也」(tsu e)⓯
九、「蔴也」(ma e)⓰

⓯ 疑係筆誤漏列，應作「ve」，原書他處作「ve」。

十、「桃也」(t´o e)
十一、「瓜也」(kie e)
十二、「柿也」(ts´i e)
十三、「草也」(ts´o e)
十四、「耙也」(p´a e)
十五、「刀也」(to e)
十六、「鋸也」(ki e)
十七、「筷也」(k´uai e)
十八、「籮也」(lo e)
十九、「篩也」(ts´i e)
二十、「梳也」(sii e)
二十一、「蓋也」(koi e)
二十二、「梯也」(t´oi e)
二十三、「旗也」(k´i e)
二十四、「瓦也」(ŋa e)

---

⑯ 指「芝麻」，簡作「蔴」字。

二十五、「沙也」(sa e)

二十六、「車也」(ts´a e)

二十七、「歌也」(ko e)

二十八、「蟈也」(kuai e)⑰

以上二十八條可以說是一般韻尾的名詞加上詞尾「e」而變成複詞，亦即袁氏所謂的「開尾韻」或「i」及「u」尾韻，其實已囊括五大基本母音「a、e、i、o、u」，在這些韻尾之後，「也」字一律念其原音「e」，不過「u」韻比較麻煩，不像袁氏所說的詞尾韻「e」，是否要看「u」跟它前面那一個其他母音結合而定，原文交代不清；由於客家話沒有「ㄡ」(ou)的念法，此外，幾乎所有的「u」韻尾字，後面的「也」字都要音變：

一、「豹也」(pau ve)

二、「貓也」(meu ve)

三、「狗也」(keu ve)

四、「猴也」(heu ve)

五、「兔也」(t´u ve)

六、「布也」(pu ve)

---

⑰ 「蟈」乃「蛙」之別稱，詳❾。

七、「袖也」(ts´iu ve)

八、「柚也」(iu ve)

九、「豆也」(t´eu ve)

十、「芋也」(vu ve)

十一、「茅也」(mau ve)

十二、「莧也」(kieu ve)⑱

十三、「樹也」(su ve)

十四、「腰也」(ieu ve)⑲

十五、「溝也」(keu ve)

十六、「橋也」(k´ieu ve)

十七、「球也」(k´iu ve)

十八、「鼓也」(ku ve)

這些「也」字音變為「ve」是客家話所獨有的，閩南語根本沒有此一輕微的濁擦唇音「v」，

繼續來看比較少的閉口鼻尾韻「m」之後的「也」字音變情形——

---

⑱ 不詳何物，然「莧」係「莞」字之俗字。

⑲ 客家話「腰」字兼指在外的「腰身」，以及在內的「腎臟」。

一、「金也」(kim me)

二、「杉也」(ts´iam me)

三、「鎌也」(liam me)

以上「鎌」字不用加「刀」或許其他方言相當少見，猶如「籮也」不必加「筐」一樣，這正是農家語的本色，「鎌、籮」在農村是幹活的常用工具和容器，提起「鎌也、籮也」，客家人沒有聽不懂的，「籮」雖跟「鑼」字同音同調，但後者叫「銅鑼」，二者不會混淆。

至於不閉口的另外兩個鼻尾韻「n、ŋ」，在客家話裡非常發達，收這兩個韻尾的光是名詞就很可觀，當然詞尾「也」字也要隨之音變——

一、「銀也」(niun ne)

二、「燕也」(ien ne)

三、「裙也」(k´iun ne)

四、「鞭也」(pien ne)

五、「棍也」(kun ne)

六、「蛤也」(han ne)

七、「蚊也」(mun ne)

八、「盤也」(p´an ne)

九、「兵也」(pin ne)
十、「孫也」(sun ne)
十一、「磚也」(tson ne)
十二、「凳也」(ten ne)
十三、「癲也」(tien ne)
十四、「菌也」(k´un ne)⑳
十五、「蒜也」(son ne)
十六、「信也」(sin ne)
十七、「魚也」(ŋ̩ ŋe)
十八、「甕也」(aŋ ŋe)㉑
十九、「影也」(iaŋ ŋe)
二十、「熊也」(iuŋ ŋe)
二十一、「羊也」(ioŋ ŋe)
二十二、「狼也」(loŋ ŋe)

⑳ 泛指「菰菌類」植物。
㉑ 原文作「瓷口」，而他處作「甕」，疑係筆誤。

二十三、「枋也」(pioŋ ŋe)㉒

二十四、「蜂也」(p'uŋ ŋe)
二十五、「疔也」(taŋ ŋe)
（註：二詞完全相同）

二十六、「釘也」(taŋ ŋe)
二十七、「銅也」(t'uŋ ŋe)
（註：也字聲調不同）

二十八、「桶也」(t'uŋ ŋe)
二十九、「鐘也」(tsuŋ ŋe)
（註：本字聲調不同）

三十、「粽也」(tsuŋ ŋe)

三十一、「蔥也」(ts'uŋ ŋe)
三十二、「窗也」(ts'uŋ ŋe)
（註：二詞完全相同）

三十三、「蟲也」(ts'uŋ ŋe)
三十四、「銃也」(ts'uŋ ŋe)㉓
（註：本字聲調不同）

三十五、「箱也」(sioŋ ŋe)
三十六、「象也」(sioŋ ŋe)
（註：本字聲調不同）

㉒「板」的正字。

㉓「槍」的舊稱。

三十七、「腸也」(ts´oŋ ŋe)
三十八、「名也」(miaŋ ŋe)
三十九、「鏡也」(kiaŋ ŋe)

作為帶入聲韻的名詞之詞尾，客家話「也e」字的音變也跟閩南話「也a」字一樣，兩者都不外乎「p、t、k」三種音變——

一、「鴨也」(ap pe)
二、「葉也」(iap pe)
三、「鐵也」(t´iet te)
四、「姪也」(ts´it te)
五、「藥也」(iok ke)
六、「鹿也」(luk ke)
七、「鑊也」(vok ke)
八、「屋也」(vuk ke)
九、「索也」(sok ke)
十、「竹也」(tsuk ke)
十一、「桌也」(tsok ke)

十二、「席子」(ts'iak ke)

以上所有的名詞詞尾「e」及其音變而來的「me、ne、ŋe、ve、pe、te、ke」等等，我們羅教授也許是基於嚴謹審慎的緣故，一律以「缺空」(□)的符號作標記，而「缺空」可以有三種不同的解釋——「未詳」、「待考」、以及「有音無字」。

其實古代漢語中凡用作虛字的，其原先也是有音無字，後來同音叚借才有文字，而且一借迄今、沿用不變，試想兩千多年前那些常用的虛字語助詞尾已有固定的文字，何以兩千年後如此基本重要又常用的虛字反而無字可寫呢？何況閩南、客家話被公認保存古音、仍用古字較多，最主要的原因是大環境的優勢語一直在變，變得「的、呢、嗎、哩、啊、兒、子」等大量登場，你若不跟他的潮流，就難逃「有音無字」的下場。

像古漢語的首席常用虛字「也」，正是今注音符號「ㄝ」的本字，北京話念「ㄧㄝˇ」，其韻母「ㄝˇ」跟「ㄟ」只有急、緩之別，二者十分接近；先說「ㄝˇ」音本短促，今「ㄝˇ」韻字在閩、粵、客家方言幾乎全是入聲韻，北京話失落入聲韻，只好加一介音「ㄧ」使它念得舒緩些；再說「也」既然是虛字語氣詞，它的作用就是要使語、詞、句變得舒緩（甚至在句中停頓一下），念成「ㄝ」(e)正是古音，「ㄧㄝˇ」也是輾轉從「ㄝ」而來。

本文從閩南話一路觀察到客家話，深深以為其常用語助詞尾就是「也」字，「也」字的中古音據《廣韻》的注音是「羊者切」，跟它「同韻」的字，以常用為例計有：

「馬、罵、者、野、雅、治、假、賈、啞、下、廈、夏、寫、社、且、笆、把、捨、寡、瓦、若……」（上聲三十五）

上錄二十二字在今閩南語中無論文、白讀、其韻母不出「ㄝ、ㄚ」二者之外，正好「也」字作為虛字語助在閩南也不出「ㄝ、ㄚ」之外，而客家話更一「ㄝ」到底，上面所列舉的只是名詞詞尾「ㄝ」（e）的例子而已，像形容詞詞尾也用此「也」字，跟閩南話的形容詞詞尾一樣都念「e」，而音變又無不仿照名詞的規律，下面以最常見的「五色」來作為代表（聲調恕未加註）——

一、「烏也」（vu e）、「白也」（p´ak ke）、「紅也」（fuŋ ŋe）、「黃也」（voŋ ŋe）、「藍也」（lam me）等等。

二、「烏烏也」（vu vu e）（其他依此類推）。

三、「烏烏烏也」（vu vu vu e）（其他依此類推）。

此外，在客家話中連動詞、副詞的後面都可以加詞尾，由於篇幅所限，本文只聊舉數例以一斑，動詞之例引自袁氏《漢語方言概要》（頁一七三），副詞部分引例於羅教授《客語語法》（頁八八）——

一、「佢來e」（ki loi e）（他來了）。

二、「倨食e飯」（ŋai sət e faŋ）（我吃了飯）。

三、「去e學堂」（k´i e hok t´oŋ）（上學校去）。

上述例句之中，明明是「其」字卻被寫成「佢」字（廣東俗字），「我」字也改用作「𠊎」字，可見大陸研究漢語方言的心態充滿以「北京話」（普通話）為中心的偏見，只因客家話的發音不同就要「失」字，未免太荒謬了。下面一些副詞詞尾的例子：

一、「慢慢 e 」[24]。

二、「輕輕 e 」。

三、「滿 ne 」。

四、「算 ne 」。

綜合前引，在客家話的名詞、形容詞、動詞、副詞詞尾，最常用的非「e」莫屬，此一念「e」的正是「也」字，由於常隨前一本字的韻尾而變音，再加上北京音系的四大詞尾「的、地、兒、子」都不發「e」音，因此使得此一念「e」的失字已久。

從「也」字在客家話中保持如此規律的用法，其發音又如此一致性的念「e」，即使音變，韻尾仍然未變，我們還懷疑客家話中用作「領格」的「我 ke、你 ke」（北京話的「我的、你的」），以及那個最沒有特色，在沒得用才用它的「量詞」——「一 ke、兩 ke」（北京話的「一個、兩個」），此一「ke」不但是同一個字，而且依然是「也」字，也許「也」字音變之後固定專作某一用法，這是題外話暫且不提。

---

[24] 疑係筆誤，應作「ne」。

藉著前者的懷疑，我們再回來懷疑閩南口語中有些句子，句中的一字有多種念法（恐係走音），又不知是那一個字？

一、「等（ㄌㄝ）足久」或「等（ㄝ）足久」或「等（ㄚ）足久」（意謂「等了很久」或「等得好久」）。

二、「想（ㄌㄝ）半工」或「想（ㄝ）半工」或「想（ㄚ）半工」（意謂「想了很久」）。

三、「看（ㄌㄝ）歸晡」或「看（ㄝ）歸晡」或「看（ㄚ）歸晡」以及「看（ŋㄚ）歸晡」（意謂「看了半天」）。

以上的「ㄌㄝ」、「ㄝ」、「ㄚ」或者「ŋㄚ」四者，念法雖然不同，其韻尾總不出「ㄝ」、「ㄚ」二者之外，它在句中的詞性、作用、用法、意義也並無差異，而且都念輕弱的「陰平聲」，就閩南語的語法慣例，凡在句中念得輕輕聲的，它就是無關整句意思的一個字，亦即「可有可無」，那不是虛化的語氣詞是什麼？我們不妨將它刪掉看看——

「等足久、想半工、看歸晡。」

試問意思有何不同？兩者之差別只在「語氣」上的舒緩與緊湊而已；而一般用漢字來書寫閩南話口語者（含專攻者在內），有人武斷地認為它根本就「有音無字」，也有人以為它是「了」或「哩」、「咧」等字，更有以為是「來」這個實字。

其實，「也」字在古代作為虛字有三大功能——

一、作為各式詞尾具有使單一字「複詞化」的作用。

二、作為句中語氣詞有稍微停頓以舒緩語氣的作用。

三、作為長詞、短句或者一句的句尾有結束的作用。

所以，我們深信前例的「ㄌㄝ」、「ㄝ」、「ㄚ」甚至「ㄫㄚ」（跟前字「ㄎㄨㄚㄫ」的韻尾有關，但非另一同音的比較級口語之「加」），它還是離不開「也」字。

本文以冗長的篇幅一方面闡釋「也」字在今閩南、客家口語中的各種用法，一方面力斥「仔」字無論在任何漢語中都是荒謬的用法，音義兩均不符，雖然它是古典的漢語，但早已壽終，連後代書面語都不用它。

閩南話和客家話是兩支差異不小的漢語方言，大致來說，客家話跟贛語、粵語的關係要近於跟閩南話；同樣地，閩南話跟閩北建州語系、閩東福州語系甚至浙南吳語的淵源也親過客家話，但是卻在極重要的虛字「也」上攜手合作，力抗從北南下後起的「的、兒、子」等詞尾熱門字，因為「也」字已可包涵詞尾、語助、語氣以及「領格」和部分「量詞」。

不過，「也」字也許會逐漸步入式微之途，至少在客家話裡，本島海陸客家話的常用詞尾，少用「e」而多用「ㄜ」，似乎較近於「兒」的北京音。此外，吳鴻安先生在《中原文化叢書》（第二集）的〈客家話〉一文中曰：

「實物多加子作助詞如鴨曰『鴨子』(念壓子)……今俗所云，如果子言桃子、李子、杏子、梅子、柑子、柚子等。又竹木言樹子、棍子、竹子、笋子，用具如缸子、杓子、桌子、櫈子、筷子、燈子、鍋子、蓋子、刀子、盤子、碟子等。衣著類如衫子、褲子、扣子、帶子、鞋子、屐子等。他如帽子、手巾子、米袋子、錢袋子、籃子、傘子、扇子等。但有不稱子而稱頭的，不能自作聰明隨意加子而稱也。」(頁七)

可見客家話的常用名詞詞尾除「e」、「ㄜ」之外，「子」也流行於某些次方言中，至於原鄉近來的情況呢？據袁氏《漢語方言概要》的調查——

「『□e』相當於普通話的『兒』和『子』。例如：『盤ne』、『歌e』、『箱ŋe』、『鴨pe』。並非各處的客家話都有這個『e』尾。梅縣的『e』在鄰近幾個縣就不通用。例如興寧、五華多用『里』(li)，大埔、平遠多用『子』(tsɿ)。『子』跟普通話的『子』尾相同，受書面語的影響，應用地區不斷擴展。」(頁一七一)

本來「兒」、「子」作為名詞詞尾是用來指較小之物或人，後來用開了變成一個「純詞尾」，像「牛兒肥、馬兒壯」或「車子新、房子大」之類都不可以「小」視之。

總之，隨著優勢官話的擴散，各種新詞語侵入比較保守的漢語方言之內，這已是大勢所趨，又何僅此一詞尾，若純就語文的簡潔、統一、中性以及無歧義來看，「的、兒、子」的確不如「也」字。

◎ 中國字例

高鴻縉／編著

本書依六書分類，內容遍及六書體例及文字學多項內涵，諸如：六書沿革、含意、文字創始、說文相關問題等皆有涉及。本書內容除闡述六書之意義外，並列舉字例，每字均附甲骨文、金文、小篆、隸書及楷書，並列《說文》說解，且凡大、小徐本有異之處，亦並兩文皆引，下則列出諸家見解，並加案語論述己見，詳釋其構造及字形演變狀況。作者對六書之分類多有創見，而頗異於前人，書名為「字例」，其中所列例證數量實多。在本書最後一篇中，作者對六書說解加以總結，分別從字形流變、字音流變、字義流變（假借與通假之發展）及六書分野加以闡論；書末更詳細論釋《說文解字・序》之內容，俾使讀者可以深入瞭解許慎之學說。

◎ 國音及說話

張正男／著

說話，是我們每天都會做的事，或許總以為稀鬆平常。但不看這本書，你就不知道發音與說話其實有那麼大的學問。

本書包括「國音篇」及「說話篇」兩大部分。「國音篇」裡就發音原理、發音方法及國語正音作一概略的說明與介紹，裨使讀者能對國語語音有一簡單而全面的認知；「說話篇」中則探討語言的實際應用，範圍遍及各種層面，內容廣泛且深中剴切，讀者可藉此觸類旁通，建構屬於自己的說話藝術。

◎ 中國訓詁學

周何／著

中國小學——文字、聲韻、訓詁，可謂中國一切學術之基礎。三者各為專業，但又不可分割，蓋訓詁中亦有形訓、聲訓方法之故，為一博大精深之學問。訓詁學過往為大學中文系、國文系必修之課程，蓋凡研讀古籍、賞析詩詞之美，倘不明字詞之義又如何能領略古人之所言說；而從事國文教學工作，作字詞解釋也不離訓詁。

本書乃就其名義、歷史發展演變，及具體操作方法、術語、條例等論述，並側重於其內容之引申、假借、異辭辨析等方面闡說，為作者教學數十年積累之結晶，定當有裨於後學。

◎ 上古漢語語法綱要

梅廣／著

本書總結作者多年思考和研究漢語語法心得，是作者對上古漢語語法體系最完整的陳述。行文力求明白易讀，理論與事實並重，既有學理依據，又充分反映古代漢語特色，對古漢語的學習和研究都有很高的參考價值。對初學者而言，通過本書的研讀，亦能提升其語言自覺，加深其對語言結構的認識。

◎ 詩經研讀指導

裴普賢／著

本書為裴教授指導學生研讀《詩經》的專著，乃其講授《詩經》積十年之經驗所寫成。舉凡研讀《詩經》之目的與方法，研讀詩經應有知識之具備，均有精確之說解。而於《詩經》的時、地、字、詞、詩旨、作者以及名物等各方面的探討，亦均有範作以示例。其中，詩經研讀法及六義之興義發展的探討，深具價值，實屬《詩經》導讀佳構，亦為不可多得之一本《詩經》學的著作。

◎ 文學欣賞的新途徑

李辰冬／著

「意識決定一切」，是作者研究文學的終身指標。解釋字句意義只能算是了解作品，惟有體會作者寫作的時代、環境、意識形態，才能真正去欣賞一部作品，享受作品中的情趣。如何定義作者的「意識」？寫作的時代背景怎麼影響到作品？作者以畢生研究心得為基礎，融會貫通古今中外各種文學研究方法，找出了嶄新獨特的解讀途徑。

本書收錄十八篇論述，包含詩歌、詞、賦、平話小說等作品的欣賞，或是他對於文學批評、寫作的看法。篇篇嚴謹精確，且慧眼獨具，筆法深入淺出，推論之來龍去脈一目了然，將可引導對文學評論有興趣的讀者，從不同角度深入鑽研，更全面的細品文學況味。

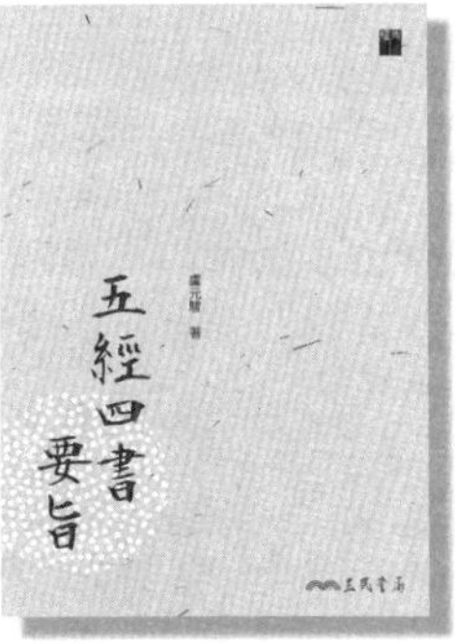

◎ 五經四書要旨

盧元駿／著

幫經典重點提示！閱讀好輕鬆！給新手的國學指南，中華文化入口書。

「五經四書」既是中華文化的基礎，也是儒家思想的經典作品，在中華文化幾千年的歷史中佔有重要的地位。即便在現代，仍有無法取代、字字千金的價值。作者盧元駿先生，曾經應中央廣播電臺邀請，於國際播音節目上講解「五經四書」專題，本書即為廣播稿整理而成，為了讓大家輕鬆理解，本書分篇介紹九本經典、提點要旨，用口語化的語言帶領大家進入中華文化的世界。

◎ 華語文教學導論

蔡雅薰、舒兆民、陳立芬、張孝裕、何淑貞、賴明德／合著

本書結合華語文教學知識與實務運用，內容涵蓋現今華語文教學研究中重要主題的介紹，如：華語文教學方法、數位教學、聽說讀寫教學、華語測驗評量及華語語音、詞彙、語法、漢字等基礎的語言學理等。

本書融合華語文教學的精華要義，文字深入淺出，既適合各大學華語教學課程使用，也能提供在職華語教師增強專業能力，是未來想要從事華語文教學者，或參加教育部「對外華語教學能力考試」的考生們最佳的參考用書。

◎ 國學導讀

邱燮友、周何、田博元／編著

《國學導讀》是一部國學入門的工具書，計收國學科目六十四種，分為五大門類；每一門類，都是當今各大專院校中文系或國文系所開設的課程；每一導讀，包括了該科的領域、主要的內涵、前人研究的成果、當今的現況，以及未來的開展、主要的參考書等。不只是中文系或國文系學生必讀的書籍，也是愛好中國學術、中國文學者，作為治學鑰典、自修津梁的最好選擇。

◎ 佛學概論

林朝成、郭朝順／著

本書以佛教的發展史為經，基本義理為緯，呈現佛學思想的概念與流變。內容依佛陀的基本教法、緣起思想、心識論、無我思想、佛性思想、二諦說、語言觀、修行觀、慈悲觀、生死智慧與終極關懷等十個主題，闡釋佛教的觀念史脈絡與宗教旨趣。

本書通盤地介紹佛學思想，同時也反映了當代佛學的研究成果，讀者可以透過本書適切地了解佛教義理，並藉以重新檢視自己所知的佛教信仰內容。

◎ 中國文字學

潘重規／著

本書作者以浸淫國學數十載的功力，分析比較中國文字的構造法則、文字流傳解說的歷史，進一步肯定推崇《說文解字》在文字學上的地位與價值。繼而分別說明文字書寫工具的源起與沿革；上下縱論中國文字的演變，從鐘鼎彝器甲骨文乃至於歷代手寫字體，莫不加以詳細而清晰之闡述。藉由本書，讀者將可充分了解中國文字之優越性，以及中國文化之淵深廣博。

◎ 文獻學

劉兆祐／著

本書旨在討論文獻的內涵及其相關問題，以提供中文系所學生及文化界關心文獻者參考取資。從事文史研究工作，文獻之充足與否，常是決定研究成果品質的重要因素。如何掌握文獻？如何考辨文獻？如何精確徵引文獻？如何以非圖書文獻印證圖書文獻？如何整理文獻？讀畢本書，必能獲得正確的認識。

◎ 詩經評註讀本

裴普賢／編著

本書共分上、下二冊，依十五國風，小雅、大雅，周、魯、商三頌順序排列。各單位之前，冠以扼要之說明；各篇篇名之後，先作小序性之簡介；各章原文之後，加以注釋，採集解態度，不拘一家之說，可直解者多採直解，就各篇本文探求其本義，並力求簡明，不作詳細之考證，實為輕鬆一窺《詩經》堂奧的最佳讀本。此外，特別搜羅自漢以來歷代學者之評析，附錄中更有珍貴的詩經地圖、星象、動植物、器物、衣冠等圖片，不僅使讀者對《詩經》有更深入的理解與欣賞，也是研究《詩經》不可或缺的工具書。

◎ 詩經正詁

余培林／著

本書探求《詩經》各篇詩義，以該篇詩文為主，而以前人之說為輔。無私於古今，不偏於憎愛，而惟是是求，此其第一特色也；本書注釋詩文，多採前人之說，其有己意，則以《詩經》前後文互證（即以經解經）為主，而以語法、聲韻、禮制等為輔，此其第二特色也；本書如用前人之說，必採用最早出者，並注明其出處，以使讀者明其根源，且免掠人之美，此其第三特色也。束縛既多，自是艱苦備嘗，然為求真求是，心所甘焉；但恐求美不成，反增其醜。知音君子，幸垂教焉。

◎ 聲韻學

林燾、耿振生／著

本書以大專院校文科生和其他初學者為對象，不僅對「聲韻學」的基本知識加以較全面的介紹，更同時吸收新近的研究成就，使漢語音系從先秦到現代標準音系的演變脈絡清楚分明，各大方言及歷代古音的構擬過程簡明易懂，堪稱「聲韻學」的最佳入門教材。

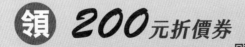

國家圖書館出版品預行編目資料

河洛閩南語縱橫談／吳在野著.－－三版一刷.－－臺北市：東大，2023
面；　公分

ISBN 978-957-19-3346-7（平裝）
1. 閩南語 2. 文集

802.523207　　111021444

河洛閩南語縱橫談

作　　者	吳在野
發 行 人	劉仲傑
出 版 者	東大圖書股份有限公司
地　　址	臺北市復興北路 386 號 (復北門市) 臺北市重慶南路一段 61 號 (重南門市)
電　　話	(02)25006600
網　　址	三民網路書店 https://www.sanmin.com.tw
出版日期	初版一刷 1999 年 2 月 二版一刷 2011 年 11 月 三版一刷 2023 年 3 月
書籍編號	E802090
I S B N	978-957-19-3346-7

東大圖書公司